レジェンドノベルス
LEGEND NOVELS

JN127685

世界を救うまで
俺は種族を変えても甦る 1

トライ・リ・トライ

contents

レジェンドノベルス
LEGEND NOVELS

世界を救うまで
俺は種族を変えても甦る
1

トライ・リ・トライ

1. 正体不明のレベル0

目を開くとそこはジメッとした洞窟の中だった。薄暗い。顔を上げると入り口付近から光が射《さ》し込《こ》んでいるのが見える。

光の中に小動物がちょこんと座っていた。猫だろうか。逆光で影を纏《まと》った猫の額には大きな赤い宝石が埋め込まれていた。同じ色味をした赤い瞳がじっとこちらを見つめている。

紅蓮《ぐれん》に燃えた双眸《そうぼう》には、知性が宿っているように感じられた。

魔法生物か合成魔獣あたりだろう。そいつは俺が目覚めたのを確認して、小さな四肢をせかせかと動かしてやってきた。

「やあ、目を覚ましたようだね」

開口一番そう告げて猫は目を細める。洞窟の入り口から射し込む外の光に照らされた体毛は、それはそれは美しい青だ。青い猫なんて見たことが無い。しかも人語を解するのだから、もうただの猫ではないことは明白だった。

ルビーのような赤い瞳を丸く見開いて猫は続ける。

「自己紹介をさせてもらうよ。ボクはナビ。キミを導く者さ」

「俺を……導く？」

「そうだよ。だからまずは名前を教えてくれるかい？」

訊《たず》ねられて、はたと気づいた。自分の名前を思い出せない。記憶にモヤがかかったように、どうして洞窟の奥に倒れていたのかすらわからなかった。

青い猫――ナビはじっと俺を見つめたまま言葉を待つ。

わからない、わからない、わからない。

焦りと混乱で心臓が早鐘を打ち呼吸が荒くなる……ことは無かった。じっと手を見たつもりがその手が無い。腕も足も区分がない。

身体《からだ》がまるでスライムのようにグズグズの透明な半液体状なのだ。

つい先ほどまで自分には四肢があり頭部があり胴体がある。と、思い込んでいたが、どうやら錯覚だったらしい。

「名前は……わからない。それどころか俺には俺がわからない。知っているなら教えてくれ」

ナビは小さく首を傾《かし》げた。

「それはボクにも……ただ、キミの使命はこの迷宮の奥にある『真理に通じる門』を開くことさ。それだけは間違い無いんだ」

「迷宮？　このちっぽけな洞穴が迷宮だって？」

振り返っても扉や門の類いはなく、浅い洞穴はすぐに行き止まりだ。ナビは小さな鼻をピクピクとさせた。

「ここはただの洞穴さ。迷宮かどうかは外に行けばわかるよ。ただ、その姿のまま出るのはおすすめできないね。なにせ迷宮だけあって魔物がうようよいるから」

今の俺は地面を這《は》いずるのがやっとという、出来損ないのゼリーだ。ナビはこんな俺に門とやらを開けという。真理に通じるなんて大層な名前だが、俺みたいなのはお門違いも良《い》いところだ。

「なあ、頼む相手を間違っていないか？　俺はその……見ての通りだ」

自分の事すら解《わか》らないのに真理もクソもないだろう。門を開く腕すらない。

「そうだね。今のキミは不定形で自分がなんなのか定義することさえできないみたいだ。ちょっとこれを見てくれるかな」

青い身体をブルッと震わせたナビに変化が起こった。額の宝石が光り輝き洞窟の壁に映し出されたのは――

名前：？？？？？　種族：unknown　レベル：0
力：？？？？？　知性：？？？？？　信仰心：？？？？？
敏捷性《びんしょうせい》：？？？？？　魅力：？？？？？　運：？？？？？

文字列に加えて今の俺の姿も表示される。溶けた蠟《ろう》よろしく、崩れて形を失った水色の形容しがたいなにかだ。

洞窟の壁に俺の姿と「？？？？？」で埋められた項目を羅列してナビは呟《つぶや》いた。

「とにもかくにも、まずはステータスを確定しないとね。最初が肝心だよ？　それで大まかにだけど種族が決まるんだから」

表示された文字列の種族欄には「unknown」と書かれている。

「俺はunknownなんだろう？」

「そうだね。何者でもないという意味さ。ボクはそんな何者にもなれないキミを手助けするためにやってきた。ボクがいればキミは別のなにかに生まれ変わることができるんだ」

「このグニャグニャな状態から脱することができるなら、なんだっていい。やってくれ」

今の姿のまま暗がりでコケのようにへばりついて蠢《うごめ》くだけの人生なんて、生きながら死んでいるようなものだ。

ナビは嬉《うれ》しそうに目を細めて小さく頷《うなず》いた。

「それじゃあ契約成立だ。キミにこのステータストーンをあげるよ」

額の赤い宝石から投射された光が一つに集まった。それは小石ほどの大きさになって実体化する。綺麗《きれい》な立方体で、一つの面につき数字が一つずつ書かれていた。

真っ赤な六面体ダイスである。ゆっくりと回りながら、ダイス——ステータストーンは宙にふわりと浮かんだ。

「レベルアップごとに出た数値を自由にステータスに割り振っていくんだ。さあ、振ってみて」

腕を伸ばすイメージをすると触手のように身体が伸びた。ステータストーンを掴《つか》む。光が溢《あふ》れて触手の先を赤く染めた。

何も考えずに放り投げる。石はコロコロと地面を転がり、4の目を出すと砕け散った。その砕けた粒子が光を帯びて俺の身体に吸収される。

どうやら上手《うま》くできたようで、ナビは満足そうに尻尾と耳をピンと立てて上機嫌だ。

「よかった。平均値以上だから出だしとしては上々だね。さあ、ステータスを決めよう」

再び壁に俺のステータスが映し出される。が、先ほどとは一ヵ所だけ違っていた。

名前：？？？？　種族：unknown　レベル：1
力：？？？？　知性：？？？？　信仰心：？？？？
敏捷性：？？？？　魅力：？？？？　運：？？？？

「レベルが1になったな。ところでステータストーンはこれっきりなのか？」

「魔物を倒して経験を積めば生成できるんだ。これからキミは自分でどうなりたいのかを決めて、それに合わせて魔物と戦い成長していかなきゃいけないんだよ。ちなみに一度割り振ったステータスは基本的には変えられないから、慎重にね」

迷宮には魔物がわんさかいて戦闘は避けられない。むしろ戦って強くなれ……ってか。

ナビは続ける。

「ステータスによってキミの姿は千変万化するんだ」

ダイスの出た目と身の振り方で「unknown」ではない別のなにかになることができる——ということだろうか？

結局自分が何者なのかはわからないままだが、ひとまずナビに協力しよう。

親切にしてくれたのだから、それに応えるくらいはしてやりたい。

と、なぜそう思うのか自分でも不思議だった。もしかしたら「unknown」になる前の俺は、存外律儀な性格だったのかも知れない。

「なあナビ。ステータスにいくつか項目があるんだが、それぞれについて教えてくれ」

小さな首をちょこんと縦に振って小動物は言う。

「お安い御用さ。『力』は腕力や体力や回復力に肉体の強靱《きょうじん》さといった、身体的な強さだよ」

どうあれ魔物と戦うならパワーがあるに越したことはない。

「知性を高めれば攻撃系が充実した黒魔法の威力や、魔法力の容量上限が増えるんだ。魔法はレベルが上がれば覚えていくけど、特別な魔法は誰かに教えてもらったり、古文書を読んだりして覚えることもあるそうだよ」

魔法か。なんとなくだが、昔使っていたような気がする。まあ、気のせいだろうけど。

「信仰心は魔法防御力や回復に秀でた白魔法に関係するね。呪いを解いたり毒や麻痺《まひ》といった状態異常を治療するのに便利なんだ」

つまりは魔物から毒だの麻痺だのを食らう可能性があるらしい。搦《から》め手《て》から攻められると厄介だな。長く旅を続けるなら白魔法の存在はありがたそうだ。

「敏捷性は回避率や行動速度、それに攻撃の命中率にも関わるんだ。特に弓みたいな射撃武器ではその効果も顕著になるよ。器用さも高くなるから、罠《わな》を解除したりもしやすくなるんだ」

遠距離攻撃主体なら力をすっぱり諦めて、敏捷性に集中するのも悪くない。

「魅力は容姿に影響があって交渉力が上がるんだ。異性に限らず数値が高ければ多くの協力を得られるようになるね」

「協力ってことは、ここには他にも誰かいるのか？」

訊《き》き返すとナビは「迷宮の中だけど『街』があるからね。詳しいことはその『最果ての街』に到着してから説明するね」と答えた。

そして説明をこう締めくくる。

「最後の項目の運は相手の弱点を突いたり、倒したモンスターから得られる報酬がよくなったりするよ」

他に比べていまいちぱっとしないというか、運任せっていうのはどうなんだろう。

解説を終えてナビはもう一度俺を見つめた。

「さあ、ステータスポイントを割り振ってみて。どうするかを強く頭の中で思い浮かべるんだ」

「一つの項目にポイントを集中させてもいいのか？」

「もちろん自由だよ。バランスを取るのもいいけどね。キミ次第さ」

初回に割り振れるのはステータストーンの目で出た4ポイント。あまり深く考えず俺はその配分を強く思い描いた。

「なるほど。おめでとう。キミはunknown卒業だ」

身体が光に包まれたかと思うと、崩れたゼリーのような肉体がぎっしりと固まっていった。

太く雄々しくたくましい丸太のような四肢に、腰には布きれ一枚という姿だ。

下顎からは牙がのぞき、樽《たる》の如《ごと》く大きな腹を抱えたその見てくれは――オークだった。緑色の肌は皮膚も厚く強靱だが、豚というかイノシシじみた顔はお世辞にも魅力的とは言いがたい。

あの液体と固体の中間のような身体が嘘《うそ》のように、俺の存在はオークとして確定した。

「ステータスを確認しようね」

ナビが再び壁に一覧を映し出す。

名前：？？？？　種族：オーク　レベル：1
力：G＋（4）　知性：G（0）　信仰心：G（0）
敏捷性：G（0）　魅力：G（0）　運：G（0）

数値の前に文字がついていた。ナビがすかさず解説する。

「ステータスの数値によって大まかにランクが設定されているんだ。＋がついているのは中でも秀でているという意味だよ。ランクはGからAまであるんだ。更にAより上もあるけど、到達するのは難しいかも知れないね」

俺はどの数値も最低ランクということらしい。ゆっくりと身体を起こして立ち上がった。

身体が肥大化し背も高くなったからか、頭頂部が洞穴の天井スレスレだ。

手を開いたり閉じたりしてみる。動きにぎこちなさはない。最低ランクとはいえ丸太のような腕は力に溢れており、これなら魔物相手にも戦える気がした。

ナビが足下から俺を見上げる。

「名前の欄だけ埋まらないね。どうしようか？」

名乗る名前を自分でつけなきゃいけないのか。こういう時、記憶が無いってのは困るな。

「姿は変わったが、自分の名前は思い出せずじまいだ。ナビが名付けてくれないか？」

俺の提案が意外だったようで、ナビは一度目をぱちくりさせたが、すぐに頷いた。

「わかったよ。それじゃあキミは今日から記憶が戻るその日まで、ゼロと名乗るといい」

「ゼロ……unknownとあまり変わらないな」

「気に入らないなら自分で名前をつけるかい？」

「こちらからお願いしたんだ。その名前をいただくよ」

「わかった。これからよろしくねゼロ」

「こちらこそだナビ」

ナビはくるんと俺に尻尾を向けて、ゆらゆらとさせながら洞穴の入り口へと歩いて行った。

「さあ行こう。キミならきっと門を開くことができるよ」

何も知らないレベル1のオークに、あんまり期待されてもな。まあ、やるだけやってみるさ。

ナビに従ってついていく。光に満ちた入り口が、だんだんと近づいてきた。ジメッとよどんだ空気が新鮮なそれへと変わっていく。

外に出る。まぶしさに目を細めつつ空を仰ぐと……そこに青空は無く、固い岩盤に覆われた高い高い天井と、太陽の代わりに光り輝く天に浮かぶ光球があった。

視線を戻すと目の前に森が広がっている。針葉樹と広葉樹がない交ぜになった混交林だ。

「ここは本当に地下なのか？」

「迷宮第十階層。地上から千メートルは地下にあるだろうね。といっても、ここらへんですら入り口みたいなものだよ。街があるのはもっと下の階層さ」

地底世界に広がる森は鬱蒼《うっそう》と生い茂り、青空が無いこと以外は地上と変わらない風景に戸惑いながらも、俺は一歩を踏み出した。

まずは高めた腕力を駆使してレベル上げだな。森から感じる様々な気配に、自然と鼻息が荒くなった。

森の魔物は二種類に分けられる。襲ってくるものとそうでないものだ。

先ほどまでの俺と同じような、透明の水饅頭《まんじゅう》みたいなスライムたちは、こちらから仕掛けない限り攻撃してこなかった。

なので俺の方から襲いかかった。実にオークらしい所業と言えよう。

戦ってみると連中は体当たりしかしてこないが、これがけっこうな勢いである。相性が悪いことに、スライム系は打撃への耐性があるらしく、拳を武器にする今の俺では倒すのにやたらと時間が掛かってしまった。

他に小さな角の生えたウサギなんてのもいたが、すばしっこくて攻撃が当たらない。きっと敏捷性が高ければ狩ることができるのだろう。

重たい身体で逃げる相手を追うのは辛《つら》い。そこで戦う相手を〝襲ってくるタイプ〟の魔物に絞り、自然と迎撃という形を取るようになった。

森の茂みから飛び出してきたのは狼《おおかみ》だ。その体毛はくすんだ銀色で、牙を剝《む》き俺の喉笛を狙って嚙《か》みちぎろうと跳躍する。

「俺を狩れると思ったか」

腕に力を込めて拳を狼の鼻面に叩《たた》き込《こ》んだ。

「キャウンキャウン！」

甲高い悲鳴を上げて狼は身をよじらせると地面を転がった。が、まだ息がある。

すかさずナビが声を上げた。

「トドメを刺さないと経験値にはならないよ」

今の俺には魔物に情けをかける余裕などない。横たわり無防備になった腹を容赦なく蹴り上げると、狼の身体が赤い光の粒子に変わった。

光の粒はナビの額の宝石に吸い寄せられて消える。

「はぐれ銀狼を倒したね。本来は群れで行動する狼型の魔物だけど、争いに負けて群れを追われた個体だよ。この『蒼穹《そうきゅう》の森』ではちょうど真ん中辺りの強さになるね。あともう一匹倒せばレベルが上がりそうだ」

「この調子で襲ってくる奴《やつ》を倒していけばいいんだな？」

俺の問いにナビは長い尻尾を左右に揺らした。

「倒せないと思ったら逃げるのも手だからね。戦いに自信がついてから強敵に挑むのもいいんじゃないかな」

何はともあれレベルを上げて悪いことは無さそうだ。

ナビを引き連れて俺は森の奥へと進む。今度は、はぐれ銀狼が二体同時に現れた。

「二対一だよ。気をつけて」

ナビの声に身構えるより早く、二匹が左右から挟み込むように俺めがけて疾駆する。

まったく、はぐれ者同士で連携しやがって。こちらは独りだ。ナビは情報をくれても助太刀はしてくれないらしい。

右腕を振るって一匹を叩きのめしたが、もう一匹に左腕をがぶりと噛みつかれた。

オークの表皮が硬く丈夫といっても、狼の牙は研いだナイフのように鋭く突き刺さる。

腕を振り上げ噛みついた狼を背中から地面に打ち付けると「キャウン！」と、情けない悲鳴を上げて、ようやく銀狼は俺の腕から離れた。

身体を傷つけられた怒りがこみ上げて、地面に這いつくばった二匹にそれぞれ蹴りを見舞う。二匹とも赤い光にその身を変換されて、ナビの額の宝石に吸い込まれた。

「おめでとう。レベル2だ。ステータストーンを一つ手に入れたね。早速使うかい？」

「ちょっと休ませてくれ。クソッ……血が止まらないな」

勝利したものの、左腕はだらりと下がったままだ。

「戦う以上、負傷はつきものさ。だけど休んでいれば傷は治るよ。オークなら他の種族よりも回復は早いんだ」

「そいつは便利だが……痛いのはしんどいな」

白魔法で回復できれば楽だろうに。無い物ねだりってやつだな。前向きに考えよう。力に特化したオークだからこそ、はぐれ銀狼二匹を相手にも戦えたのかも知れない。ポイント一極集中でなければ、こうはいかなかったはずだ。

呼吸を整えると出血が次第に治まってきた。本当に回復しているらしい。

左腕が再び動くようになり、落ち着いたところで俺はナビに告げる。

「よし。ステータストーンを出してくれ」

「わかったよゼロ。どんどん戦ってレベルを上げてね」

ナビの額の宝石から放たれた光が集約して、真っ赤な六面体ダイスになる。浮かび上がったそれを手にすると、俺は投げる前に訊く。

「例えば6の目を上にしてそっと置いたらどうなるんだ？　毎回6を出し放題だろ」

「やってみるといいんじゃないかな」

禁止されていないなら、それも手だ。ステータスポイントは多いに越したことはない。

ダイスの6の目を上にして、そっと地面に置こうとすると――

ステータストーンは俺の手を離れてひとりでに転がった。出た目は1だ。

「あっ……なんてこった。こうなると解ってたのか？」

非難の視線をナビに向けるが、小動物は首を左右に振った。

「出た目が1だったのは残念だね。けど、必ず1が出るというわけじゃないんだ。どんなやり方をしても出る数値はランダムさ」

「そうなのか。なら威勢良く振った方が気分的にマシかもな」

数値決めにズルは無しってことらしい。

ステータストーンは砕けて俺の身体に吸収された。もちろん、上げる項目は決まっている。

名前：ゼロ　種族：オーク　レベル：2
力：G＋（5）　知性：G（0）　信仰心：G（0）
敏捷性：G（0）　魅力：G（0）　運：G（0）

ダイスの出目が悪かったものの、これでまた一歩前進だ。もう少しだけ休んだら、次の敵を探すとしよう。

魔物たちは俺に向かってくるばかりで、ナビの事は同じ魔物とでも思っているらしく、眼中にないようだ。まあ、ナビを守りながら戦うのは負担になるので、こちらとしては好都合だった。

存分に目の前の敵に集中できる。戦闘のコツというか、要領もだんだんとつかめてきた。

手傷を負うと回復に時間が掛かるため、仕掛ける時は魔物が一匹だけのところを狙う。

基本はタイマンだ。複数を相手に負けこそしないが、各個撃破なら反撃を受ける前に倒すことも可能である。

一匹だけのはぐれ銀狼を狙ううちにレベル3になった。早速ステータスを上げよう。

転がしたステータストーンの出目は3か。他の項目には目もくれず、力につぎ込んだ。

蒼穹の森には果実のなる木々も多い。甘みもなく皮も硬いが、鈴なりの黄色い柑橘《かんきつ》をもいで、果実で飢えと渇きを癒やすとまた戦う。食べることで回復力が上がるらしく、反撃を受けて負った手傷も数分休めばふさがった。頑健なるオークの肉体様々だ。

そうこうしているうちに早くもレベルが4になった。振ったステータストーンの出目は5だ。力の数値が13になったところで、ナビから「そろそろGからFに上がるかも」と言われた。

はぐれ銀狼も三体程度ならまとめて倒せるようになり、囓まれたくらいではどうということもなくなった。

「なあナビ。そろそろもう少し強い相手と戦いたいんだが？」

「それなら森の中心にある幻影湖まで出てみよう。先に進めば次の階層に続く祭壇もあるよ。魔物も強くなるはずさ」

祭壇とやらにたどり着けば、次の階層に進めるのか。

「湖畔には小屋が建っているから、今夜はそこで休むといいかも知れないね」

空を見上げると、生い茂る木々の間から降り注ぐ光が、かすかに弱まりだしていた。

「こんな地下でも昼夜があるのか」

「光球はだんだんと赤くなって、夜になるとうすぼんやりと光る月みたいになるよ。階層ごとに昼夜はバラバラだから、この階層が昼でも次の階層が夜っていうこともあるんだ」

「まるで地底の太陽だな。自然の産物には思えない。あんなもの、いったい誰が作ったんだ？」

「それはボクにはわからないね」

わからないと言えば、そもそもナビについても知らないことだらけだ。

茂みに分け入り獣道を進みながら、一歩先行く案内人に訊ねる。

「なあ、お前はいったい何者なんだ？」

「ボクはナビ。キミを導く者さ」

「それは最初に聞いたって。お前の目的はええと、なんだかの門を俺に開かせたいんだよな？」

「なんだかじゃないよ『真理に通じる門』さ」

「俺のことを助けてくれたし、恩に着るから協力するが、その門を開いてどうするんだ？」

立ち止まると前を向いたままナビは続ける。

「ボクはここから出られないんだ。迷宮の外には地上世界が広がっているけど、そちらに行くことはできないからね」

「地上世界？」

小動物の背中がしょんぼりと、どことなく寂しげに見えた。

「そうだよ。地上世界から冒険者たちが迷宮深くに降りてくる。彼らは出入り自由だけど、ボクは地上世界に戻れない。キミはきっとボクと同じじゃないかな。たぶん地上世界には出られないよ。だから一緒に『真理に通じる門』を開いて、戻るんじゃなく先に進むしかないんだ」

「その肝心の門はどこにあるんだ？」

「それは……たぶん地下二十階層よりも更に下だろうね。二十階層にある『最果ての街』で情報を集めたいのだけど……」

耳と尻尾をぺたんと下げてナビは溜息《ためいき》混じりだ。

「どうしたんだ？」

「ボクはキミにしか認知できない存在なんだ。街にはたくさんの冒険者がいるけれど、誰もボクの声に応えてくれなかった。キミがきっと最初で最後のチャンスなんだと思う」

ますますうなだれるナビが不憫《ふびん》に思えた。

「わかった。俺がナビの代わりに街での情報収集も担当するぜ」

「ありがとうゼロ。キミは素晴らしい人物だ。それだけに、無茶はせずじっくり成長しながら街を目指そう。死んでしまってはどうにもならないからね」

焦りは禁物ってことだな。

「ボクは魔物に感知されないから二十階層からここまでやってこられたけど、迷宮の地下十階層より下は、本来なら熟練冒険者でも簡単には突破できないんだ。降りるごとに魔物も強くなるよ」

道理で魔物たちがナビを無視して俺ばかりを襲うわけだ。

こいつは俺にしか認知できない。冒険者で賑《にぎ》わう街でもずっと孤独だったんだろうな。

俺が死んだらまた独りぼっちか。って、同情するより我が身の心配をした方がよさそうだ。俺が生き残ることが、こいつのためにもなるんだし。

「階層ごとの強さの目安はあるのか？　街に着くまで、だいたいどれくらいレベルを上げればいいのか教えてくれ」

「あくまでボクの見立てだけど、最果ての街にたどり着く冒険者のレベルは50くらいかな」

「ここから十階層も降りる間に、自然とそれくらいにはなるんだろうな」

「十階層から十一階層に行くなら最低でもレベル5以上は欲しいね。ただ、同じレベルでもステータストーンの出目によって実力は違ってくるし、ボクは冒険者ではないから、ステータスの割り振り方について最適なアドバイスもできないんだ。ごめんねゼロ」

「謝るようなことじゃないだろ。教えてくれてありがとうな。ひとまずオークの肉体は頑丈で頑健だ。このまま力の項目を伸ばして二十階層にある街を目指そう。だからこの先も案内頼むぜ」

「うん。任せて。ボクが通ってきたのは最短ルートだけど、そういう道は決まって強力な魔物が塞いでいたりもするから、勝てない相手がいる場所は、機会を待つか迂回《うかい》路を探すのもいいかも知れないね」

今の俺にはナビが必要で、ナビもまた存在を認識できる俺を必要としている。

迷宮を抜けるまで共同戦線だ。

森を歩くうちに次第に空が赤く染まっていった。

そのまま三十分ほど行軍する。四度、魔物の襲撃を受けたが、途中でレベル5になった俺の敵ではない。

レベル上昇で得たステータスストーンを使って、初めて6が出た。ダイス運も上向きだ。

名前：ゼロ　種族：オーク　レベル：5
力：F＋（19）　知性：G（0）　信仰心：G（0）
敏捷性：G（0）　魅力：G（0）　運：G（0）

力がGからFになった途端、すぐさま襲撃を受けた。

茂みから唸《うな》り声を上げて無数の獣の影が跳ぶ。

我ながら一極集中に過ぎると思うものの、はぐれ銀狼程度なら五匹に囲まれてもまったく怖くない。彼らの爪は皮膚に傷をつけることも叶《かな》わず、肉を裂き骨を砕く自慢の牙をもってしても、今や俺にとっては甘噛《あまが》みだ。じゃれつかれているんじゃないかと錯覚するくらいだった。

反撃に転じた俺は、力任せの大ぶりはせず一匹ずつ拳で狼の頭を打ち据える。

二匹、三匹と倒すうちに、残りのはぐれ銀狼たちは臆したのか「キャインキャイン！」と声を上げて森の奥に跳ねるように逃げて行った。

結局、仕留められたのは三匹だけだ。敏捷性をまったく上げていないので、魔物と遭遇するとほとんど先手を敵に取られてしまう。

まあ、こうしてカウンターで倒せるので問題無いわけだが、ああも逃げられると、やはりどうにも重たい身体で追撃は難しい。

力以外のステータスにも割り振った方がいいんだろうか。ちょっと悩みどころだな。

ナビの赤い瞳が暗い森にぼんやり光る。

「油断は禁物だよゼロ」

「大丈夫だって。しかし魔物に逃げられると厄介だな。手傷を負わせても倒さなきゃレベルは上がらないんだし」

戦うほど強くなる。それにだんだんと快感を覚えつつあった。だからこそ敵を逃して取りこぼすのがもったいない。

空の茜色《あかねいろ》が暗い青に染まりきった頃、ふと、鼻孔に湿り気を感じた。

ナビもヒゲをピクリとさせる。

「そろそろ幻影湖が近いね」

獣道を抜けると視界が拓《ひら》けた。

空には光球が薄ぼんやりと弱々しい光を浮かべている。その光球を波一つ立たない鏡面のような湖が、湖上にも映していた。

二つの月が水平線を挟んで並ぶ光景は神秘的だ。

「幻影湖の向こうに行けば魔物も強くなるよ。今夜はあそこで休もう」

ナビの視線の先には丸太を組み上げて作られた小屋があった。

ああいった建物は、地上世界の冒険者たちによる迷宮開拓時代の名残《なご》りだと、ナビは俺に教えてくれた。休むにはうってつけだな。一眠りして明るくなったら、すぐに出発しよう。

2. 武器とスキル

翌朝——

幻影湖を越えると遭遇する魔物の種類が変化した。

はぐれ銀狼や角ウサギは姿を消して、巨大昆虫が増えたのである。どうやら魔物にはテリトリーがあるらしく、湖畔から先の森は昆虫たちの楽園だった。

イノシシサイズのカブトムシ——マキシビートルは、その硬い殻に手を焼いた。がっぷり四つに組んでひっくり返し、比較的柔らかい腹側を攻撃すれば倒せるものの、手間が掛かる。

イヌワシほどの大きさの蜂——鳥喰蜂《とりくいばち》は針が厄介で、刺されるとしばらく身体の動きが鈍ってしまう。オークの回復力をもってしても、麻痺毒の無効化とまではいかないらしい。

それでも羽さえもいでしまえばこちらのものだが、跳び回る鳥喰蜂を摑むのに苦労した。

問題は蒼穹の森でも大型に分類される魔物だ。

俺の身長より二回りほど大きい、体長二メートルを超す巨大ナメクジ——グラウンドスラッグ。

こいつのテラテラと濡《ぬ》れた表皮は摑み難《にく》い上、軟体なので打撃の効果は薄い。

幸い、ナメクジはのしかかってこようとするばかりで動きも遅く、逃げることはできるのだが、分かれ道など要所要所で出くわした。迂回したり大樹の陰に隠れてやり過ごしたりと、苦戦というよりは我慢を強いられた。

「武器が欲しいな」

大樹に背を預け、巨大ナメクジが幻影湖方面に這いずっていったのを確認してから、俺は吐息混じりに呟いた。

武器になるかと思ったのだが、そこらで拾える朽ちた枯れ木の棒程度では、振るっただけで折れてしまう。薪にしかならなそうで、正直、己が拳で殴った方が強かった。

俺の溜息にナビが応える。

「武器や防具やアイテム類は、魔物を倒した時に手に入ることがあるよ。使い難い装備はボクにまかせて。分解して保管しておくから。一度分解してしまうと元には戻せないけど、素材の方が換金率が良いしね。最果ての街についたら換金しようね」

「お前、そんなことができるのか？」

「ボクはキミを導く者だからね。任せてよ」

戦う以外はお任せって感じだな。ありがたく頼らせてもらうとしよう。

しかし、この調子じゃ街に着くのは何日先だろう。そう思った矢先の事だ。

ブイイイイイイイイイイイイイイイン！

と、煩わしい羽音を立てて、森の奥から金色の塊が俺めがけて飛んできた。

子犬ほどのサイズのカナブンだ。金属塊のようなそれは、俺のみぞおちめがけて突っ込んできた。ドスッと重苦しいボディーブローが炸裂《さくれつ》する。

が、オークの厚い腹肉に衝撃は阻まれた。突撃の勢いを失った金色のカナブンを俺は両手で摑むと地面に叩きつけ、踏み潰す。

ぐしゃっと音を立てて巨大カナブンが光の粒子に還元された。

と、同時にナビが声を上げた。

「レア魔物のコンジキブイブイを倒したよ。しかもアイテムをドロップしたみたいだね」

一度は四散した光の粒子が寄り集まって、それは両手持ちのメイスになった。全長一・五メートル。太い金色の金属製シャフトの先端に、黄金のトゲ付き球がついている。肩から掛けられるマウントベルト付きだ。

こいつで殴られると痛いじゃ済まないだろうな。刺突粉砕の破壊力は、腕力が全てな今の俺にこそ、うってつけである。

拾い上げて柄の部分を掴むと、実にしっくりきた。

「おお、いいじゃないか。重量感といい握った感じといい。これなら全力で振り回せそうだ」

足下で小躍りするようにナビが尻尾を揺らす。

「それはゴルドラモルゲンシュテルンだね。レア度Bで、十階層で手に入るのは珍しい武器だよ。素材にもできるけど装備するにはぴったりだね」

「運の項目は全然上げてないんだが……ま、いいか」

あえて運にポイントを費やす意味は無い気がした。

手に入れた得物を軽く振るってみると、風圧で茂みや木々の葉が震えるように揺れた。

剣術だの弓術だのと技術を要さず、ただ力一杯殴りつける。シンプルなのがいい。

「その装備なら二十階層まで通用するんじゃないかな。早速敵と戦ってみよう」

ナビに促されてすぐさま標的を探した。

今の俺はまさに鬼に金棒だ。遭遇した魔物めがけて、お構いなしに突っ込んだ。

狙うはマキシビートル。武器なしでは手間の掛かる相手である。

敵がこちらに気づく前に突撃し、不意打ちで頭部めがけてトゲ付き黄金球を叩きつける。金属塊のように硬かった甲殻が簡単にへしゃげて、組み合う間もなくマキシビートルは光に消えた。

レベル6になったのはその直後の事だ。

早速出たステータストーンで得たポイントは2と低かったものの、手に入れた武器の強さを考えれば誤差の範囲ってやつだな。

名前：ゼロ　種族：オーク　レベル：6
力：F＋（21）　知性：G（0）　信仰心：G（0）
敏捷性：G（0）　魅力：G（0）　運：G（0）
装備：ゴルドラモルゲンシュテルン　レア度B　攻撃力80
スキル：ウォークライ　持続三十秒　再使用まで五分

「なんだこのスキルってのは？」

「固有能力だね。ウォークライは戦いの雄叫《おたけ》びさ。相手に聞かせることで戦意を削《そ》いで、自分自身の闘争心を燃え上がらせる技だよ」

「声を出して気合いを入れる……ってことか？」

「その気合い入れをもっと自分の力として認識して行うことで、スキルはスキルとして発動するんだ。声で相手に気づかれるから奇襲には向かないね」

元々敏捷性をまったく上げていないから、先制攻撃の権利なんて最初《はな》から捨てている。

「一度使うと五分間は使えないから気をつけて。今のペースなら一度の戦闘につき一回使えるかどうかだね」

最初に使うか、ここぞという時に使うか悩ましい。が、行動の選択肢は増えるに越したことはなかった。


幻影湖を出発して半日、虫たちの領域を抜けると、再び動物系の魔物のテリトリーに入った。

襲ってくるのはウサギ系ばかりで先制攻撃を受けたが、反撃で楽々勝利を重ねること数度――

鬱蒼と茂る森がパッと開けた。そこだけ切り取ったように草原で、中央に石造りの台座が遺跡の如く鎮座している。

やっと最初の目的地である祭壇にたどり着いたみたいだな。

すぐに飛び出さず俺は森の木の陰から様子をうかがった。

まず中央の石造りの台座を遠目から確認する。オークの視力は優れているとも劣っているとも言えなかった。

あれ？　なにと比べてだろうか。ともあれ、今の視力は鷹《たか》の目とは言えないが、それでも遺跡らしい雰囲気は見て取れる。

台座は明らかに人の手によって作られた物だ。

ナビが街で仕入れた情報によると、地上世界から冒険者たちがやってきた時から、階層と階層を繋《つな》ぐこの祭壇は、各階層の地底世界を照らす光球と同じく、すでに存在していたらしい。

石の台座には供物を捧《ささ》げる特別な祭壇という雰囲気があった。いつしか迷宮に挑む冒険者たちの間にその名が定着したのも、自然なことだったのかも知れない。

迷宮の階層は祭壇によって繋がっている。階段で下っていくのを勝手にイメージしていたが、ナビ曰《いわ》く、祭壇の上に乗ると転移魔法で次の階層に飛ばされる仕組みなのだとか。

問題は、そんな祭壇の前に立ち塞がるひときわ大きな魔物だった。

蒼穹の森における最強の魔物――獅子《しし》ウサギ。

燃えるようなたてがみを生やした巨大なウサギ型の魔物だ。

体毛は茶色で大型のクマほどの巨体だが、長い耳や手足の作りはウサギのそれである。瞳は金色をしており、森から続く獣道をじっと見据えていた。

手先は器用らしく、巨大な杵《きね》を手にしている。それを易々《やすやす》と振り回すというのなら、膂力《りょりょく》は他の魔物たちと一線を画すレベルだろう。

こうした強い魔物はたとえ冒険者に倒されても、森のどこからか新しい個体が現れて祭壇を守る……とは、ナビが街で耳にした情報だ。

足下でナビが俺に告げた。

「月に一度、夜の光球が完全に消える新月の時だけ獅子ウサギは眠るみたいだよ。あと二週間待てば安全に先に進めるね」

「そういう情報は早く言えって」

判《わか》っていれば比較的安全な湖畔でチャンスを待つという選択肢もありだった。

「ゼロ……ボクはキミを導く者として自分なりに考えているつもりだよ。事前情報の全てをキミに伝えても混乱するんじゃないかな？」

赤い瞳をくりっとさせてナビはじっと俺の顔を見上げる。これは俺が良くなかったな。強敵を前にして、柄にも無く緊張したらしい。

「お、おう……その、悪かった。配慮してくれたんだな」

「ボクの方こそごめんね。これからは少し先の事でも相談するよ」

こいつはこいつなりに俺の事を考えてくれているんだし、ここで責めるのはお門違いだ。

「なあナビ。獅子ウサギについてわかる範囲で教えてくれ」

「すぐに戦うつもりかい？」

「武器もあるしスキルも覚えた。そもそも倒せないなら、この先やっていけない……違うか？」

身体も大きく鈍重なオークの俺が、見晴らしの利く開けた草原の真ん中に陣取る獅子ウサギに、奇襲を仕掛けるのは不可能に近い。たとえ森の中を迂回して背後を取っても、ウサギ系の魔物なら接近途中でこちらに気づくだろう。

あの長い耳はいかにも音や気配を拾いそうだ。

正面からぶつかってやる。覚悟の眼差《まなざ》しを向けた俺に、ナビは小さく頷いた。

「わかったよゼロ。獅子ウサギはウサギだけあって素早いんだ。それから蹴りが強力だよ。ジャンプからの武器の振り下ろし攻撃には気をつけてね」

「蹴りまであるのか。まあウサギが脚力を活《い》かさない手はないよな」

ここにたどり着くまで、両手両足の指の数では足らないほどの魔物を葬ってきた金色槌《つち》――ゴルドラモルゲンシュテルンの柄を両手で握って、俺はゆっくり息を吐く。

ナビが耳と尻尾をうなだれさせながら忠告した。

「本当に無理だと思ったら退却をオススメするよ。祭壇を守る魔物は一定以上離れると追って来ないらしいからね」

陽動にも引っかからず守るべき祭壇を放棄しないとは見上げた根性だ。

ナビに告げる。

「魔物にはお前のことが見えないとはいえ、戦いで巻き添えを食うかも知れないからな。ここで待っていてくれ」

「わかったよゼロ。きっとキミなら勝てるよ」

赤い瞳がかすかに潤んだように見えた。

ナビの励ましに頷いてから肺いっぱいに息を吸い込んで、腹にまで空気をため込むと、吐き出す勢いとともに俺は声を上げた。

「ウオオオオオオオオオオオオオオオオオオオオオオオオオオオッ!!」

獣のような咆吼《ほうこう》とともに大樹の陰から飛び出すと、猪突《ちょとつ》猛進する。一直線に標的へと向かい、モルゲンシュテルンを獅子ウサギの脳天めがけて叩きつけた。

が、俺の一撃は素早く構えられた杵の柄に阻まれた。獅子ウサギに押し返されて半歩下がった途端、杵が鼻面をかすめる。

やばい臭いがプンプンだ。事前情報通り、こいつは図体《ずうたい》に見合わず素早い。力で互角でも俺には速さが足りていない。

再びモルゲンシュテルンを食らわせようと身構えた時には、獅子ウサギの前蹴りが俺の腹に炸裂していた。

「――ッ⁉」

派手に後方に吹き飛ばされて、俺は草原を転がった。衝撃が内臓にまで届いて、一瞬呼吸が止まったじゃないか。ったく、オークじゃなければ今の一撃は致命傷だ。

敏捷性と力を兼ね備えているなんて、まったく困った魔物だな。

俺は立ち上がろうとしたが、危険を察してその場で樽のようにゴロゴロと転がった。

たった今、俺が倒れていた場所に空から獅子ウサギが降ってきて、杵の一撃を見舞う。

ズドンと射貫くような音が草原に響いた。

ナビが注意しろと言っていたジャンプ攻撃だ。転がっていなければ、立ち上がる間に頭部を吹っ飛ばされていたかも知れない。

杵の一撃によって地面が陥没し、今し方俺のいた場所に小さなクレーターが出来あがる。叩きつけた杵は地面にすっぽりはまって埋没し、獅子ウサギはそれを抜くのに手間どっていた。

その隙に立ち上がり、モルゲンシュテルンを構え直して敵を注視する。

ズボッと杵の先端を地面から引き抜くと、獅子ウサギもこちらをじっと見つめて鼻をヒクヒクとさせた。

よくぞ避けたな。次は外さん……とでも言わんばかりだ。

あのジャンプ攻撃を食らったらやばい。やばい。やばい……が、勝機はそこにあった。

モルゲンシュテルンの柄をギュッと握り直し、じりじりとすり足で距離を詰める。鈍重な俺がコイツに攻撃を当てられるとすれば、カウンターしかない。

互いに手も足も出さず間合いが詰まる。俺は再び得物を大上段に構えた。両腕を振り上げ腹を晒《さら》すと、すかさず獅子ウサギの蹴りが飛んでくる。

かかったな！　わずかに後ろに跳ぶ意識を持ちながら、獅子ウサギの蹴りを受けて再び俺は草原に転がされた。

が、今度は蹴りを受けるのも計算のウチだ。一呼吸おいて身をよじり、寝返りをうつように転がりながら立ち上がった。

そして叫ぶ。

「ウオオオオオオオオオオオオオオオオオオオオオオオオオオオオオオッ!!」

仕掛けた時と同じような叫び声だが、今度のそれはスキル混じりのものだった。

ウォークライ。自分自身を鼓舞し相手を怯《ひる》ませる技は、空中に飛び上がった獅子ウサギが、落下の加速を込めた一撃を打ち下ろす寸前で、その威力を発揮した。

体勢を崩して杵を振り下ろしながら着地した獅子ウサギは、杵をまっすぐではなく斜めに地面に叩きつけて陥没させ、無防備になった。

そこにすかさずモルゲンシュテルンの一撃を加える。獅子ウサギの横っ面を吹き飛ばす勢いでフルスイングした。

バキャンッ！　と砕ける手応えが両手に伝わるが、間をおかず二発、三発と打ち据える。

杵から手を離してよろめいた獅子ウサギが、前掛かりで俺にしがみつこうと両腕を伸ばす。が、冷静に一歩下がってから、その手を避けて得物を下段からアッパースイングし、顎を砕いた。それがトドメの一撃となった。

顔を空に向けたまま獅子ウサギの身体が光に分解される。すかさず森の木陰からナビが飛び出して、その光を額の赤い宝石で回収した。

「すごいよゼロ。まるで前に一度戦ったことがあるみたいな手際の良さだね」

緊張が解けた途端、どっと疲れを感じた。肩で息をしつつナビに返す。

「ハァ……ハァ……ナビが事前に忠告してくれたおかげだ」

「おめでとう。今の戦いでレベルが上がったよ。ステータストーンを使うかい？」

「ああ。頼む」

ナビの額の宝石から光が溢れてまとまると、六面体ダイスに早変わりした。

握って「6よ出ろ」と念じてから放り投げる。

草原を転がったステータストーンの出目は3だった。

名前：ゼロ　種族：オーク　レベル：7
力：F＋（24）　知性：G（0）　信仰心：G（0）
敏捷性：G（0）　魅力：G（0）　運：G（0）
装備：ゴルドラモルゲンシュテルン　レア度B　攻撃力80
スキル：ウォークライ　持続三十秒　再使用まで五分

3. ロードマップ

祭壇は十メートル四方の正方形で石造りだ。まるで切り出してきたかのように継ぎ目がなく、触れてみるとひんやり冷たい。

ナビが跳ねるように駆け上がって、祭壇の中心に立つ。

「さあこっちだよゼロ。ボクのそばに来て」

促されるまま祭壇に乗り中央に歩み出ると、足下に幾何学模様のような魔方陣が広がった。円と記号と文字で構成されたものだが、なにが書いてあるのかはさっぱりわからない。

もし知性が高ければ仕組みを読み解くこともできるんだろうか？

足下でナビが尻尾を揺らした。

「あれ？　ずいぶんと落ち着いているね。ボクはてっきりキミが驚いて、転送途中で逃げてしまうんじゃないかと心配していたんだ」

「驚きはしたけど、それ以上に『どういう仕組みなのか？』と思ってな」

「それはボクにはわからないよゼロ」

まあ、こういったことは考え出したら切りが無い。倒した魔物が光に消えるのも、その光を集めてステータストーンに出来るのも不思議な話だ。

「それじゃあ転送を開始するね」

「ああ、やってくれ」

俺の身体は倒された魔物と同じように、光に分解されると魔方陣の中に溶けて消える。

視界は白く染まって、瞬きすると同じ祭壇の上に立っていた。

だが、空――天井は紫色の濃い霧に覆われて、先ほどまでの緑豊かな森が嘘のように、陰気くさい場所に出る。ナビが小さく息を吐いた。

「転送は上手くいったみたいだね。ここは迷宮の第十一階層。冒険者たちの間では『城塞廃墟《はいきょ》』と呼ばれているフロアさ」

石畳よりも滑らかに舗装された継ぎ目のない道に、いくつもの住居跡とおぼしき建物が連なっている。中には数十メートルを超す巨大なものまであった。まるで城だな。

街路に植えられた木々は剪定《せんてい》する者もいないためか、好き放題に生い茂っている。

遠くに見える高い塔と、街の周囲を覆う灰色の壁に圧迫感を覚えた。

「なあナビ。さっきの森とはえらく違うな」

「そうだね。この先の事も話しておくかい？」

「ああ。軽くでいいから教えてくれ」

「わかったよ。第十二階層は『星屑《ほしくず》砂漠』さ。広大な砂の海だよ。出発地点には冒険者たちが残した砂漠越えの装備があるから、利用させてもらうといいんじゃないかな。途中途中のオアシスで給水をしていこうね。ナツメヤシの実がなっているから、それも食べるといいよ。オアシスの位置はボクが把握しているから、迷うこともないし安心してね」

地下で砂漠越えとは驚いた。まだこの十一階層に来たばかりで、次の心配をするには早過ぎるかも知れないが……それでも今のうちに色々と教えてもらおう。

「その次はどういう場所なんだ？」

「十三階層は『大深雪山《だいしんせつざん》』になるよ。防寒具は登山口に冒険者たちが残していってるけど、厳しい寒さに油断はできないね」

暑い砂漠から一転して極寒の雪山ってか。本当に地下なんだろうか？　ナビは続けた。

「十四階層は『巨石平原』になるね。不思議な巨石のオブジェがあるんだ。環境は安定しているけど、魔法を使う魔物が多いよ」

充分に鍛えながら進まなきゃいけなそうだな。

「とりあえず二十階層まで続けてくれるか？」

「わかったよ。十五階層には『なにもない』んだ」

「なにもないって……なんだそりゃ？」

「白い壁と床と天球だけだよ。広さもさっき抜けてきた森と比べれば狭いね。入り口の祭壇から出口の祭壇が遠目に見えるくらいさ。魔物もいないから、素通りできるね」

妙に引っかかるな。考えるだけ無駄かも知れないが、なにもないが〝ある〟ことに意味がないとは思えなかった。なにせ森だの砂漠だの雪山だのと、階層ごとに特徴があるようだし。

「続けるねゼロ。十六階層は『地底湖島』さ。フロア全体が湖で、群島を繋ぐ橋を渡ったり、イカダを使って進むんだ。橋には強力な魔物がいるから要注意だね」

だんだん気が遠くなってきた。更に三つも階層が残っているのか。

「十七階層は『死毒沼地』になるよ。死霊系の魔物が徘徊《はいかい》する湿地帯で、麻痺の胞子を吐き出すキノコや、毒の沼地がいたるところにあるんだ」

となればせめて、治療できる程度に白魔法を学んでおくべきか。しかし中途半端にスキルポイントをつぎ込むのは、経験値を無駄にしかねない。俺はしゃがみこんでナビの顔を見つめた。

「なあナビ。俺がこれから信仰心にスキルポイントを割り振っていったとして、何レベルくらいで毒の治療ができるようになるんだ？」

ナビはふるふると首を左右に振る。

「それはボクにはわからないよ。前に言った通り、ステータスやスキルについてのアドバイスはしてあげられないんだ。ごめんねゼロ」

ばつが悪そうなナビの頭をそっと撫《な》でる。

「お前がいてくれるだけで心強いよ。俺の事なのに俺にもわからないんだから、ナビが知ってるわけないよな」

シルクのような柔らかい手触りの毛並みで、撫でているだけで癒やされる。ナビも気持ちよさげに目を細めた。

「触れられるってこんなに嬉しい気持ちになるんだね」

俺が手を離すと、名残り惜しそうな顔をしてから、尻尾をゆらりとさせてナビは説明に戻る。

「十八階層は『火炎鉱山』だね。熔岩の川が流れる火山地帯だよ。通り過ぎるだけなら危険は少ないけど、鉱山にはとても珍しい鉱石があるらしいんだ。でも、採掘しにいって帰ってこない冒険者が後を絶たないんだってさ」

見つければ一攫千金《いっかくせんきん》……っと、欲をかくとマグマよりも熱いしっぺ返しをくらいそうだ。

「十九階層は『世界樹上《せかいじゅじょう》』だよ。巨大な木の上を、枝を伝って進むんだ。足を踏み外して落ちた冒険者たちがどうなるかは、誰も知らないそうだよ」

最果ての街を目の前にして、最後の試練も手強《てごわ》そうだな。

そんな苦難を乗り越えて、街に集った冒険者たちは誰もが超一流ってことかも知れない。

ふと疑問に思った。

「なあナビ。最果ての街についた冒険者たちはなにをするんだ？　やっぱり例の〝門〟とかいうのを探すのか？」

ナビの耳と尻尾が力無くうなだれる。

「二十一階層を探す冒険者もいるみたいだけど、基本的にはあの街で暮らし続けているね。世界樹上には地上世界ではお目にかかれない霊薬の素材があるみたいなんだ。火炎鉱山まで足を延ばして鉱石を探したり、見つけた素材を街で加工、調合してから故郷に持ち帰り、また戻ってくるのを繰り返す冒険者も多いよ。地上まで定期的に戻るキャラバンもいるみたいだし」

だから砂漠や雪山の階層には、それを越えるための装備が置かれているのか。ナビは「二十階層は地上世界と遜色ないどころか、気候も安定していて食料も豊富だから、居着いてしまう冒険者も多いみたいなんだよね」と、締めくくった。

もしかしたらその街自体、冒険者を先に進ませないために用意された、蟻地獄《ありじごく》のような罠なんじゃなかろうか。

たどり着く前からそんなことを考えてしまった。

俺はゆっくり膝を伸ばして立ち上がる。

「先は長いが進むしかないみたいだな」

見据える先は灰色の廃墟群だ。まずはこいつを抜けないとな。


力の項目以外を捨てたことが裏目に出た。

城塞廃墟に出現する魔物の中に、天敵が存在したのだ。見た目は土を焼いて作ったような人形で、目は大きくまるで女のような乳房があり、腰のくびれた奇妙なデザインなのだが、羽ばたくわけでもなく空を浮かぶこの魔物――ドグーラは、黒魔法で遠距離から攻撃を仕掛けてくる。

使うのは火炎を矢の如く飛ばす黒魔法――ファイアボルト。得物のモルゲンシュテルンで弾くこともままならない。せめて盾でもあれば違うのかも知れないが、無い物ねだりだ。

ともかく一発もらえばそれだけで、オークの肉体の頑強さが嘘のように、炎熱地獄の苦しみを味わうのである。

命からがら逃げ出して、廃墟の建物の陰に隠れてやり過ごす。スタート地点の祭壇から、まだ百メートルと進んでいなかった。

「ハァ……ハァ……ったく。近づけさえすればこっちのもんなんだがな……」

一階層降りただけで、こんなにも敵が強くなるものなのか？　十階層の祭壇を守っていた獅子ウサギが可愛《かわい》く思えてきた。足下でナビが言う。

「どうやらキミは魔法に極端に弱いみたいだね」

「なるほど。弱点を突かれてるってことか」

武器も手に入れて当分は楽に魔物狩りができると思っていたんだが……いや、選択を間違ったと後悔はしないぞ。あくまで相性が悪いだけだ。

幸いドグーラも獅子ウサギと行動パターンが同じなようで、ある程度距離を取ると元の場所に戻っていった。生き物らしさがまるでない。魔法によって生み出された自動人形という印象だ。

結局、大して探索もできないまま俺は祭壇近くに戻ってきた。十一階層のスタート地点は祭壇を中心として、道が三方向に分かれて伸びている。一つは今し方、死ぬ思いで逃げてきた中央通りだ。残る二つはそれぞれ左右に分かれ、先が入り組んだ小道だった。

「なあナビ。ドグーラがいないルートはないか？」

「ボクはこの城塞廃墟の中央通りをまっすぐ進んできたからね。その道にはさっきの魔物がたくさんいたよ」

出くわしたのが一匹で本当に幸運だった。二匹相手なら逃げ切れず、今頃ファイアボルトで物言わぬ炭の塊にされていただろう。

「とりあえず中央の道は止めておこう……そうだ、右の小道を偵察してきてくれないか？」

ナビにお願いすると、途端にその青い毛が逆立った。

「それは無理さ。ようやく見つけたキミと、万が一離ればなれになったらボクはおしまいだ」

珍しく語気が強い。小さな牙をむき出した顔には、寂しさや悲しみよりも怒りが感じられた。

「どうした？　俺が逃げたりするわけないだろ。この世界で頼りになるのはお前だけなんだし」

「絶対にだめだよ。ボクはゼロのそばにいる」

「魔物に見つからないお前なら、偵察にはうってつけなんだけどな。まずは俺が無事、二十階層にある最果ての街に着くことが、行く行くはお前のためにもなるんじゃないか？」

偵察任務をこなしてもらえれば、俺としては余計な危険を冒さずに済むので助かるんだが……ナビはますます毛を逆立てて俺に抗議の構えだ。

「キミを見失ったらボクはまた独りぼっちだ。お願いだからボクをこれ以上不安にさせないで。戦闘の時は邪魔にならないようにするけど……ともかく、キミがボクの視界から消えてしまうようなことだけは止めて欲しいんだ」

「わ、わかったわかった。偵察任務の案は無しだ」

どうやら分かれて行動すると言うのは、ナビにとっては最大級の禁句みたいだな。


中央通りを捨てて、低い建物が入り組んだ左右の小道から先に進めないか探ってみたのだが、結局どちらのルートにも避けられない場所にドグーラが配置されていた。

しかも、他に魔物がいないのだ。蒼穹の森では倒せそうな相手を選んで戦うことでレベルを上げてきたが、ここではそうもいかない。

「まいったな。こりゃあ十階層に引き返してレベルを上げた方が良いかも知れない」

俺は舗装路に視線を落として溜息を吐いた。正直なところ、獅子ウサギを倒してレベルが上がったため、森に戻って戦ってもなかなかレベルが上がらなそうだ。

同格の魔物なら充分な戦闘経験を得られるが、格下が相手になるとガクッと落ちて何十匹、下手をすれば何百匹も狩らなければならない。早くも〝壁〟を感じた。

足を止めるとナビが顔を上げて俺に言う。

「今のままだとドグーラと戦うにはレベル10は必要じゃないかな」

「ったく……ポイントの振り方を間違えたかなぁ」

途方にくれながら足下のナビを見ていて、ふと気づいた。舗装された道には時々、丸い金属製の板のようなものがはまっている。今もナビがその上にちょこんと座っているんだが……金属板には窪《くぼ》みがあって、そこに指を掛ければ外して持ち上げられそうな感じだ。

「お！　ちょっと退いてみてくれナビ」

俺の言葉にぴょんと小動物は跳ねた。早速地面にはまった金属板の窪みに手を掛けて、持ち上げる。オークの腕力なら楽々だ。

「やったぜ。こいつをなんとか盾代わりにすれば……って、なんじゃこりゃ」

見れば地面にぽっかり穴が空いていた。丸い金属板はこの穴を塞ぐ蓋だったのかも知れない。かすかに水の流れる音と、腐敗臭が穴から漂った。

「地下水路か？」

ナビが目を丸くする。

「すごいよゼロ！　こんなルートを見つけるなんて。キミはやっぱり選ばれた存在だ」

暗い闇の底をナビは見下ろしながら、額の宝石から光を放射して照らす。

穴の縁にはハシゴがついていて、これを伝えば安全に下まで降りられそうだ。

「他に進める道も無いし、行ってみるか」

蓋になった円形の金属板を盾として持ち込みたかったのだが、綺麗な真円だからかどう角度をつけても穴の中に持ち込むことはできなかった。

ナビに訊いてみたが、この金属板は素材として取り込むことができないらしい。しぶしぶ諦めて俺は縦穴に入った。

正直、身体のサイズのせいでギリギリだ。突っかかりそうになる腹をなんとか引っ込めて、肩にナビを乗っけたまま降りる。底について見上げると、地上から十五メートルほどだろうか。入って来た穴がずいぶんと小さく見えた。

俺の肩からひょいっと降りると、ナビが周囲を額の宝石から放たれる光で照らす。

地底には小さな川が流れていて、俺たちが降り立ったのはその脇にある狭い通路だ。

「見てよゼロ。向こうに明かりがあるみたいだよ」

まっすぐ伸びる通路は十メートルほどで突き当たり、右に曲がっていた。道の折れた先から光が漏れている。誰かいるのか。はたまた魔物か。

「ナビ。光量をしぼって足下だけ照らしてくれ」

「わかったよ」

足下だけを照らしてもらって、俺はモルゲンシュテルンを構えると、足音を立てないよう慎重に進んだ。とはいえ敏捷性の低さもあって、どうやっても足音を消すことができない。

地下の通路は音が響きやすいようで、奇襲の算段は早くも水泡に帰したが……俺とナビが通路を曲がると、その先には松明《たいまつ》を手にした二足歩行する巨大ネズミの魔物——火付けネズミの群れが待ち受けていた。

初見の魔物が三体。地下通路には彼らが灯《とも》した松明の明かりが点々と続いている。

どうやらここは連中の巣穴になっているみたいだな。

目が合った瞬間、驚きのあまり足の止まった火付けネズミの頭めがけて、俺は容赦なくモルゲンシュテルンを突き込んだ。

火付けネズミはドグーラのように黒魔法を使わず、武器も手にした松明くらいなものだった。

狭いこともあってモルゲンシュテルンを充分に振るうことはできないが、突きでもそれなりに打撃を与えられている。リーチは圧倒的にこちらが長く、松明の炎は届かない。

水路脇の通路は狭い。火付けネズミが二体並べばぎゅうぎゅうだ。三体を相手にしても囲まれることはない。

全力スイングなら一撃で倒せそうだが、でなくとも四〜五発叩きつければ魔物を無力化できた。

モルゲンシュテルンの突きでよろけたネズミの頭を左手で掴んで、通路脇の壁に叩きつける。

「まずは一匹」

おののく二匹目、三匹目も同じ要領で片付けると、あっさりレベルが「8」に上がった。

ナビが嬉しそうに尻尾を振る。

「おめでとうゼロ。ステータストーンを振るかい?」

黙って頷く俺にナビは集めた経験値を結晶化させて、ステータストーンを生成した。

今回も「6よ出ろ」と念じて振るう。

結果は——5だ。かなり良い目だが、問題はその配分だった。

悩ましい。今からでも信仰心にポイントを注ぐかどうかである。

傷を癒やしたり毒や麻痺を回復する白魔法は、旅の命綱だ。ただ、ドグーラのように相性が極端に悪い魔物でさえなければ、腕力頼りで倒してこられたことを考えると、信仰心に浮気をしていいものかどうか。

オークの肉体の自然治癒力は高いし、魔法を使う敵は避けて通るか、場合によっては戻ってコツコツレベルを上げるという手もあるわけだ。

何日以内に最果ての街に到達しなければならないという期限もないのだから。

ひとまずポイントは力に割り振ることにした。


地下通路の中には、火付けネズミだけでなく、黒く平べったいカサカサ動く虫の魔物——ブラックローチや繭の魔物——糸吹きサナギがいた。

ブラックローチは素早いためこちらから攻撃は仕掛けずやり過ごした。動かない糸吹きサナギに関しては、力一杯モルゲンシュテルンで叩けば経験値になる。

「もう少しリーチの短い手斧《ちょうな》か棍棒《こんぼう》でもあればもっと捗《はかど》りそうだな」

壁に貼り付いた糸吹きサナギを叩きつぶして、俺は小さく息を吐く。

ナビも「状況によって武器を使い分けるのはとても有効だよ」と、俺の成長に目を細めた。

第十一階層に降りてからしばらく、薄暗い地下道で戦い続けてレベルが二つ上がった。

当然、ステータスポイントは一極集中だ。

名前：ゼロ　種族：オーク　レベル：10

力：E＋（35）　知性：G（0）　信仰心：G（0）
敏捷性：G（0）　魅力：G（0）　運：G（0）
装備：ゴルドラモルゲンシュテルン　レア度B　攻撃力80
スキル：ウォークライ　持続三十秒　再使用まで五分
　力溜《た》め　相手の行動が一度終わるまで力を溜める　持続十秒　再使用まで三十秒

「力がEになったね。おめでとうゼロ」

ジメッとした地下通路の壁に赤い光でステータスを映し出すと、俺の足の間にすっぽりはまり込むようにお座りをしてナビが祝福する。

「力溜めか。なになに……相手の行動が終わるまで？　なんだか良くわからんな」

「溜めた時間に応じて次の一撃が強化されるスキルだね。最大で十秒まで溜められるみたいだよ」

「カウンター向けだな。こっちも一発食らわなきゃならないとなると、使い所が限定されそうだ」

「その点は問題無いよ。相手が攻撃してきても、防御したり避けたりはできるからね」

「防ぐ盾も無ければ避ける身のこなしもないんだが」

「ああ、そうだったね。気を落とさないでがんばって」

優しく言われると逆に心へのダメージが大きくなるっての。

ともあれ試しに火付けネズミに使ってみよう。ちょうど単独で行動しているのを見つけて、俺は力溜めを行った。火付けネズミは松明を振り回してくるが、それはモルゲンシュテルンで防ぐ。

お！　武器で敵の攻撃を防いでも、力が抜けてしまうようなことは無いみたいだ。

後は通路という地の利を活かして踏み込み、モルゲンシュテルンで突きを放つ。瞬間——

ドゴオオオオオオオッ！

と、風を切るような爆音が響いて、火付けネズミは通路の奥に吹っ飛んでいった。

「おお、こいつはすごいな」

ナビも目を丸く見開く。

「成長方針に口出しするつもりはなかったけど、力の一極集中だとこんな威力になるんだね」

これなら地上に出て、宿敵《ドグーラ》を倒すのもいけるんじゃないか？　突きよりも振り回す方がモルゲンシュテルンの威力も出せるしな。

地下水路の果てにたどり着くと、俺は肩にナビを乗せたまま地上に向かうハシゴを登った。天井は例の金属の円盤で蓋がされている。慎重に蓋を少しだけ持ち上げて周囲を確認した。

大きな通りのようだ。幸い、ドグーラの姿は無い。蓋を完全に持ち上げて外に出る。

ナビは周囲をキョロキョロ見回してから、最後に首を上に向けた。

「どうやら塔はすぐそこだね。ここは中央通りの終着地点みたいだよ」

十一階層に降りてすぐ、祭壇から遠くに見えた巨塔が目前だった。地下水路をたどるうちに、ずいぶん遠くに来たもんだな。

「次の階層に続く祭壇は近いのか？」

「あの塔の前に広場があってね、そこなんだけど……」

「また祭壇を守る強い魔物がいるんだな」

「強い個体はいないね。祭壇の入り口付近をドグーラが巡回してるんだ。強さは通常の個体と変わらないけど、冒険者を発見するとけたたましい音と光で仲間を呼ぶんだって。ドグーラが交代するタイミングが決まっていて、その時に上手く祭壇に滑り込めば戦わずに先に進めるみたいだよ」

ここも時間経過で先に進むことはできるみたいだが、交代のタイミングを見極める必要があるらしい。タイミングを見誤れば袋だたきか。シビアだな。

「なあナビ。仲間を呼ぶっていっても、すぐに来るわけじゃないんだろ？」

「そうだね。ドグーラが警報を出す前に倒せばいいんだし」

「警報を鳴らされてからの猶予はどれくらいだろうな？」

「さすがにそこまではボクにもわからないよ」

強行突破は命取りになりかねない。

慎重に進むなら、ドグーラの行動パターンを観察して隙を探すのがいいかも知れないな。


城塞廃墟の地上には公園や広場が点在しており、そこには水の出る魔導器が設置されていた。オークの内臓のおかげか、幸い出てくる水を飲んでも大丈夫そうだった。

また、密封された固めたパンのようなものが定期的に補充される箱があった。補充するのはドグーラと同じ土人形だが、俺のことなど見えていないらしく黙々と仕事を続けている。

味は最悪だがかさばらないため、廃墟で見つけたちょうどよさげな袋に詰めていくことにした。

休憩を挟んで力試しにドグーラと戦う。もちろん狙うのは一体のみだ。

初手合わせの時とは打って変わってファイアボルトの一撃に俺は耐えると、溜めた一撃で易々とドグーラを粉砕することができた。

とはいえ、連戦は厳しい。耐えたといってもギリギリだ。ドグーラと一戦するごとに、食事と給水の休憩を挟む必要があった。

オークは魔法に弱い。レベルを上げても基本的には覆りがたい事実のようである。

ナビの忠告に従って、強行突破はせずに祭壇周辺の巡回型ドグーラの行動パターンを観察した。

二晩ほど巡回型ドグーラの動きの確認を行い、三日目の早朝の交代タイミングに、俺とナビは塔の前の広場を駆け抜けた。

ウイイイイイイイイイイイイイイイイイイイイイイイイイイイイッ！

交代で現れたドグーラの目から赤い光が四方八方に飛び、けたたましい警告音とともに、連中がダース単位でわらわらと集まってくる。

祭壇の上に乗った俺とナビに全方位から無数のファイアボルトが放たれた。

ナビを庇《かば》うように俺は仁王立ちして、一番初めに放たれたファイアボルトを一発受けた。あと二発も受ければ命は無いかも知れない。

「ナビ！　急げ！」

「行くよゼロ」

連中のファイアボルトが祭壇に群がった瞬間――

間一髪で俺とナビの身体は光の粒子となって、足下に広がる魔方陣の中へと吸い込まれた。

4．星の砂漠と白銀の雪原を征く

第十二階層は星屑砂漠。白い砂の海がどこまでも広がっていた。

天井まで真っ白で、太陽と月の代わりをする天球から降り注ぐ日差しは眩《まぶ》しく熱く暑い。立っているだけで汗が噴き出した。

スタート地点となる祭壇はオアシスに隣接していて、無人のテントが張られている。

ここには往来する冒険者が使えるようにと、砂漠の旅を支援する装備類が用意されていた。水筒や日よけ帽やマントにザック類もあるため、遠慮せず借りていこう。

借りた道具は出口近くのオアシスに戻しておけばいいらしい。途中途中のオアシスで手に入るナツメヤシは、食べきれなかった場合にキャンプにおいておくと次の冒険者の助けになるのだとか。

吊《つる》されている干し網からナツメヤシも拝借した。一つ食べてみると、甘くて美味《うま》い。オークになってから口にした物の中では一番だ。

白い砂漠に浮かぶような色合いの青い獣が俺に告げる。

「この星屑砂漠にも強力な魔物はいるけど、上手く避けて通れば遭遇せずに済むよ。ルート案内はボクに任せて」

「そいつはありがたいな。頼むぜナビ」

「ボクはキミを導く者だから当然さ」

すぐにも出発したそうなナビを俺は呼び止めた。

「ちょっと待ってくれ。さっき食らったダメージもまだ抜けきってないし、少し休んだら、このオアシス付近で試しに十二階層の魔物と戦っておきたい。暑い中、どれくらい自分が動けるかの確認も兼ねてな。いざって時に動けなきゃ困る。だから身体を慣らす期間が欲しい」

くるりと進路を反転させてナビは俺の足下に戻ってきた。

「それもそうだね。とても冷静な判断だと思うよゼロ」

それによく見れば、無人テントに厚手のコートやマントのようなものまであったのが気になった。このクソ暑い砂漠を横断するのには不要な気もするのだが……。

急ぐ旅でもなし、身体を環境に慣らすため、しばらくスタート地点のオアシス付近を探索することにした。


砂漠の敵は擬態が得意なものが多い。中でも背中が白い砂と同じ色をした爬虫類《はちゅうるい》──砂モドキオオトカゲは、足音も立てずに奇襲してくるので厄介だ。

とはいえ、魔法攻撃さえしてこなければどうということはない。モルゲンシュテルンで思いっきりぶっ叩けば、二発で砂の海に沈めることができる。

なにぶん遮蔽物が無いため、森や地下通路と違って武器を振り回し放題なのは快適だ。

砂モドキオオトカゲとは、この階層にいる間、ずっと仲良くできそうだな。

レベルが上がった。ステータストーンの出目は「4」だ。

ここまで極端に出目が悪いということもない。直接関わり合いがあるかはわからないが、ステータストーンの出目のために、運の項目にポイントをつぎ込む意味は無いように思えた。


日が落ち天球が月の輝きをたたえると、途端に砂漠の気温は下がっていった。

夜の砂漠は寒くなると、どこかで聞いた話を思い出す。なるほどコートやマントが必要になるわけだ。と、記憶がぼやけているのにこういったことは覚えているなんて、不思議なものだ。

ナビは寒暖差など物ともしない。そして俺はと言えば、暑い太陽の下よりも寒いくらいがちょうど良かった。オークの皮下脂肪様々である。

なので夜の行軍を提案したのは俺からだ。

似たような風景がずっと続く砂漠で迷えば命取り。だが、昼だろうと夜だろうと導く者には関係ないらしい。ナビは夜に進むことに賛成してくれた。

星空が恋しい。砂漠に浮かぶのは天球の淡い光だけだ。

テントに用意されていたザックの中から一番大きい物を選び、水や食料や砂漠越えに必要な装備品を詰め込んだ。ナビ曰く「エルフの細腕じゃ持ち上げることもできないね」とのことだ。

「エルフ……エルフがいるのか？」

「最果ての街には様々な種族が集まっているからね」

ヒゲを自慢げに揺らしつつナビは解説を続ける。

エルフとは耳の長い森に生きる種族で、長寿な上に高い知性を誇るのだとか。黒魔法に長じており、力こそ弱いが敏捷性にも富むため、弓の名手も多いという。

まるでオークとは真逆の生き物だ。

「魔法と弓が得意なのか。安全な遠距離から攻撃できるなんてうらやましいな」

「その分、打たれ弱いし近接戦闘は苦手だけどね。キミの腕力や頑強さは、きっとエルフにはうらやましいはずだよ」

お互いに弱点を補い合うことができれば、心強い仲間になれるかも知れない。

ザックを背負って俺はナビに訊ねた。

「そういえば街で冒険の仲間を集うことはできるのか？」

「そのために街があると言っても過言ではないね」

なるほどそいつは楽しみだ。ナビとの二人旅も悪くはないが、力に特化した俺の強みも弱点も、仲間とともにいれば長所は伸ばして短所を帳消し……なんて、できるかも知れない。

と、思って気づいた。

「もしかして仲間の雇用条件とかあったりするのか？」

「うーん、ボクも詳しいところまではわからないけど、街で知り合うケースやギルドで登録するのが一般的みたいだね。ただ種族によっては絶対に組まないどころか、敵対するのが普通なんてことも……。もちろん絶対ではないし個人差もあるだろうけど……」

そこで魅力の項目が効いてくるってわけだな。

耳と尻尾をぺたんとさせてナビは続ける。

「それと、なにかに特化している方が仲間にしてもらいやすいみたいだね。中途半端なステータスだと採用されないなんてこともあるみたい」

「そ、そういうことは早く言ってくれよ！　ハァ……けどまぁよかった」

どうしたの？　と言わんばかりに首を傾げるナビだが、ともあれ取り返しのつかないことにならなくてセーフである。

途中で信仰心にポイントを振るか悩んだが、それは先に進むのに〝どうしようもなくなる〟まで我慢しよう。

幸い、階層越えを阻む強い魔物や警戒網も、眠っている時間を狙ったりパターンを研究すれば突破できたわけだし……この先ずっと同じとは限らないが。なんにせよ、これからも俺は力一筋だ。


星屑砂漠を横断するのに三日を要した。

城塞廃墟から持ち越した固めたパンは早々に食べきり、横断の最中に立ち寄ったオアシスで小まめに水とナツメヤシを採取して、次の砂漠越えに備える。

朝方一通り準備を済ませると、空いた時間はオアシス付近で戦ってレベルを上げた。

昼から夕方にかけてナツメヤシの木陰で身体を休め、行軍は夜間に行う。

途中、全長数十メートルにもなる巨大なミミズの魔物――地鳴りの主が砂の海を渡っていくのを遠目に見たり、砂嵐に遭遇して足止めを食らったものの、なんとか無事に砂漠を渡りきった。

次の階層に続く祭壇の奥にも、ナツメヤシの林を抱えるオアシスが広がっており、畔《ほとり》にテントが建つ。冒険者たちの備品置き場だ。

出発時に借りた装備品をそのテントに返却し、持てる分だけナツメヤシを城塞廃墟で見つけた袋に入れると、残りは感謝の意を込めテントに寄付をした。

第十三階層に続く祭壇そばには強力な魔物の姿がない。意外だったが助かった。熱砂が試練ということかも知れない。

恐らく道中で遠目に見た地鳴りの王が、この階層の支配者なのだろう。

そんなこんなで砂漠を抜ける頃には、レベルは15に達していた。

現在、力は50を折り返したところである。第一目標はこの数値を極めることだな。99が最大で、条件が揃《そろ》えばその上に行けるとナビは言うのだが、肝心の条件についてはわからないらしい。

街には時折、項目の数値が１００になっている冒険者がいるのだとか。

どうやったかは当人たちのみぞ知るといったところである。


次の階層は大深雪山——ナビ曰く、麓から始まって峠を越えたその向こう側が、次の祭壇だ。

肌寒く吐く息は白い。が、日の出ているうちはコートやマントがなくともどうにかなりそうだ。

オークの身体の特徴もあって、寒いのには強いのだ。

麓には針葉樹林が広がっている。先には天蓋のようにそびえる山々が連なり、深い雪に閉ざされていた。まさに階層の名前通りだ。

道は山頂を目指す上級者コースと、緩やかなルートを通って山を迂回する初心者コースに分かれていた。道なき道を行く砂漠と比べれば、先達の冒険者たちによって登山道が整備されているおかげで、迷うことはなさそうだ。

スタート地点となる祭壇近くのログハウスで砂漠と同様に旅支度を整える。

ここでも防寒具など一通り借りることができた。食べ物は樹氷林檎《りんご》という赤い果実だ。シャリシャリとした食感で瑞々《みずみず》しく甘いのだが、食べるともれなく身体が冷える。

暑い砂漠で食べたらさぞ美味いに違いない。

寒さに強いとはいえ夜間は極寒が予想されるため、日の明るいうちに出発した。

歩けば自然と汗ばむくらいの陽気だ。雪が解けて雪崩にならないか心配だな。


幸運にも山道を快調に進むことができた。雪崩も起こらず道を阻むのは魔物ばかりだ。

切り立った崖に面した細道で遭遇したのは、狼系――雪原の殺し屋だった。真っ白な体毛も美しい青い目の狼を、モルゲンシュテルンで粉砕して血の赤に染める。

敵も強くなっているのだろうが、はぐれ銀狼と戦っていた頃と比べて俺も成長しているのだ。

ウサギ系の魔物――シラカバウサギは逃げるばかりだった。仕掛けてこないため無害である。

厄介なのはフクロウの魔物――オウルーラで、こいつは氷結系の魔法を撃ってくる。倒せなくはないが出来るだけ刺激しないよう、距離をとって進んだ。昼間は活発ではないようで、木の枝に止まって船を漕《こ》いでいる個体は、大きな音さえ立てなければ俺に気づきもしなかった。

ナビのペース配分のおかげもあって、なんとか体力を残したまま山間部のログハウスにたどり着き、その周辺で再び魔物と戦いレベルを上げた。ついでに焚《た》き付《つ》けや薪も集める。

夕刻前には切り上げて拠点のログハウスに戻った。

中には暖炉があるので、夜、気温がぐっと下がってきたところで拾った薪で暖を取る。

寒暖差に強いというナビだが、猫だからか暖炉の前を気に入ったらしく、占領されてしまった。

初日は登山の疲れもあって一晩ぐっすりだ。

目が覚めるとナビが俺の腹の上で丸くなっていて、それがなんだかおかしくて笑ってしまった。

早朝、明るくなるのに合わせて出発する。

ゆっくりではあるが着実に最高峰が近づいてきた。といっても、下から見上げるばかりだが。

本気で登るなら、ログハウスに用意されているような装備じゃ凍え死ぬだろうな。

どうやらこの階層を支配する魔物は山頂付近にいるらしく、時折、雷のような吠《ほ》え声が響いて雪崩が起こった。幸運にも巻き込まれずに済んだが、油断はできない。

急ぎ峠を越えて山の反対側に出ると、夕日が赤く灯る前に俺たちは次の祭壇にたどり着いた。

この頃にはもうレベルは18になっていた。力の項目は61でD＋という評価だ。

ナビが前足で器用に顔を洗って俺に告げる。

「もう少し先の話になるけど、力の項目が更に上がると種族が変化しそうだね」

種族が変わる？　オークからなにか別のものになるというんだろうか。どういうことか詳しくナビに訊いてみたものの「どうなるかはなってみないとわからないんだ。ごめんね」と肩すかしをくらってしまった。

そして――祭壇を抜けた先で、鬼門とも言える巨石平原に俺たちは降り立ったのである。

ナビからの事前情報によると、この階層の風景は不思議なもので、なだらかに広がる緑の丘陵地帯に、無数の巨石を並べた遺跡が点在しているというのだ。

誰が作ったのかわからないものだが、巨石に記された古代文字には魔法を増幅する力があるらしく、その影響からか、この階層の魔物はどれも魔法を得意としているらしい。

場合によっては大深雪山に戻って、レベル上げが必要になりそうだな。


巨石平原は足の長い芝生程度しか生えておらず、砂漠ほどではないにせよ見晴らしは悪くない。うねうねと波打つ丘陵地帯がどこまでも広がっていた。

そんな緑の大地のそこかしこに、巨石が環状に配置された遺跡のようなものが点在している。

意図的に配置しない限り自然とこうはならないだろう。誰かは知らないが、目的があって巨石を並べたとみるのが妥当だ。

足下のナビが遠くを見据えながら俺に告げる。

「あの環状列石には魔法文字が記されていて、近くにいれば魔法力の回復が早まるんだよ」

それもナビが街で仕入れた貴重な情報だが、活かす術無しと俺は後頭部をぼりぼり掻《か》いた。

「残念ながら恩恵にはあずかれそうにないな」

「余計な情報だったかい？」

「いや、教えてくれてありがとう。ところでつかぬ事を訊くが、その魔法力の回復が早まるっていうのは、魔物にも効果を及ぼすんだろうか？」

疑問にナビは「もちろんだよ。巨石付近にはその効果を求める魔物が集まるのさ」と返す。

「じゃあ巨石をできるだけ迂回しながら、次の階層に続く祭壇を目指すとしよう」

基本方針が固まったところで、俺たちは進み始めた。


そして死にかけた――

どうやらナビへの質問が足りなかったようだ。もう少しつっこんで訊くべきだった。

巨石を避けて道を外れるように丘陵地帯を進んだが、天敵は突然、目の前に現れたのである。

黄色い巨大な水晶柱のような魔法生物だ。

そいつは発光したかと思うと、雷撃魔法――サンダーボルトを俺めがけて撃ち込んできた。防ぎようもなく雷撃に射貫かれ、身体を内側から焼かれた。

衝撃に片膝を地面につきそうになる。

「逃げようゼロ。サンダーエレメンタルに物理攻撃は通じないんだ」

ナビの言葉に危うく途切れかけた意識を引き戻されて、俺は足に力を込めて懸命に走る。ドスドスと重たい身体が憎らしい。それでも走る。走る。走る。

命からがらスタート地点の祭壇に戻ると、呼吸も絶え絶えで、その場に尻餅をついた。

「ハァ……ハァ……ハァ……ナビ……付いて来てるか？」

「ボクはいつでもずっとキミのそばにいるよ」

涼しげな顔でナビは俺の目の前にちょこんと座る。

「ハァ……ふぅ……ええとだな……一度落ち着こう。で、さっきの魔物についてなんだが、お前とんでもないことを言わなかったか？」

「エレメンタル系の魔物は魔法にとても弱いんだ。同じ系統の魔法は吸収してしまうけど、別系統の魔法を受けると爆発するんだってさ」

ナビは地火風水の四元素について解説した。サンダーエレメンタルは風に属するらしい。他の属性にも、それぞれエレメンタルがいるのかよ。

って、そういうことじゃない。もっと肝心な部分があるだろうに。

「俺が魔法を使えないのはわかっていただろ。それに物理攻撃が通用しない魔物がいるなんて初耳だ。もう少しこう……ちゃんと俺の力を把握した上で忠告してくださいお願いします」

なぜか言葉使いが丁寧になる。昔の自分の癖だろうか。ともあれ追い詰められると本性が出るものだ。ナビが耳をぺたんとさせた。

「街の酒場でエルフの魔法使いたちが話していたのを盗み聞きしたから、エレメンタル系はてっきり弱い魔物かと思ってたよ。エルフは魔法によって隠れた魔物の姿を看破する力を持っているみたいだし、様々な属性の魔法に精通しているからね」

魔法が得意なエルフが少しだけ憎い。そして大いにうらやましい。エルフにしてみれば、エレメンタルは狩りやすい魔物なのだ。

「なあナビ。この平原にはエレメンタル系の魔物が活動しなくなる時間帯や時期はないのか？」

ナビは小さく首を傾げると、思い出したように赤い瞳をまん丸くさせる。

「そういえば夜になると、エレメンタルはうっすら光って見えるってドワーフ族が言ってたよ。彼らは信仰心も高いから、夜間に物理攻撃の通じないエレメンタルを避けつつ、巨石を利用して得意の回復魔法や強化魔法をたっぷり使って進むらしいね」

脳筋殺しの巨石平原。初級でいいから回復魔法を覚えていれば、こんなことにはならなかった。後悔先に立たずってやつだな。

一芸に特化した方が最果ての街での求人に有利といっても、たどり着けなければ意味が無い。

俺は重い腰をよっこらせと持ち上げた。

「一旦、雪山に戻って修業するぞ」

「そうだね。それがいいかも知れないね」

大深雪山のある十三階層に戻ると、樹氷林檎を齧《かじ》りながら三日ほど籠もってレベルを上げた。

雪山の魔物は倒しても倒してもなかなかレベルが上がらなくなり、加えて魔物たちが逃げてしまって取り逃がす回数も増えていった。徒労感が半端じゃない。

出来ることなら一度ゼロからやり直したいという気持ちだ。

どの程度の信仰心があれば回復魔法を使えるようになるのだろう。知る術もない。

ポイントをつぎ込んでなにも得られなければ、それこそ最悪の展開である。

そして、逆に考えればこの窮地さえ乗り越えることができたなら、以降はまた楽になるんじゃないかとも思えた。

レベルアップで手に入れたステータストーンは使わず、一度巨石平原に戻って夜を待つ。

日が落ちて夜の闇が世界を包むと、神秘的な光景が目の前に広がった。

まず、巨石群が薄ぼんやりと光り始めたのだ。青白い不思議な光だった。

そして巨石の無い平原のあちこちにも、かがり火のような光がぽつぽつと広がっていく。次々と灯って、闇を彩る景色は圧巻の一言に尽きた。

赤、青、黄色、緑にオレンジと、様々なエレメンタルたちの発する輝きが躍り出す。

天地がひっくり返ったみたいだ。この星の無い地下世界の大地に銀河が生まれたのだから。

一晩、その光がどう動くかを観察する。どういうわけか、エレメンタルは巨石には近づかない。

闇の中に輝く巨石の光を追えば、夜の行軍でも迷子にはならなそうだ。

巨石群を避けずにあえてその中を進み、周囲にいる魔物を倒してレベルを上げることができれば、物理攻撃無効のエレメントと戦わずに済む。

脳筋な冒険者にとっては、それが巨石平原での〝正解〟なのかも知れない。

巨石付近に出没する魔物について、物理攻撃無効持ちがいないかナビに確認をとった上で、俺はステータストーンを三つまとめて振った。

レベルは21になり、力は69のC＋評価。後は据え置きだが、これで突破を試みることにした。

5. 大地の銀河を泳いで

一発耐えれば勝てる戦い。それを延々繰り返した。

幸い、巨石付近にいる魔物の耐久力そのものは低い。戦う相手さえ間違わなければ、鍛え抜いてきた腕力で押し切ることができた。

ドグーラの色違いである白い陶器のような魔物——ビスクーラは、氷結魔法のアイスボルトを撃ってくる。

が、炎や雷撃ほどの致命傷にはならなかった。もちろん、魔法攻撃なので三発も食らえば命は無いが、分厚い皮下脂肪様々というべきか、一発までなら許容範囲内だ。

懐に飛び込みウォークライを交えつつ、モルゲンシュテルンを力一杯振るって浮遊する白い陶器の魔物を粉砕する。

雪山での戦闘よりも格段に得られる経験は多く、ウォークライが再び使えるようになるまで待ちながらの戦いを繰り返し、十二体倒したところでレベルが上がった。

レベル22になってからは、ウォークライを温存してもビスクーラを一撃で倒せるようになったのだが、それでもどのみち一発は最初にアイスボルトを食らうため、回復に時間を取られて休み休みの戦いが続いた。

また、困ったことに巨石平原には冒険者の支援物資が無く、空腹を満たすため何度も雪山に樹氷林檎を取りに戻ることとなった。

これを二日続けてレベルは24になり、巨石付近で遭遇するビスクーラ以外の魔物――炎の魔法を使うファイアフォックスと雷撃魔法を使うサンダーバードを相手にも、タイマンならなんとか撃退できるようになった。

とはいえエレメンタル系には俺の力はまったく通じない。物理攻撃がまったく効かないとは、本当に厄介だ。

ビスクーラやファイアフォックス、サンダーバードを倒すと時折、魔法晶石というアイテムが手に入った。街でそこそこの値段で売れるというので、管理はナビに任せて戦いに集中する。

しばらくしてレベルが上がりづらくなってきた。やはり階層ごとに壁というか、同じ階層でずっと戦い続けると効率が落ちるタイミングがあるようだ。

潮時だな。次の階層への出発のため、夜を待った。エレメンタル系の魔物と遭遇しないよう、巨石群を突っ切って進むルートを選定する。

戦闘回数は最低限に抑えたのだが、時々他の魔物が使った魔法にエレメンタルが反応して、戦闘に介入してくることがあった。

そういう時は冷静に、エレメンタルと魔物が戦うよう仕向けて俺は全力でその場を離れる。

その度、ナビが忠告した。

「トドメを刺さないと経験を得られないよ？」

「命の方が大事だろ！」

獲物をエレメンタルに横取りされる格好だが、今は次の階層に続く祭壇に向かうのが最優先だ。

深夜の強行軍は、朝が訪れるよりもずっと早く終わった。

この巨石平原そのものは砂漠や雪山ほど広くはなかったらしい。程なくして対岸の壁際まで到達したのだ。そこには通常サイズの二倍ほどはある、巨大なビスクーラ——白亜の女神像が待ち受けていた。

退くわけにはいかない。レベルも上がって俺自身の耐久力も以前よりは向上している。なにより引き返す余力など残されていなかった。押し通るより他無い。

「ウオオオオオオオオオオオオオオオオオオオッ！」

浮遊する巨大風船のような白亜の女神像に向けて、俺はウォークライを仕掛けた。

女神像は一瞬怯む。その間に力溜めの構えをとった。

まっすぐ駆ける俺めがけて、白亜の女神像がアイスボルトを二発放つ。一発は脇腹をかすめ、もう一発は俺の左肩を穿《うが》つように射貫いた。と、同時に肩を氷漬けにされて左腕が上がらない。

「知ったことかああああああああああああああああああああああ！」

片手持ちにしたモルゲンシュテルンに全力を込めて、白亜の女神の顔面に叩きつける。

バリン、グワッシャン！　と、白い面は砕け散った。もし凍らされたのが右肩だったら、利き腕ではない分、砕ききれなかったかも知れない。紙一重だ。

ウォークライと力溜めによって強化された一撃で、白亜の女神は四散し赤い粒子へと変わる。

結局俺は力のみに頼り、力だけを育ててしまった。

だからこそ、階層を守る魔物相手に勝ち続けることができたのかも知れないが……。

白亜の女神像の経験値を回収したナビが俺を見上げる。

「おめでとうゼロ。今のでレベルが上がったよ」

この階層が脳筋殺しだとすれば、あとしばらくは魔法に悩ませられる展開は無いかも知れない。願望混じりの楽観論だな。

俺はナビからステータストーンを受け取ると、月明かりの下、星無き夜空に投げ放った。

異変が起こったのは、その直後の事である――

名前：ゼロ　種族：オーク・ハイ　レベル：25
力：B＋（81）　知性：G（0）　信仰心：G（0）
敏捷性：G（0）　魅力：G（0）　運：G（0）
装備：ゴルドラモルゲンシュテルン　レア度B　攻撃力80
スキル：ウォークライ　持続三十秒　再使用まで五分
　力溜め　相手の行動が一度終わるまで力を溜める　持続十秒　再使用まで三十秒
　ラッシュ　次の攻撃が連続攻撃になる　即時発動　再使用まで四十五秒
種族特典：雄々しきオークの超回復力　通常の毒と麻痺を無効化。休憩中の回復力がアップし、猛毒など治療が必要な状態異常も自然回復するようになる。ただし、そのたくましさが災いして、一部の種族の異性から激しく嫌悪される。

身体が更に一回り肥大化した。緑の肌は青みがかり、牙は更に雄々しく大きく反る。首回りから胸にかけて白い体毛が獅子のたてがみのように広がった。

そういえば前にナビが言ってたな。種族が変化するってこういうことなのか。

種族変化のおかげか、凍結した左肩も癒えて元通り……いや、それ以上の筋肉の鎧《よろい》を纏ってサイズアップを遂げた。

ナビは額の宝石から地面に光を照射して、俺のステータスをずらりと並べる。

表示される姿もただのオークではない。より強く雄々しくたくましくなった姿——オーク・ハイに書き換わっている。小動物は目を丸くした。

「十四階層で上位種族になるなんて驚いたよ。一つの事を極めることでこうなると、キミは知っていたのかいゼロ？」

俺は一段と太くなった首を左右に振る。

「種族が変わるって言ったのはナビだろう？」

「まさか上位変化するとは思わなかったよ」

「じゃあ何になると思っていたんだ？」

「それはわからないけど、ともかくすごいよゼロ」

こうなるとは俺自身も想定外だが、一途《いちず》に力だけを上げてきたのが報われた気がした。

更にスキルまで増えている。ラッシュか……ようやく力溜めが有効になりそうだな。

「溜めた状態でラッシュを使うとどうなるだろうな？」

俺の言葉にナビは「保証はできないけど」と前置きをしてから続けた。

「きっと力溜めをした威力で二回打撃を与えられるんじゃないかな？」

「俺も同じ意見だ。落ち着いたら試してみようぜ」

ナビは小さくうんうんと二回頷いた。

更にステータスを読み進めて、俺は訊く。

「なあナビ。最後に追加された種族特典ってのはなんだ？」

「書かれている通りだよ」

毒や麻痺対策が不要になるのは嬉しい。が、猛毒なんてものがあるのは正直、想定外だ。

即時回復しないとはいえ、その猛毒すらも休めば治るというのだから、ただのオークとは訳が違う。問題は、最後の文章だった。

「一部の種族の異性から激しく嫌悪される……ってのは、ちょっとひっかかるな」

ナビは首を傾げると「最果ての街には様々な種族がいるから、その一部に嫌われるくらいは問題無いと思うよ」と、ケロッとした口振りで言うのだった。


続く第十五階層は本当になにもなかった。

継ぎ目の無い大理石のような白い床に、壁と天井。広さは先ほどの平原はおろか、砂漠や雪山とは比べるまでもなく、入り口の祭壇から遠目に次の階層に続く祭壇が見えた。

せっかくオーク・ハイになったのだが、力試しは持ち越しだな。薄ぼんやりと階層を照らす天球を見上げながら、溜息混じりに俺は呟く。

「それにしても殺風景なところだな」

足下でナビが鳴いた。

「ここは夜も昼も区別がない。なにもないが〝ある〟階層さ。冒険者たちが一息つくための場所かも知れないね」

当然、クリアのための冒険者支援施設などはなかったため、ナビに導かれるまでもなく俺は先に進んだ。次の第十六階層は地底湖島だ。


眩しく輝く天球から、入り江に光が帯状に降り注ぐ。踏みしめた白い砂は熱く焼けていた。

星屑砂漠と違って潮風が吹き抜ける。鼻孔をかすめる香りに生き物の匂いを感じた。

椰子《やし》の木が並び、砂浜に打ち寄せる波は潮騒《しおさい》を奏で続ける。

ここが地下とは到底思えない。海が目の前に広がった。

ナビが引く波を追いかけて、寄せる波からは逃げるようにしながら俺に言う。

「地底湖島では椰子の実が豊富だよ。未成熟な青い実は食用にも適しているし、中のジュースはのどを潤すのにうってつけだね」

十五階層から続く祭壇の近くにはテントがあった。何か使えるものはないか探すと、刃渡り十五センチほどの鉈《なた》と、椰子の木に登るためのロープなどがあった。

湾内にはイカダやボートの類いが係留されていて、オールまで揃っている。

入り江の脇に抜け道のような洞穴があった。白砂の道はその先にも続いているようだ。

「舟を使うか道なりに進むかの二択だな。ナビはどうやって移動したんだ？」

波と戯れるのを止めて、青い毛並みの小動物は俺の足下にやってくると、毛に付《つ》いた白い砂を落とすように身体をすねに擦《なす》り付けてくる。

俺はお前のブラシじゃないぞ。まったく……。

「ボクはあの洞穴のルートを通ってきたよ。その先は群島地域さ。島と島は橋で繋がっているよ。橋のたもとには強い魔物がいるから気をつけてね」

「わかった。特に気をつける相手はいるか？」

「トゲを持った魔物全般に多いけど、麻痺毒をもっていることがあるんだ。それから浮遊するクラゲも触手に毒を持っているみたいだね」

俺は安堵《あんど》の息を吐く。早速オーク・ハイの種族特典が役立ちそうだ。

テントの中から鉈を拝借すると、俺は舟は使わず群島を橋伝いに進むことにした。


椰子の木で組まれた欄干すらない簡素な橋は、浅瀬に沿って次の島へと続いている。

その橋を守るように、巨大な貝殻を背負った椰子蟹《がに》がデンと橋桁の前に居座っていた――ランドクラブという魔物だ。シオマネキのように右前腕部だけが異様に大きい。

「渡りたいなら倒していけってか」

毒だの麻痺だの魔法だの罠だのよりも、力勝負はシンプルでいい。全高五メートルはあろう背負っている巻き貝が陽光を浴びてオパールのように煌《きら》めく。

ランドクラブ本体も硬そうな甲殻に覆われていた。モルゲンシュテルンを握る手に力がこもる。

「ウオオオオオオオオオオオオオオオオオオオオオオオッ！」

ウォークライを上げながら単身突撃を敢行した。

一撃見舞う。ズシャッと、予想外に良い手応えだ。ランドクラブの誇る巨大な右爪にモルゲンシュテルンはめり込んだ。甲殻を貫通し、爪を潰し体液が飛びちる。

行ける。確信とともに、俺は力を溜めた。ランドクラブは潰れた右の爪で俺の首を挟もうとするが、モルゲンシュテルンで弾いて防ぐ。次の一手は覚えたばかりのあのスキルだ。

「食らえぇぇぇぇぇぇぇッ‼」

鈍重な身体が嘘のように、俺はモルゲンシュテルンでランドクラブの頭部を殴打した。

右から一発。撃ち抜くようなスイングの後、返す刀で左からもう一発。

ズサンとランドクラブの身体が沈み、赤い光の粒子へと変換される。

完勝だった。飛び跳ねるようにナビが椰子の木の木陰からやってくる。

「おめでとうゼロ。どうやらゼロに使える装備みたいだよ」

これまでも戦いで何度かアイテムはゲットしたが、弓矢だの魔法の杖《つえ》だの、オークでは使えないものが予想外に多かった。

時折鈍器の類いも出ることはあったが、ゴルドラモルゲンシュテルンより上質なものは手に入らない。全て素材化してナビに預けたのだが、そのナビの喜びようからして、またレアを引いたのかも知れない。

一度拡散しかけたランドクラブの光は、丸い盾へと姿を変えた。使わない時は背負えるよう、モルゲンシュテルンと同じくマウント用の革ベルト付きだ。ナビが言う。

「これは真珠岩の盾だね。装備すれば防御力が上がるよ。時々魔法を跳ね返すことがあるみたい。

装備するかい？　それとも分解して素材にするかい？」

盾の表面はランドクラブが背負っていた巻き貝のような、日の当たる角度によって色が変わる神秘的な光沢を纏っていた。持ち手がついていて、使う際は手で保持しなければならなそうだ。

武器の両手持ちができなくなるのはネックだが、魔法に弱い俺にはありがたい代物だな。

「こいつは分解しないでそのまま使うとしよう」

左手に真珠岩の盾を構えた。右手にモルゲンシュテルンを握り締める。

なんとなくだが、ようやく一人前の戦士になれた気分だ。これまで俺は武器だけ持った、いわば牙のみで戦う野獣の如くだったわけだが、盾を手にしたことで文明の恩恵にあずかる存在にステップアップした気がしてならない。

「といっても、やることはこれまでと変わらないんだけどな」

橋を渡って次の島に向かった。ナビが告げる。

「満月の夜になると満潮で橋が海面の下に沈むらしいから、気をつけてね」

「満月まであとどれくらいだ？」

「この階層の満月までは三日だよ」

そんな話をしながら、長い橋を十分ほどで渡りきった。次の島の浜辺には、くりぬいて飾りに使うようなオレンジカボチャサイズの黒いトゲの塊が、ゴロゴロ転がっている。

どうやら魔物らしく、俺が上陸するなり一斉に襲いかかってきた。ナビが告げる。

「痺《しび》れウニだね。麻痺の効果がある針を飛ばしてくるよ」

忠告が終わるよりも早く、ゴロゴロと転がってきた四体の痺れウニから、黒いトゲ針が俺に浴びせかけられた。小さな矢ほどの針だった。まともに食らってやる義理はない。

顔を中心に盾を構えて防いだが、手足に針が無数に突き刺さった。オーク・ハイの強靭な表皮を貫通した針の先端から、違和感が体内に流れ込む。

恐らく麻痺毒だ。かすかに身体の動きが鈍り、肉体が意識の指令にコンマ数秒遅れるような感触はあったのだが――

オーク・ハイの強靭な回復力は麻痺毒のそれを上回った。

近づき、黒い塊めがけてモルゲンシュテルンを振り下ろす。

ぐしゃり、ぐしゃり、ぐしゃり、ぐしゃり。

あっけない幕切れにこちらの方が拍子抜けだ。四体の痺れウニは赤い光の粒子に変わる。

身体に刺さっていた針も同じく光となって消え、それらをナビは満足げに平らげるのだった。


巨石平原で魔物との相性に苦しんだのが嘘のように、地底湖島の群島で俺の快進撃は続いた。

滑空するエイのような魔物――フライマンターは長い尻尾の先に毒を持っている。が、刺されたところでどうということはない。速くとも直線的に飛んでくるため、迎え撃って叩きつぶす。

少々厄介なのは、空中をふわふわ浮かぶクラゲの魔物――ヒドロヒドラくらいなものである。軟体なので打撃が通りづらいのだ。とはいえ、傘の骨のように放射状に伸びた触手に触れられても、オーク・ハイの肉体は傷付かない。

本来なら触手の麻痺毒で動きを止められてしまうのだろうが、雄々しきオークの超回復力の前では、クラゲなど糸の切れた風船のようなものだった。

とはいえ、戦い続ければ消耗する。もちろんただのオークだった頃とは比較にならない連戦が可能になったが、適度に休憩した方が効率も上がる。

椰子の木を揺らして実を落とすと、借りた鉈でその実の頭を切り飛ばし、中の汁を飲み干した。白い実の部分も食べて腹を満たし、再び進軍する。

橋の手前には毎回ランドクラブが陣取っているのだが、攻略法は初対決時と同様である。

「こんなに楽勝でいいんだろうか？」

三体目のランドクラブを倒した時に、つい言葉が口からこぼれた。

俺の太ましい足下にすり寄ってナビが言う。

「ランドクラブは魔法で攻撃すると殻に籠もってしまうんだ。あの巻き貝の殻には魔法耐性があるみたいで、非力な黒魔法使いにとっては天敵だね」

なるほど。俺にとってのエレメンタル系と同じような相手ってわけだ。

苦あれば楽あり。その反対もまたしかり。

レベルも快調に上がっていき、七つの群島を抜けた先に待ち受けていた巨大イカ――クラーケンもなんとか倒して（軟体系なのでやたら時間が掛かった）、冒険者テントに借りたアイテムを返却すると、俺とナビは次の階層へと進んだ。

そろそろ力の項目が99になりそうだ。オーク・ハイになったおかげで、毒や麻痺などの状態異常にも強くなったし、余ったステータスポイントはどう割り振ろうか。

この肉体なら回復魔法要らずで信仰心を上げるメリットは低そうだ。まあ、強敵相手に即時回復できる白魔法は魅力だが、相手が強過ぎれば初級レベルの回復魔法など焼け石に水である。敏捷性も同様だった。半端なスピードでは敵に先んじるのも難しい。

街が近づいてきているのなら、いっそ魅力に振るのがいいかも知れない。オークの強面《こわもて》がいくらかマシになるなら御の字だ。

続く第十七階層は死毒沼地である。灰色の枯れた大地が広がり、瘴気《しょうき》に満ちた環境だった。どこもかしこも墓ばかり。紫色をした毒の沼地からは異臭が漂い、森も陰気で生えているキノコばかりがカラフルだった。食べられるキノコをナビに訊き、食べつつ襲い来る魔物を倒し、進む。

毒を持つ大蛇や蠢く死体など、嫌悪感を覚える魔物ばかりの階層だったが、毒耐性のおかげですんなり進むことができた。

祭壇を守るのは巨人ドクロという、全長十メートル近い不死系だったが、骨を砕くために生まれてきたようなゴルドラモルゲンシュテルンにとっては、格好の相手である。

足を砕き倒れたところで、その巨大な頭部をタコ殴りにした。レベルも上がっていたが、正直相性の問題を考えれば、十六階層のクラーケンの方が俺にとっては厄介だ。

レベルが上がった分のステータスポイントは全て力につぎ込んで、ついにA＋になった。

が、決めかねて余剰ステータスポイントは使わないままである。

続く火炎鉱山は階層の作りそのものが特殊というか、ある意味十三階層に近いものがあった。鉱山へのルートと次の祭壇に続くルートが、きっぱりと分かれているのである。

ここまで来ると時折、最果ての街から採掘にやってくる冒険者とも出くわすことがあるらしい。たまたますれ違うようなことは無かったが、山道に足跡をいくつも見つけて嬉しくなった。

焦らず鉱山の入り口付近でレベルを充分に上げる。坑道の一部は狭く、通路では武器を存分に振るうことができなかった。やはり手斧か何かあると助かるんだが……無いものは仕方ない。

遭遇する魔物の中でも、火炎系の魔法を使う灼熱《しゃくねつ》トカゲは天敵で、戦いを避けるようにした。やり過ごせない時だけ戦うが、何度か真珠岩の盾の魔法反射のおかげで命拾いをした。

火炎鉱山を支配する魔物は鉱山の最奥にいるらしく、祭壇を守る魔物は見受けられない。充分に力をつけたところで、火炎鉱山も抜けて、ついに俺たちは十九階層へとたどり着いた。

世界樹上——巨大な木の枝が道代わりになっている巨木が、最後の迷宮階層だ。所々吊り橋《つばし》が架かっていた。橋の上から足下を見ると、どこまでも深い闇がぽっかりと口を開けている。落ちれば二度と戻ってはこられなそうだ。

とはいえ樹上というのが嘘のように道が整備され、登る分には快適だった。決して平坦《へいたん》ではなく山登りをしているようにも錯覚するのだが、全体の雰囲気は十階層の蒼穹の森によく似ている。

茂みから飛び出してくる銀狼も懐かしい。無論、最初の頃に戦った、はぐれ銀狼と比べれば、この階層の銀狼は格段に強いのだが——力を極めた俺の敵ではなかった。

敵との戦いは足場の不安定な場所ではなく、切り株のような広場を選び、時には魔物を自らを囮《おとり》に誘い込むようにして戦う。

銀狼が群れで追って来れば、盾でいなしてモルゲンシュテルンで吹き飛ばし、急所以外を噛ませてやって、向かってくるヤツから各個撃破。パターンが確立されるや、一気に効率がアップした。

だんだんと、樹上で咲き乱れる美しい花々を楽しむくらいの余裕が生まれるようになった。

「なあナビ。なんだか手ぬるいな?」

「世界樹上のどこかに大樹の中に入る道があるらしいんだ。強敵がいるなら、その中だろうね」

「探索するより、まずは二十階層を目指した方が良さげだな」

「ボクも賛成だよゼロ。火炎鉱山や大樹に挑むなら、仲間と一緒の方が安心だからね」

「ってことは、ため込んでおいたステータスポイントは魅力に入れるのも……うーむまいったな」

戦いではやることがシンプルで悩みようもないのだが、ここに来るまでに稼いだステータスポイントをどう使うかは本当に悩ましい。

そんなことを思いつつ世界樹上を登りきり、ようやく二十階層へと続く祭壇にたどり着いた。

とりあえず身の振り方は街に着いてから考えるとしよう。ここまでナビという話し相手はいたものの、それ以外の誰かと言葉を交わす機会は無かったしな。今から楽しみでならない。

まずは魅力0の状態で誰かに話しかけてみて、相手の反応を確認した上でどの程度魅力にポイントをつぎ込むか考えるのが良いように思えた。

6．トライ・リ・トライ

祭壇は小高い丘の上にあった。朝陽《あさひ》のように新鮮な光が天球から降り注ぎ、眼下に広がる穀倉地帯を黄金色に染め上げる。キラキラと清らかな川が流れ、その先は広い広い水面へと続いていた。視線を上げると水平線が見えた。風が運ぶ潮の香りに、この巨大な水たまりが海なのだと感じた。海を抱く三日月状の湾には港が作られ、漁船が何十隻と並ぶ。浜辺に魚を獲《と》る網が干されて次の漁を待ちわびているようだった。

視線を海から戻す。穀倉地帯の先には豊かな森が広がり、その先には遠く山々が連なっていた。暮らしを営むために必要なものが揃っている。そう感じた。

階層世界の中心に最果ての街はあったのだ。放射状にいくつも通りが延び、建物は街の中心部に近くなるほど密集し、高くなる。かなりの規模だ。数千……いや、数万人は住んでいるんじゃないだろうか。中心には聖堂らしき巨大な建築物が見えた。

鐘楼からカーン……カーン……と、街を目覚めさせる甲高い音色が響く。

全身にブルッと震えが走った。ここにたどり着くまで、自分以外の誰かの痕跡はいくつもあったが……いるのだ。この階層には冒険者たちが。

廃墟でも雪山でも砂漠でもない。生きている街があることに感動すら覚えた。

「たどり着いたんだな。最果ての街に……」

足下でナビが首をコクリと縦に振った。

「キミはすごいよゼロ。普通の冒険者なら何ヵ月も掛けて来る場所なのに、二週間で成し遂げるなんて。ボクの存在を認識できるのも、きっとキミが特別な存在だからに違いないよ」

「それって褒めてくれてるのか？」

「もちろんさ。キミを導くなんて言ったけど、ボクの方がキミに導かれたような気持ちだよ。さあ、街に行こう。ここまでたどり着いた冒険者なら、何も臆することはないさ」

丘の上から街へと繋がるなだらかな街道を、ナビは意気揚々と尻尾を振りながら歩き出す。その姿はどことなく誇らしげに見えた。


外敵に晒されることもなく、平和な街なのだろう。城壁や城門といった外部からの攻撃を防ぐ類いの施設はなかった。

衛兵すら見当たらない。犯罪は起こらないのだろうか？

幅の広い道の中央を荷馬車が往来していた。荷車を牽引《けんいん》するのは足が八本ある馬の魔物だ。魔物を使役するなんて驚きだな。石畳の目抜き通りで、歩道を先に進むナビに訊く。

「この街には統治者はいないのか？」

「王様みたいな支配者はいないね。様々な種族の長たちによる議会と、その議会が運営する各種の冒険者ギルド。それに光の神を信奉する聖天《しょうてん》教会あたりが勢力としては大きいだろうね。ただ、何よりも尊重されるのは個人個人の自由意志さ」

「管理するヤツは一応いるのか。しかし好き勝手やっていいって割には、平和な雰囲気だな」

「一つには衣食住が足りているからね。争い事は起こすだけ損なのさ。まあ、まったく無いわけじゃないんだけどね。種族ごとに合う合わないというのはあるから、相互不干渉という暗黙の了解があるんだ。商店で売買するなら友好的な種族の店がいいよ。種族によっては売ってくれない場合もあるからね」

通りを抜けて円形広場に出る。色とりどりの天幕が並ぶ市場だった。

空の天球が明るさを増して、市場は様々な種族であっという間にごった返す。

俺が訊くよりも早く、ナビが説明を始めた。

「鉱石商のテント前にいる筋肉質なのはドワーフだね。薬草商をしている耳の長いのがエルフだよ。干し魚を売っているのは猫の獣人みたいだ。獣人族はひとくくりにされているけど、猫だったり犬だったり様々なんだ。それから焼き菓子を売っているのは天使族になるよ。背中に翼があるのがわかるかい？」

見れば一様に種族ごとの特徴というか、違いのようなものはわかる。

ドワーフはオークほどではないが筋肉質だ。背の高さもまちまちだが、比較的女性の方が長身で男性の方が背が低い。肌の色は薄い褐色系が多かった。

エルフは男女とも細身で耳が尖《とが》って長かった。涼しげな顔をしているが、どことなく冷たい印象を受ける。全体的に色素が薄く、美しい容姿である。

獣人は様々だが、獣耳と尻尾が生えているという点において統一感があった。

背中に鳥のような翼を持つ天使族は、獣人とは別なのだろうか。翼の大きさは開いた手のひら程度から、畳んでいても背中を覆い尽くすものまで様々だった。

純白の猛禽《もうきん》類のような翼という部分は共通している。どことなくだが神々しく感じた。

オークはいないのかと訊こうとした矢先の事だ。

人混みの中、分厚い本を十冊も重ねて両手に抱えながら、よろよろ歩く少女の姿が目に入る。

白地に青い差し色が入ったローブ姿で、長い杖を背中からベルトに下げている。

ナビは少女に気づかず種族についてあれこれ話し続けていた。が、おぼつかない少女の姿が気になって、話の内容が頭の中に入って来ない。

少女の細い腕では支えきれない重さなのだろう。新雪のような真っ白い指先は、本を保持するために力が入ってうっすらピンク色に染まっていた。

「キャッ!」

道行くドワーフらしき長身の女性とぶつかって、細身の少女は抱えていた本を道にばらまいた。

本のタワーに隠れていた顔が露《あら》わになる。何より特徴的なのは、その尖った長い耳だ。

髪は短くショートボブで、例に漏れず整った顔立ちだ。やや幼い印象に見えるのは、サファイア色の青い瞳が大きいからかも知れない。

「気をつけな。ったく、これだからエルフってのはヤワで嫌いなんだよ。今度からは自分で持てるだけにするんだね」

外ハネ気味の赤い髪と、大ぶりな胸をゆさゆさと揺らして、ドワーフ女は人混みの中に消えた。

ぶつかってしまったのはエルフの少女がいけないのだが、あんな言い方はないんじゃないか?

エルフの少女はうずくまる。道行く誰もが避けて通り、誰も彼女に手を差し伸べない。

少女の金髪が「うっ……ううっ」という小さな嗚咽《おえつ》とともに揺れる。

青い瞳に涙をため込み、今にも堰《せき》が決壊してしまいそうだ。

「なんだよこの街の連中は薄情だな」

俺はエルフ少女の元に歩み寄る。散らばった本を拾い集めながら声を掛けた。

「大丈夫か？　災難だったな」

瞬間――少女の顔が歪《ゆが》む。恐怖と憎悪と敵意と怒り。それらが混ざり合ったような顔だ。

「お、おお、お……オークッ!?」

「どうしたんだ？　オークがそんなに珍しいのか？」

立ち上がるとサッと後方に飛《と》び退《の》き、彼女は背中の杖を両手に構えて吠える。

「上級雷撃魔法《サンダーフレア》ッ!!」

「おい冗談……だろ……？　エルフってのは挨拶代わりに魔法をぶっぱ……」

言葉はそこで途切れた。杖の先端から閃光《せんこう》がほとばしり、雷鳴の轟音《ごうおん》が響き渡ると、俺の全身をこれまで感じたことのない熾烈《しれつ》にして強烈な衝撃が駆け抜けた。

身体が黒焦げだ。両手の先がぼろっと崩れる。そのまま支えきれず前のめりに倒れ込んだ。

訳がわからない。訳がわからない。訳がわからないッ!?

倒れ伏した俺の耳元でナビが言う。

「いけないよゼロ。エルフ族はオークを嫌悪しているんだ。オーク・ハイのキミが不用意にエルフに話しかけるなんて……ああ、なんてことだ……しっかりしてゼロ。目を開けて。ボクを独りにしないでよ。お願いだよ。誰かゼロを助けて。行かないで。頼むから……ああ……もうだめだ……ゼロ……ゼロ……ゼロ……」

ナビの声は誰にも届かず、俺の意識は遠のき深い闇の底へと落ちていく。

ははは……ここまでなんとか無事に来られたっていうのに、まさか魔物相手じゃなく街の住人に殺されるなんてな。もう少しナビに話をきちんと訊いておくべきだった。

やり直せれば……こんなことには……。


——トライ・リ・トライ——


目を開くとそこはジメッとした洞窟の中だった。薄暗い。顔を上げると入り口付近から光が射し込んでいるのが見える。

光の中に小動物がちょこんと座っていた。猫だろうか。逆光で影を纏った猫の額には大きな赤い宝石が埋め込まれており、同じく赤い瞳はじっとこちらを見つめている。

そいつは俺が目覚めたのを確認して、小さな四肢をせかせかと動かして俺の元までやってきた。

「やあ、目を覚ましたようだね」

開口一番そう告げて猫は目を細める。洞窟の入り口から射し込む外の光に照らされた体毛は美しい青だ。その青い猫に俺は見覚えがあった。

「ナビ……なのか？」

手を伸ばすつもりが、半透明な触手がスッと伸びるだけだった。青い猫は目を見開くと驚いたように俺に告げる。

「あれ？　キミはどうしてボクの名前を知っているんだい？」

混乱した。頭がおかしくなりそうだ。一緒に旅をしてきた相棒は、まるで初対面とでも言わんばかりに、きょとんとした顔のまま首を傾げる。

俺の身体は半透明のゼリーの出来損ないに……戻っていた。

力を鍛え抜き上位種族《オーク・ハイ》になったはずだというのに。

「ボクらは初対面なのに不思議だね。そうだ、せっかくだからキミの名前を教えてくれるかな？」

どことなく困ったような口振りで、導く者――ナビは小さく尻尾を揺らすのだった。

名前：ゼロ　種族：unknown　レベル：0
力：？？？？　知性：？？？？　信仰心：？？？？
敏捷性：？？？？　魅力：？？？？　運：？？？？

「…………と、いうわけなんだけど、理解できるかなゼロ？」

赤い光を壁に照射して、俺のステータスと今の不定形な姿を映しながらナビは言う。

ナビの長い説明を聞いているうちに、冷静さを取り戻すことができた。

どういうわけか、死んだはずの俺はこの時間のこの地点に戻ってきたらしい。残念ながら高めた数値もため込んだ余剰ポイントも、種族特典も何もかもが空っぽのunknown――0に逆戻りだ。

ナビが話した内容も出会った時とほぼ同じだった。ナビはこの世界の冒険者の誰にも認知できない存在で、協力者を探し続けてついに俺を見つけ出したという。

真理に通じる門を探すという使命もそのままだ。

ナビは俺との出会いを「最初で最後のチャンス」と言うが、実は二回目である。

どうしよう。正直に今までの事を話してみようか？

「なあナビ……」

「なんだいゼロ？」

赤い瞳がまん丸く見開かれる。本当に初対面という感じだ。俺が「二回目なんだ」と言い出したら不信感を抱かれそうな、そんな予感がした。

不用意な事を言って混乱させるのは良くないかも知れない。ナビの協力なくして最果ての街にはたどり着けないのだから。話すなら、もう少し落ち着いてからでもいいだろう。

「どうしたんだいゼロ？」

「いや……その……とりあえずこの姿のままじゃ話にならない。何か良い方法はないか？」

ナビは嬉しそうにその場でくるんと回ってみせた。

「実はあるのさ。キミにステータストーンを進呈するよ」

赤い光を額の宝石から凝縮させて、ナビは六面体ダイスを生成する。

そっと触手を伸ばしてステータストーンを摑むと放り投げた。

出目は……6だ。つい、ガッツポーズを作る。触手だからわかり難いけれど。

ナビも嬉しそうにその場で小さく飛び跳ねた。

「おめでとうゼロ。最高の出だしだね。さあ、ポイントを好きな項目に割り振ってみて。どうなりたいか強く念じるんだ……あっ、その前に項目について説明しておくかい？」

赤い宝石が映し出す項目はこれまで通り。特に変わった様子は無い。

「いや、なんとなくだがわかるから大丈夫だ」

「いいのかい？　最初にどう割り振るかでキミの姿が決まると言っても過言じゃないんだよ？」

「そうだな。最初が肝心……か」

死の間際、ナビの悲痛な言葉を俺は思いだした。


『いけないよゼロ。エルフ族はオークを嫌悪しているんだ。オーク・ハイのキミが不用意にエルフに話しかけるなんて……ああ、なんてことだ……しっかりしてゼロ。目を開けて。ボクを独りにしないでよ。お願いだよ。誰かゼロを助けて。行かないで。頼むから……ああ……もうだめだ……ゼロ……ゼロ……ゼロ……』


何が悪かったのか、ポイントは一つに絞られる。

オーク・ハイの俺が魅力も上げずに敵対的なエルフに話しかけてしまったこと。仮に魅力が高ければ、もしかしたらエルフがいきなり殺しにかかったりはしなかったかも知れない。

まあ、敵対的な種族だからと、いきなり魔法で殺しに来るエルフの側にも問題ありだと思うのだが……あの街の独特の雰囲気や空気を知らなかった俺のミスには違いない。

あそこで手を差し伸べるなら、せめて魅力は上げておくべきだった。

そもそも論だが、あの時の失敗は俺がオークだったことに尽きる。別の種族であれば、いきなり殺されたりなどしなかっただろう。

さて……考えなきゃいけないな。時間を巻き戻したように、記憶を保持してこの場所に戻ってきた理由はわからない。やり直せる幸運がもう一度あるという保証も、どこにも無いのだ。

であるならば、選択すべき道《ルート》は――

名前：ゼロ　種族：オーク　レベル：1
力：G＋（6）　知性：G（0）　信仰心：G（0）
敏捷性：G（0）　魅力：G（0）　運：G（0）

丸太のように太くたくましい手足も、樽のような腹や筋肉で膨らむ胸筋も元通りだ。

そそり立つ牙と豚か猪《いのしし》のような顔も相変わらず。この顔には愛嬌《あいきょう》があると思うんだが、エルフには生理的嫌悪感を与えるらしい。

上位種族ではなくなったものの、実にしっくりと馴染《なじ》むオークの肉体を俺は取り戻した。

要は最果ての街でエルフに話しかけなければ良いのである。棲《す》み分《わ》けは大事だと肝に銘じた。

そして、今回もオークとして生きることを選んだのには、きちんと理由がある。別の種族になる危険をわざわざ冒すことはない。そう考えたからだ。

立ち上がると足下でナビが嬉しそうに瞳をキラキラさせる。

「おめでとうゼロ。これでキミはunknown卒業だね」

「ああ。準備も整ったし、早速外で魔物狩りといこうか」

ナビの先を歩いて、俺は洞穴の外に出た。

天球は眩しく光り輝き、目の前には深く生い茂った蒼穹の森が広がる。オークの強みはその強靱な肉体そのものだ。力を極めればオーク・ハイになれることを〝今の俺〟は知っている。

難易度が上がる後半の階層で、毒や麻痺を無効化できる有利さは代えがたい。

ステータストーンの出目はランダムかも知れないが、平均値を大幅に下回らない限り第十四階層の周辺でオーク・ハイに成長できるはずだ。

森に足を踏み入れる前に、俺は背中側に腕を回して……唖然《あぜん》とした。

この第十階層からずっとの付き合いだったもう一人の、いや、もう一つの相棒——ゴルドラモルゲンシュテルンも、当然のように失われていたのである。

当然、第十六階層で手に入れた真珠岩の盾もない。

「なあナビ。何か他に持っているものはないか？　ほら、武器でも素材でも。丸腰で戦うのは辛いものがあるんだが」

ナビは俺の前に回り込むと首を左右に振った。

「そういったものは、これから魔物と戦っていくことで手に入るよ。装備品の場合はオークのキミに扱えないものもあるから、素材にして保存するけどかまわないかい？」

それから素材が最果ての街で換金できることや、まず目指すべきはその街だということをナビは俺に語ってくれた。死ぬまでにため込んだ素材の数々も水泡に帰したのか。当然だよな。

何か一つくらい残しておいてくれてもいいだろうに。と、悔やんだところで仕方ない。切り替えていこう。ギュッと握りこんだ拳が、熱く熱くなった。

7．数字に表れない強さ

森に入るとスライムや角ウサギは相手にせず、茂み付近に身を潜めている狼型の魔物――はぐれ銀狼にこちらから襲いかかった。慌てて飛び出してきた狼の顔面を掴むと、そのまま地面に力一杯叩きつける。力無く横たわった狼の腹を蹴り上げて、一匹目を仕留めた。

ナビがぽかんとした顔で俺を見上げる。

「今のは群れを追われた、はぐれ銀狼だよ。鮮やかな手並みだねゼロ。身のこなしに無駄がないし、どの程度攻撃すれば魔物が倒せるか、あらかじめ知っていたみたいに見えたよ」

赤い光に変換された、はぐれ銀狼を額の紅玉に吸収してナビは言う。

正直なところ、最初に戦った時よりも弱く感じた。

「こいつは森でどの程度の強さの魔物なんだ？」

「蒼穹の森では真ん中ぐらいの強さだね」

簡単に倒せたのはステータスポイントが6あったからだろうか。

いや、単にそれだけじゃない。身に染みついた戦い方の記憶を、この肉体は再現できるのだ。レベルに現れない経験値が、きちんと俺の中に残されていた。

肉体の頑強さや一撃の重さはなくなっても、戦闘における思考や工夫などは失われない。それこそ記憶を消されでもしない限り、今までの旅は無駄ではなかった。

「ペースを上げるぞナビ」

「わかったよ。ゼロが戦いやすいよう、離れ過ぎないくらいの距離をとって見守るね」

森を進むと、すぐにはぐれ銀狼が二体連携して襲ってきた。両手でそれぞれ摑んで地面に叩きつける。こいつらの動きは見切り済みだ。

魔法を使ってくるわけでもなく、注意すべきは牙くらいなものである。それもレベルが上がれば脅威にはなり得ない。知っているからこそ、俺も大胆な攻めを続けることができた。

二匹のはぐれ銀狼を葬ったところで、ナビが俺の前にするりと回り込む。

「キミは本当に、さっきまでunknownだったのかい？　信じられない強さだよ」

今までに無い反応だ。出来過ぎることでナビに疑念を抱かせてしまったか。

「あ、ああ。自分が誰だかわからない。覚えているのは名前だけだ」

咄嗟《とっさ》の質問に、ついはぐらかしてしまった。

「本当に本当かい？　あまりにも手際が良いからびっくりだよ」

「何が言いたいんだ？」

ナビは耳をぺたんと伏せた。

「まだ出会ったばかりでボクの事を信用できないかも知れないけど、何か困ったことがあれば遠慮無く相談して欲しいんだ。キミ一人で全部出来ちゃうみたいだけどね」

赤い瞳が熱心に俺を見据える。口振りはどことなく寂しげだ。

あっ……もしかしたら、ナビのやつ説明や解説の機会がほとんど無いもんだから、導く者の役目が果たせなくて不満なのか？

俺が記憶を持っている事を切り出すタイミングは、遅れるほど言い難くなりそうだけれども……街に着くまで大きな状況の変化は避けたい。

現にナビはこれまでにないリアクションを俺にし始めている。それ自体は小さな変化だが、積み重なると思わぬところで足を掬《すく》われるかも知れないしな。

既知の領域——最果ての街に到着するまでは、出来るだけ前回のリプレイに近づけよう。

ナビの提案に俺は頷いて返した。

「わかった。これからは小まめに相談するよ」

「よかった。導く者として力になれないのはボクとしても不本意だからね。キミの直感や判断力は素晴らしい。だけど、それが常に正解とは限らないから」

俺はしゃがみ込むと、そっとナビの頭を撫でた。

「ありがとうナビ。お前がいてくれるだけで心強いぜ」

オークの無骨な手でごわごわと撫でられても、ナビは嬉しそうに目を細めて尻尾を立て、ブルルッと心地よさげに身震いする。そっと手を離すとナビは小さな鼻をヒクヒクさせた。

「この調子で魔物を倒していこう。先に進むと湖があるんだ。夜になる前には着いておきたいね」

「地下なのに夜なんてあるのか？」

知っているがあえて確認すると、ナビは誇らしげに階層の昼夜についてや、迷宮の外にあるという地上世界の事、それから冒険者が作った開拓の名残り——休憩できる小屋などについて語った。

一通り聞き終えてから湖畔まで進軍する。無駄な戦闘は全て回避した。倒す魔物をはぐれ銀狼に絞って、前回同様、飢えや渇きは広葉樹に鈴なりの黄色い柑橘でしのぐ。

とんとん拍子でレベルも上がり、最初の休憩地点である湖畔の小屋に到着した。

全てが快調。これなら二週間と掛からず、最果ての街に戻ることができそうだ。


湖畔の小屋で一泊した翌朝――

幻影湖を先に進むと、魔物の種類が昆虫系に切り替わった。

ナビから情報を引き出しながら、マキシビートルをひっくり返して腹を殴る方法で倒していく。

ナビに詳しく話を訊いたところ、鳥喰蜂は黄色い柑橘を食べていると寄ってこないということがわかった。

導く者が言うには蒼穹の森の奥――祭壇より更に先の森に進むと、草食性の青月熊という巨大な魔物がいて、そいつらは黄色い柑橘と一緒に鳥喰蜂の巣を食べるらしい。

その習性もあって、鳥喰蜂は黄色い柑橘のそばに近寄らないのだとか。お守りとして一つは黄色い果実を持ち歩くことにした。

武器も無いためグラウンドスラッグは今回もスルーである。巨体を引きずるようにして森を徘徊するナメクジを相手に、素手で挑むのは愚の骨頂だ。森を更に進んで、俺は足を止めた。

「たしかこの辺りだったよな」

「どうしたんだいゼロ？」

前回、コンジキブイブイと遭遇して仕留めた辺りだ。

「いや、別になんでもない」

待っていればレアな魔物が向こうから飛び込んでくるんじゃないかと期待したのだが、突撃の羽音は残念ながら聞こえてこなかった。前回の俺は本当に幸運だったんだな。

モルゲンシュテルンでなくとも、何か武器があれば良いんだが……。

「なあナビ、武器を持っている魔物はわかるか？」

「ボクを頼ってくれて嬉しいよ。だけどごめんね。その情報についてはカになれそうにないよ」

しゅんとするナビに「いやいやありがとうな」と返す。

ついでに武器や装備の入手方法についても、ナビに確認をとった。

知っている情報だとしても、相棒を安心させるためには必要なやりとりだ。

それからも地道にマキシビートルと格闘戦を繰り広げて、レベルも上がりスキル「ウォークライ」を習得した。使い方や効果をナビに確認してから、続くマキシビートル戦で度々活用して、再びコツコツレベル上げだ。

序盤はこのレベル上げの制限が緩やかだが、最果ての街が近くなるほど〝レベルの壁〟が高く立ちはだかる。端的に言えば、弱い魔物をいくら倒してもレベルが上がらなくなる。

前回はゴルドラモルゲンシュテルンの火力込みだったんだが、今回はそれに頼らない攻略が必要そうだな。


倒せないなら獅子ウサギが眠る新月の夜を待つという手もあった。

が、レベルの壁を感じつつもマキシビートルだけを狩り続け、レベル8まで成長した俺は祭壇を守る獅子ウサギに挑んだ。結果は――完勝である。

事前にナビから獅子ウサギの特徴を訊いておき、疑念を持たれず実際の立ち回りの方も完璧だ。

獅子ウサギの蹴りをわざと受けて、跳躍からの杵振り下ろしを誘い、不発させ、地面に杵の先端が埋没したところを殴る。避ける。殴る。避ける。殴る。殴る。殴るの繰り返しだ。

レベルを上げたおかげもあって武器なしでの撲殺に成功した。うむ。やはり強いぞオークは。混じりっけのない腕力は最高だ。

森の中の開けた草原で、祭壇を前に倒れる獅子ウサギ。赤い粒子に変わったかと思いきや、それは一点に凝縮して別の形状に変化した。

「やったねゼロ。獅子ウサギがキミに扱える武器になったみたいだよ。装備するかい？」

「どんな武器だろうと素手よりはいいだろうな。分解せずにそのまま残してくれ」

祭壇の守護者の落とし物なら、きっと良い装備に違いない。

獅子ウサギだった光は片手持ちサイズの斧《おの》に姿を変えた。腰に下げるタイプの革ベルト付きだ。

ナビが解説を続ける。

「三日月の斧のレア度はEで、特殊効果があるみたいだ。十三階層までなら充分な攻撃力だね」

そう聞くとゴルドラモルゲンシュテルンの〝レア度Bの打撃武器〟っていうのは、本当に希少だったんだな。三日月の斧は刃の部分がその名の通り、三日月のように弧を描いている。

手にしてみると……ずしっとした手応えながら少し小さい。取り回しは良さげだが、威力に関してはモルゲンシュテルンに軍配が上がる。

あちらが打撃刺突というなら、こちらの斧は打撃切断という感じだろう。

無いよりマシというのも贅沢《ぜいたく》な話だが、しばらくはこいつでしのぐしかなさそうだ。

祭壇から転送されて城塞廃墟に着くなり、俺は中央の大通りを無視して、右手の路地に向かった。ナビが足にまとわりつくようにすり寄る。わざと歩き難くして、俺を止めたいようだ。

「待ってよゼロ。城塞廃墟についてボクの知っていることを教えておきたいんだ」

おっと、そうだったな。つい気持ちが先走ってしまった。

大人しくナビからドグーラの情報を教えてもらう。注意すべきはその攻撃魔法だ。恐ろしさは身に染みて……いや、この魂に刻み込まれている。

レクチャーを受け終えると、改めて俺は路地を進んだ。

地面に目をこらし地下水路に続く丸い金属の蓋を探す。

あった！　これも前回と同じ場所だ。かがんで地面にはまった蓋をヨイセっと持ち上げた。

ナビは目を丸くしながら「そんなところに道があるなんて、ボクも知らなかったよ。どうして気づいたんだい？」と、驚いたように俺に訊く。

「ええと……まあ、勘《ひらめ》が冴《さ》えただけだ」

「なんて素晴らしい閃きなんだろう。キミこそ選ばれし存在だよ」

目を細め、尻尾をフリフリ上機嫌なナビを肩に乗せて、地下に降りる。

水路脇の通路を小走りで進んだ。何がいるかはわかっているので、魔物に気づかれようがお構いなしだ。角を曲がって即、会敵する。敵は前回と変わらず火付けネズミだった。

取り回しの良い三日月の斧は、地下水路を根城にする連中との戦いにうってつけだ。

通路でタイマン張って俺に勝てると思ったか？　斧を振るって次々とテンポ良く打ち倒す。

予想はしていたが、狭い場所にはそれに適した武器のリーチがあるのだと実感した。ただ、前よりも更に接近戦《クロスレンジ》になるため、火付けネズミの松明にしばしば火傷《やけど》を負わされた。

とはいえ頑健なオークボディーである。ドグーラのファイアボルトに比べれば、表面をあぶられるくらいなんてことない。炎にせよ氷にせよ雷にせよ〝魔法的〟なものこそがオークの弱点だ。

暗い地下道を高速で這い回るブラックローチには手を焼いたが、壁や床にイソギンチャクのように貼り付いて動かない糸吹きサナギは、斧でザクザクと切っていった。怖い物なしだ。

レベルが上がれば力にポイントをつぎ込み、ウォークライに続くスキル――力溜めも習得する。

「すごいよゼロ。魔物をまったく寄せ付けない強さだね」

俺の成長が嬉しそうなナビに励まされながら、暗くジメッとした腐臭漂う地下水路を抜けた。

地上に出て祭壇の近くまで無事たどり着く。すぐにつっこまない。ここからは慎重に行こう。

近くで公園を見つけて給水所で水を飲み、襲ってこないドグーラの眷属《けんぞく》が箱に配給する固めたパンを腹に詰め込んだ。

準備万端整えてから、単体でさまよっているドグーラを見つけて……挑む。

ファイアボルトは相変わらず脅威で、黒焦げにされ炎熱地獄に焼け死にそうになりながらも、ウォークライと力溜めを駆使してなんとか一体倒すことができた。

効率は前回と比べてガクッと落ちたな。ドグーラを相手にするには武器が弱過ぎる。

公園のベンチにドカッと腰掛けて、全身の焦げた臭いにむせながら大きく息を吐く。

俺の膝の上にピョンっとナビが乗っかって、顔を上げた。

「大丈夫かいゼロ？　無理は禁物だよ」

「問題無い。一発食らって動けなくなるようならマズイが、二発程度までならドグーラのファイアボルトを受けても死なないようになったしな」

三発食らえばあの世行きだ。今一度、気を引き締め直そう。

とはいえ次の階層に向かう手順は前回で学習済みである。念のため、塔の前の広場を巡回するドグーラの動きが変わっていないか、半日掛けてパターンを確認した。

その上で翌日、早朝の交代のタイミングを見計らって、俺とナビは祭壇に滑り込みを狙う。

敏捷性の低さと初挑戦の緊張感から、前回は祭壇に飛び込むまでに一発ファイアボルトをもらってしまったが、今回は二度目ということもあって冷静かつスマートに行動を完了した。

ドグーラに包囲されるより早く、俺とナビは祭壇に飛び込み次の階層へと転移するのだった。


星屑砂漠の出発地点のオアシスで、諸々《もろもろ》準備を整える。

昼間のうちにオアシス近辺に棲息《せいそく》する、砂モドキオオトカゲを相手に修練だ。

ゴルドラモルゲンシュテルンで二発の相手だったが、武器の火力不足はここでも露呈した。ウォークライと力溜めを駆使しても、三日月の斧だとオオトカゲを仕留めるのに三発。

スキル頼りでは連戦できず、通常攻撃で敵を沈める場合、五回の攻撃を必要とした。当然、反撃を受ける頻度も上がり、戦いが終わると毎回どこかしら噛まれて傷痕だらけだ。

数分休めば傷はふさがるとはいえ、血を流すのは嬉しくない。その臭いに釣られてオオトカゲの仲間が増えることもあった。

わーい経験値のお代わり稼ぎ放題だ！　回復しきってないので泣きたくなる。

というか素手よりマシとはいえ、この先、武器の弱さは心許《こころもと》ない。

まあ前回が運が良過ぎただけなんだよな。ゴルドラモルゲンシュテルンの武器ランクはB。二十階層まで通用する最高にクールな武器だった。

強い武器を手に入れさえすれば、もっと効率は上がるんだけどなぁ……。

ええい凹《へこ》んでどうする。足りない火力は今日まで培った経験で補っていこう。


ナビの導きもあって、砂漠では一歩たりとも迷うことなく夜の行軍は順調に進んだ。

少しでも安全なルートを外れると巨大蟻地獄――グレーターアントリオンと遭遇するらしい。

今の俺では到底太刀打ちできない魔物だが、時折、最果ての街から錬金《れんきん》素材となる〝巨大な顎牙〟を求めて、狩りにやってくる冒険者がいるのだとか。レア素材で良いお金になるらしい。

また一つ情報を得たものの、とりあえず触らぬ神になんとやら。今は報酬よりも安全第一だ。

夜に砂漠を進み、昼間は適度に休息を取りつつオアシス付近で戦ってレベルを上げた。

二日目の夜には遠方で砂の海を回遊する巨大ミミズ――地鳴りの王を観《み》ることができた。淡い月のような天球の射す光の中、砂の大海を我が物顔で雄大に泳ぐ姿は相変わらず圧巻だ。

この階層の主が気まぐれに俺たちの方に向かってこないことを祈りつつ、砂の道を踏みしめて先を急ぐ。二度目の砂漠越えも三日を掛けた。

続く大深雪山も前回同様、装備を整えて緩やかな山を迂回するルートを選択した。日の出ている比較的暖かい昼間に距離を稼いで、要注意魔物であるフクロウ型のオウルーラだけは避けて進む。ファイアボルトよりいくらかマシだが、こいつらが使う氷結系のアイスボルトは食らえば充分に痛い。

ナビが言うにはオウルーラは夜行性とのことで、行動が活発になる夜の行軍は危険度が倍増するということらしい。雪に覆われた山道の一歩先を行きながら、首だけ振り返ってナビが言う。

「だから気をつけてねゼロ」

「あ、ああ。もとより気温が下がる夜間は、どこかで寒さをしのがないと凍え死ぬだろうしな」

グワオオオオオオオオオオオオオオオオオオオオオオオオオオオオオオンッ!!

そんな話をしていると、山頂方面から雷が落ちて空気を切り裂いたような轟音が響いた。

「なあナビ。この雪山の頂《いただき》には何がいるんだ?」

「強力な魔物だろうね。街で討伐隊を編制したという話は聞いたことがあるけど、帰ってきたという話はさっぱり耳にしなかったよ」

「そりゃあヤバイ雰囲気だな」

「誰も倒したことが無い魔物なら、どんな装備やアイテムを落とすかわからないけど、きっとお宝はすごいものに違いないよ」

捕らぬタヌキのなんとやらだ。しかし、この迷宮を地下二十階層まで降りる連中が、討伐隊なんてものを編制して勝てないなんて、いったいどんな魔物なんだろうか。

蒼穹の森ですら祭壇の先には更に深い森林地帯が広がっているし、城塞廃墟の塔だってどこかに入り口くらいありそうだ。あの巨大な塔を登った先には、やはり階層を守る魔物がいるのか？

砂漠も最短ルートを選んで進んでいるわけだし、ほとんど探索はしていない。

あの地鳴りの王にだって挑むことができる。まあ、そんな命知らずはいないだろうが。

各階層に潜む格段に強い魔物たちは、ただそこに生まれたから居続けるだけ……なのだろうか？

「どうしたんだいゼロ？　そんな深刻そうな顔をして？」

「あ、いや。別に……」

「困ったことがあったらなんでも相談してね」

「もちろんさ。頼りにしてるぜ相棒」

ナビはうんと頷くと、歩きながら機嫌良さそうに尻尾をゆらりゆーらりと振る。

考えるよりも先に、まずは今夜世話になる山小屋《ログハウス》にたどり着かないとな。明るいうちに薪を集めて、夜は火を焚きしっかり身体を休められるよう準備しよう。

不幸とは言わないが、ここまでレベル上げついでにいくつか装備を手に入れたものの、俺では扱えない弓矢や魔法の杖などが多く、全てナビに素材化させて保管してもらった。

雪山で俺が倒せる狼系――雪原の殺し屋は、倒しても倒してもホワイトファングというナイフ系の武器にしかならない。

投げナイフとして使えないかと思ったのだが、そこは敏捷性の低さがたたってか、五メートル先の的にかすりもせず、ナイフは投げるたびに見当違いの方向に飛んでいってしまった。

力自慢のオークが器用に立ち回るのは難しそうだ。

とはいえ、進軍そのものはスムーズである。一度経験した峠越えということもあって、精神的な余裕を持ちつつ無事、大深雪山を越えることができた。

続く第十四階層――巨石平原の突破方法はすでにわかっている。足りないのは実力《レベル》だ。

火力不足を嘆いても仕方ないが、前回のように武器に頼れないなら、ここここそが正念場だな。

大深雪山の出口付近で、ナビが次の階層へと続く祭壇にちょこんと乗って俺を呼んだ。

「さあゼロ。次の階層に進もうよ」

「待ってくれナビ。確かこの先の巨石平原には魔法を使う魔物が多いんだったんだよな？」

「そうだよ。魔法が苦手なキミは気をつけないといけないね」

「だよな。うん……だから、上げられるだけこの階層でレベルを上げていこうと思うんだ」

〝レベルの壁〟は厄介だが、それでもコツコツやるしかない。何百匹だろうと何千匹だろうと、狼系を狩ってやる。ナビは小さく頷いた。

「わかったよ。キミは時々ものすごく大胆に行動すると思ったら、今回はまるで先を見てきたみたいに慎重だね」

「そうか？　ここまで俺が魔法に弱いっていうのは、この身に染みるほど味わってきたからな。魔法を使う魔物が多いっていうんなら、用心に越したことはないだろ？」

ナビは目を細めた。

「キミは賢明だね。ボクはとても心強いよ」

納得したナビが祭壇から降りて、俺の足下まで戻ってくる。

しばらくこの階層の出口をキャンプ地にして、魔物狩りの日々——と、思った矢先の事だ。

銀色に輝く〝何か〟が、純白の雪の小山から飛び出してきた。

それは金属的な光沢を持ちながら、適度な弾性を感じさせる魔物だった。

スライム系のようにも見える。が、これまで見たことが無い。

「ナビ……あいつはなんだ？　魔物なのか？」

息を呑《の》む。自然と手には三日月の斧を構えていた。

祭壇の前でスライム系はぴたりと動きを止めた。その姿を確認してナビが耳と尻尾を立てる。

「あれはレア魔物のメタリックゼラチナムだね」

フルフルと震えるばかりで、魔物が襲ってくる気配は無い。レア魔物と言えば、十階層のコンジキブイブイ以来だ。

「それなら倒せば良いことあるんだろうなあああああ！」

反撃を恐れず俺は三日月の斧を振り上げた。

大上段から真っ二つ——が、斧は空気を縦に切り裂くだけで、金属光沢の美しい魔物の姿は残像のようにゆらりと消えた。

「後ろに回り込まれたよゼロ」

振り返る俺に、ゼラチナムが魔法を放つ。ファイアボルトだ。避けることは不可能なのでこらえようと身構える。至近距離から放たれた火炎の矢は俺の胴体で爆《は》ぜた。

炎熱と衝撃は……さほどでもない。レア魔物だと聞いて一瞬、死が脳裏をよぎったが——

こいつ弱いぞ！　ただ、素早い動きはこれまで遭遇したどの魔物とも比べものにならず、目で追うのもやっとというか、追い切れない。

あざ笑うかのようにゼラチナムは俺の攻撃を全て回避する。時折ファイアボルトや体当たりをかまして、まるでこちらを子供扱いだ。

ただ、魔法であれ打撃であれ、俺に膝をつかせるほどの威力はない。

一心不乱に斧を振り回すうちに、またもゼラチナムを見失った。さては背後に回ったな⁉

身体をひねって後ろを向こうとした勢いで、焦るあまり俺は思い切りバランスを崩した。

足を滑らせ背中側から雪原に落ちるような格好だ。

しまった。相手の攻撃力が低いとはいえ、このまま背中から地面に倒れたら隙を晒し過ぎだ。

だが、身体を入れ替えるなり受け身を取れるような敏捷性は俺にはない。

重力にあらがえず、スローモーションがかったように背中が白い地面に付く——その地面と背中の隙間に、高速移動中だったメタリックゼラチナムが偶然にも挟まった。

ブチンッ！　という会心の手応えを背中に感じて立ち上がると、銀色のゼリーから莫大《ばくだい》な量の赤い光が噴水の如く噴き上がり、それを浴びるようにしてナビが満足げに俺に告げる。

「おめでとうゼロ。レベルが上がったよ」

結果、どうなったかというと……。

名前：ゼロ　種族：オーク・ハイ　レベル：33
力：A＋（99）　知性：G（0）　信仰心：G（0）
敏捷性：G（0）　魅力：G（0）　運：G（0）
余剰ステータスポイント：2
装備：三日月の斧　レア度E　攻撃力27　植物系に＋10％のダメージ
スキル：ウォークライ　持続三十秒　再使用まで五分
　力溜め　相手の行動が一度終わるまで力を溜める　持続十秒　再使用まで三十秒
　ラッシュ　次の攻撃が連続攻撃になる　即時発動　再使用まで四十五秒
種族特典：雄々しきオークの超回復力　休憩中の回復力がアップし、通常の毒と麻痺を無効化。
　猛毒など治療が必要な状態異常も自然回復するようになる。ただし、そのたくましさ
　が災いして、一部の種族の異性から激しく嫌悪される。

メタリックゼラチナムは経験の塊だったらしく、巨石平原を突破するのに充分以上のレベルに、俺はいきなり達してしまった。あまりの出来事に頭の中で絶頂感がスパークした。

8. アドバンテージ

思いがけない幸運でオーク・ハイの肉体を取り戻した。これで魔法以外は怖い物なしだ。

今までの経験から推測するに、階層ごとに推奨レベルが存在しているのはやはり間違い無い。

十階層クリアにはレベル5程度。十一階層ならレベル10前後と、一つ階層を進むごとにおよそ5レベルのアップが必要だ。

例外的に〝何も無い〟十五階層も存在するが、その前後の階層は〝レベルの壁〟が他よりも緩いという印象だ。本来なら巨石平原のクリア到達レベルは25ほどである。

物理攻撃がまったく通じないエレメンタルを相手にはできないが、前回と同じ攻略ルート上にある巨石群近くの魔物から受ける魔法攻撃が、前回ほど痛くなかった。さすがレベル33である。

俺に攻撃が通じないとみるや魔物たちは逃げて行くので、平原をほぼ素通りできた。

「クソッ！　逃げ回りやがって！　一発殴らせろ！　そして倒されろって！」

「魔物たちはキミの力を恐れているみたいだね。今のゼロが戦うなら、もっと先の階層がいいんじゃないかな？」

ナビの言葉に頷いて、共に祭壇の上に立つと、俺たちは鬼門の十四階層を後にした。

それにしてもとんとん拍子だ。メタリックゼラチナムを倒したおかげだが……運の項目にポイントを振れば、また遭遇できるんだろうか？

十五階層は相変わらず何もない白い空間だった。

ナビが得意げに「ここには〝何も無い〟があるんだよ」と耳をピンっと立てて言う。

素通りもできたのだが、入り口の祭壇付近を調べてみた。床は継ぎ目無く真っ白で、天球は常に昼の光量で空間を満たす。

床と壁の境目も、昼夜の境界線も曖昧だ。

ただただ白い世界に、入り口となる祭壇と出口となる祭壇しか存在しない。

魔物の姿もどこにも見られない。平和で静かで無味乾燥していて、何の面白みもない場所だ。

「そんなにキョロキョロしてどうしたんだいゼロ？」

「いや……ここまで森や廃墟や砂漠に雪山ときて、さっきの不思議な平原の次がこれだからな。何か秘密でもあるんじゃないかと思ったんだが……」

「そうだね。街で聞いた話だけど、この十五階層を調べた冒険者も過去にはいたみたいだよ。魔法を使った探査や、壁を壊そうとしたりと手を尽くしたそうだけど、何も見つからなかったんだ」

魔法を使うだなんて俺にできない方法で調べた後なら、やっぱりお手上げだな。

「オーク・ハイの出る幕じゃなさそうだ。先を急ごう」

俺が歩き出すと、真っ白い床を青い猫はトコトコと軽快な足取りで付いて来た。

後半の階層もレベルが上がっていたおかげでサクサクと進んだ。

南国のリゾート地のような地底湖島で、白い砂浜を駆け抜けて群島を結ぶ橋を渡り、再びランドクラブを倒しまくる。祭壇に向かう最短経路は通らずに、何度も橋を往復し蟹《かに》と格闘した。

何匹か倒してわかったのだが、この魔物は命の危機を感じると〝防御〟に徹する習性があるらしい。モルゲンシュテルン二発で撃墜していた時には気づかなかった。

背負った貝殻に引き籠もられると手出しができなくなるのは厄介だが、三日月の斧を三発ほど食らわせたところで、ラッシュによる二段攻撃でたたみかけると撃破できた。

最後の攻撃をラッシュではなく普通にしてしまうと、殻に籠もられる。そうなった場合は無視して先に進み、別の個体を狙うようにした。ナビが不思議そうに俺を見つめる。

「ねえゼロ？　どうしてさっきからランドクラブとばかり戦うんだい？　キミの今のレベルなら、このまま先に進んでも問題は無さそうだよ？」

「ええとほら、ああいう防御の堅い魔物なら、お宝に防具を持っているかも知れないいだろ？」

「なるほどね。もし、持っていなかったとしても、気を落としちゃいけないよ」

「ああ。わかってるって」

三十四ほど倒したところで、真珠岩の盾を再び手に入れた。もう少し時間が掛かるかと思っていたが、案外あっさり手に入ったな。ナビが目をまん丸くさせる。

「真珠岩の盾だね。時々だけど魔法を反射することがあるよ」

俺は首を傾げた。

「なあナビ。ランドクラブがこの盾を落とすことは知らなかったのに、盾そのものの事はどうして知っているんだ？」

ナビは首を小さく左右に振った。

「もちろん前に街で見たことがあったりして、知っていることもあるんだけど、アイテムについては導く者の能力――鑑定レベル１で判別しているのさ」

「レベル１って……お前もレベルが上がるのかよ？」

俺の質問にナビは「さあ？　ボクは戦えないからレベルの上げようもないけどね」と少し困ったような口振りだ。

そんなやりとりをしつつ、真珠岩の盾を装備する。魔法を防ぐ効果はあるにはあるが、発動したらラッキーという程度の確率だ。ただ、片手持ちしかできない三日月の斧と合わせるには、盾はうってつけの装備だった。

防具を手に入れ十六階層の祭壇を守る大型の魔物――クラーケンとの死闘を制す。

三日月の斧が切断属性を持つためか、軟体系相手にはいくらかマシな戦いができたものの、早く良い武器が欲しい。

大物を撃破したが、レベルは上がらないまま次の十七階層――死毒沼地に俺たちは向かった。

この階層――死毒沼地でレベル35までは上げることができる。続く火炎鉱山で40まで。十九階層の世界樹上でレベル45程度になり、二十階層――最果ての街で50までという計算だ。

死毒沼地の攻略方は特に無し。他の種族ならいざ知らず、毒にも麻痺にも耐性を持つオーク・ハイの特性をフル活用することができた。

道中、最短の道から少し外れて、鬼の背骨と冒険者たちによって名付けられた橋で魔物と戦う。

背骨というのも納得だ。橋は灰色がかった白で節があり表面は滑らかだが、奇妙に歪んでいた。

全長二百メートルはある巨獣の白骨なのだ。この沼地で朽ち果てた亡骸《なきがら》が地形に取り込まれ、陸橋のようになったなれの果て……とは、ナビの解説だった。

背骨の上で遭遇する魔物は、沼地や森に棲息する毒虫や植物系から打って変わって、骨だけの不死系になる。中でも三面に六つの腕を持つ髑髏《どくろ》の戦士――アシュラボーンは強敵だ。

六つの腕にそれぞれ剣、斧、鎚《つち》、槍《やり》、刀、鎌を持ち、一心不乱に乱撃を繰り出してくる。

盾一つでは防ぎきれない攻撃だが、急所を守り全身を切り刻まれながら、俺は吠えた。

「ウォオオオオオオオオオオオオオオオオオオオオオオオオオオオオッ！」

充分に力を溜めてからのラッシュによる二連撃をアシュラボーンの腕に叩き込み、武器を振るう腕を減らしていった。こうして多腕を潰していかないことには、本体にダメージを与えられない。

「無理は禁物だよゼロ」

「ちょっとは無理しなきゃこの先やばいだろ！」

アシュラボーンの腕が最後の一本になり、その手にした刀から放たれた斬撃が俺の喉元に触れる――寸前で、三日月の斧はアシュラボーンの正面の顔を真っ二つにした。

サラサラと溶けるように赤い光に変換されたアシュラボーンに、ナビが声を上げる。

「魔物がアイテムを落としたね。残念だけどゼロには装備できそうにないから素材にするかい？」

「ちょっと待ってくれナビ。どんなアイテムなんだ？」

「骨切り包丁だよ。分類は刀だね。レア度はCで攻撃力は55かな。骨を持つ魔物に対して攻撃力が上がる効果があるみたいだね」

刀か。惜しいな……って、偶然か？　アシュラボーンが最後まで手にしていたのも刀だった。

「わかったナビ。とりあえず骨切り包丁は素材に分解してくれ」

ナビはアシュラボーンを吸収すると、目をぱちくりとさせて俺を見上げる。

「使える武器じゃなかったのに、どことなく嬉しそうだねゼロ？」

「まあ、たまたまかも知れないけどな。ちょっと試してみたいことがあるんだ」

鬼の背骨で休憩しつつ、時折、森に戻って食べられるキノコで回復しながら、俺はアシュラボーンと戦い続けた。

レベルは36まで上がり、経験が積めなくなる〝壁〟の気配が濃厚になったものの、二十三体目のアシュラボーンから、俺はついに武器を獲得した。

「粉骨砕身を手に入れたよ。これは素材にせず装備した方がいいんじゃないかな？」

「ああ、頼む」

アシュラボーンだった赤い光は集約して、全長二メートルの武器になった。こいつも肩がけできるよう革ベルト付きだ。

白い骨でできた両手持ちの大鎚《おおつち》である。骨のような白い柄の先端に巨大な頭蓋骨がついていた。見た目はネタっぽいが重量感はずっしりと良い感じだ。

モルゲンシュテルンめいたスパイクは無く、純粋な打撃武器だろう。ナビが解説を続けた。

「粉骨砕身は鎚だね。レア度はCで攻撃力は78かな。骨を持つ魔物に対して攻撃力が上がる効果があるみたい。ただし、軟体へのダメージはマイナスの補正が掛かるみたいだよ」

と、説明を終えてから黙って俺を見る。

「どうしたんだナビ?」

「不思議なのだけど、どうしてアシュラボーンがキミが使える武器を落とすと思ったんだい?」

「色んな武器を持ってるから、倒していけばそのうち落とすんじゃないかってな」

「アシュラボーンは六種類の武器を持っているよ?」

「どうやらコツがあるみたいで、腕を破壊する順番を工夫してみたんだ。気づかなかったか?」

俺の謎かけにナビは「うーん」と、真剣に悩み始めてしまった。意地悪せずに教えよう。

「最後に残す手を鎚をもったやつにしたんだよ」

俺の答え合わせにナビは「なるほど。素晴らしい観察眼だね」と納得したようだった。

早速戦利品を背中にマウントしてみたが、大き過ぎて正直取り回しは悪い。片手で扱うのも難しいから、盾との併用も無理そうだ。ナビが俺に訊く。

「三日月の斧と真珠岩の盾は分解しようか?」

「いや、狭い場所で戦うこともあるだろうから、斧も盾もそのままでいい」

死毒沼地の地形は多彩だ。沼地や骨の橋の上ならいざ知らず、木々の生い茂った森の中で粉骨砕身を振り回すのは自殺行為と言えるだろう。

「あまり手荷物が多いと戦いの邪魔になるかも知れないから、いつでも相談してね」

腰に三日月の斧を下げ、盾を背負って大鎚は手にもったまま、比較的開けた場所を通るようにして、俺はナビとともに瘴気の満ちた階層を突き進む。

新たに手にした粉骨砕身は、まさに十七階層にうってつけの武器だった。

一振りで大半の不死系の魔物を葬り、祭壇を守る大型魔物——巨人ドクロは前回の対戦と同じく、その足を砕いて顔面を潰す方式で撃破した。

拓けた場所限定とはいえ、大鎚を手に入れてからは、世界が変わったように戦いが温《ぬる》くなった。

相性の悪い軟体系の魔物は火炎鉱山にも世界樹上にも現れず、広い場所を選んで戦うことで、武器の取り回しの悪さもある程度カバーできる。

順調にレベルも積み重ねていき、ついに俺は……俺たちは二十階層に戻ってきた。

丘の上の祭壇から見下ろすと、街の中心の聖堂にある鐘楼から鐘の音が鳴り響く。

「やっと戻ってこられたな」

つい、言葉が漏れた。ナビが不思議そうに首を傾げる。

「戻ってきたのはボクで、キミは初めて着いたんじゃないのかいゼロ？」

「あ、ああ、そうだったたそうだった」

さあ、問題はここからの行動だ。あんな失敗は一度きりで充分だからな。

9. 再会

最果ての街の門をくぐる前に、街道で立ち止まると、俺は余剰ステータスポイントを魅力に割り振った。ここからは極端な振り方はせず、状況に応じて数値を調整していこう。

1ポイントずつ魅力を上げていくと、17ポイントのところでランクがGからFに上がった。

「なあナビ。魅力を上げてみたんだが、俺も少しは男前になったか？」

「ゼロは出会ってからずっとかっこいいよ」

「冗談だろ？」

足下でナビは目を輝かせる。

「本気さ。キミは強い。腕力に優れているという意味じゃなくて、あらゆる状況に対応して、二週間と掛からずこの街にたどり着いたんだもの。ボクはそんなキミを心から尊敬しているんだ」

騙《だま》しているようで気が引ける。それもこれも前回の失敗あってのことだ。

結局の所、魅力を上げた成果については実感を得られないままだった。

改めて、ナビから種族ごとの傾向や相性について訊く。オークは基本的に、他種族ウケは良くないらしい。特に魔法を操るエルフとは最悪の相性――とは、死をもって体験済みである。

「しかし、いきなり街中で攻撃されることなんて……ないよな？」

試しにナビに訊いてみると、青い小動物は大きなあくびをしてみせた。

「どうだろうね。この街は種族ごとに棲み分けされているようだし、少なくともボクが見た限り、オークとエルフが仲良く並んで歩いているところには遭遇したことがないよ」

なるほど。魅力を上げようとも、無理にエルフと接触をはかるのは良くなさそうだ。

ナビは尻尾を自慢げに揺らして続ける。

「冒険者ギルドが仕切って、争い事が起こらないよう不干渉ということにはなっているけど、裏を返せば『干渉してきた方が悪い。なにをされても文句は言えない』とも言えるんじゃないかな？」

命をもって償わされるとは思わなかった。もうあんなのはごめんだ。

オークに好感とまでは言わないが、話しかけても大丈夫な種族を絶賛募集中である。

「なあナビ。オークに嫌悪感や偏見を持たない種族はいないのか？」

ナビはヒゲをピクンとさせた。

「同じオーク同士でも仲が悪いらしいね」

「なんだよそれ。同族も頼れないのか」

「けど、強いて挙げるなら獣人族はどんな種族相手でも比較的中立的だね。元々彼らは多種族みたいなものだから、価値観の違いや個性には寛容なんだ。初対面の相手でも友人と呼んだりして、種族が違っても上手く受け入れ、群れを形成するみたいだよ」

安堵の息が自然と漏れた。

「そいつはありがたいな。獣人族のコミュニティーに参加するのは良いかも知れない」

俺の足下にぴとっと身を寄せて、ナビは顔をスリスリさせながら続ける。

「後はドワーフ族だね。エルフとはライバル関係にある種族さ」

俺が死ぬきっかけを間接的とはいえ作ったのは、赤い髪で背の高いドワーフの女だった。

エルフの少女とぶつかった拍子に、抱えていた本がばらまかれて……そいつを俺が拾ったところであの仕打ちだ。もうどちらも恨んじゃいないが、本当にあの時は運が無かったな。

失敗を未然に防ぐためにも、俺はもう少しだけドワーフについて訊いてみることにした。

「ライバルって具体的には？」

「ドワーフは力と信仰心が高くて、鉱物採取や冶金《やきん》に鍛冶が得意なんだ。エルフは敏捷性と知力に優れていて、黒魔法を得意としているんだよね。本来なら弱点を埋め合えるのに、お互いのプライドがそれぞれの素晴らしさを認められないんだ」

それで競い合ってライバルというわけか。

「そのドワーフはオークを嫌っていないんだな？」

「エルフがオークを嫌っていたり、恐怖心を抱いているからね。敵の敵は味方というのもあるだろうけど、ドワーフ族は手先が器用な割に豪快で、細かいことを気にしないようだから」

種族ごとにノリみたいなものがあるんだな。ナビは最後に重要な一言を付け加えた。

「なによりドワーフは筋肉に弱いんだ。その点、力を極めたキミなら、ドワーフたちに受け入れられる可能性は高いんじゃないかな」

ん？　となると魅力を上げたのは失敗か？

「そういうことはもっと早く……いや、なんでもない」

ナビに愚痴ってもしかたない。街を拠点にする以上、ドワーフ以外の種族ともやりとりはあるだろうし、上げた魅力は無駄にはならないと前向きに考えよう。

大通りには様々な種族が店を出していた。

行き交う人々を見ながら道の真ん中で足を止め、深呼吸をする。この先は前回の経験を活かすことはできないのだ。先に進む覚悟を決めよう。

相変わらずナビは街の住人の誰にも見えていないらしい。が、蹴られたり踏まれたりすることなく、雑踏を器用に避けて俺の後をついてきた。

「まずはドワーフとお近づきになりたいところだな」

と、ナビに言ったつもりだが、ナビは雑踏の中から俺に返した。

「話しかけてくれるのは嬉しいけど、人前でそれをやると独り言になるから気をつけてね」

この街にたどり着くまで他者という概念がほとんど無かったおかげで、すっかり失念していた。

忠告してくれたナビに頷いて返す。

「ボクの方からは声を掛けることがあるけど、返事がし難い場合は頷くか首を左右に振るかしてくれるとありがたいよ」

もう一度頷く。そういえば、街についてから種明かしをする予定だったんだが……今さらナビも「俺は二度目なんだ」なんて話をされたって、混乱するだけだろうな。

ここからは同じ〝一度目〟の視点で共に歩いて行けるわけだし、言わないでおくとしよう。

俺の大きな歩幅に合わせて、忙《せわ》しなく足を動かしながらナビは隣を歩く。

目抜き通りから円形広場に出る。商店のテントが色とりどりの花のように天幕を連ねていた。

思わず緊張で手に汗がじんわり浮かぶ。呼吸が荒くなり、心音が胸から足の先にまで響くような錯覚がした。

――同じなのだ。あの時と。

死の元凶が本の山を抱えて、人混みの中をゆらゆら、よろよろとこちらに向かってくるほっそりとした指先を真っ赤にさせながら。

積んだ本の向こう側には、恐らくエルフ特有の長い耳と金髪に青い瞳が隠れているに違いない。

どういうことだ？　到着日数は前回よりも三～四日は早い。

なのに同じ光景が目の前に広がっている。そして、人混みの中から背の高い赤い髪のドワーフ女が姿を現した。彼女とぶつかって本がばらまかれるのだ。

「ちょっとそこの赤い髪のドワーフ！　待ってくれ！」

俺はつい、声を上げてしまった。ドワーフ女は立ち止まり、その脇をよろよろと本を抱えたエルフの少女がすり抜けていく。

すれちがった。横目にちらりとエルフの顔を確認する。彼女は重い本の山に必死で、オーク・ハイの俺のことすら目に入っていないようだ。

服装は白地に青い差し色の入ったローブ。背中には長い魔法の杖。

間違い無く、俺を殺したエルフの黒魔導士だった。

彼女はそのまま、フラフラしながら目抜き通りの方へと引きずるように歩みを進める。

首だけ振り返って、その背中が遠くなるのをじっと見つめた。

エルフは雑踏に消える。ドッと重たい息が口からこぼれた。心臓は更にバクバクと音を立て、手のひらと言わず背筋まで冷たい汗に濡れていた。

ナビがちょんちょんと、前足で俺のすねの辺りをつつく。

「人を呼んでおいてなにボーッとつったってるわけ？」

前を向くとそこには、俺を見上げるようにして赤い外ハネ気味な髪を揺らす女の顔があった。金色の瞳がじっとこちらの顔をのぞき込んでいた。

胸元が大きく開いた服で、職人らしく様々な道具のついた革ベルトを下げ袖の無いジャケットを羽織っている。女が不機嫌そうに言う。

「なあ話、聞いてるのか？」

何か言うたびに、そのこぼれ落ちそうなほど大きな胸がゆっさたゆんと揺れた。

「あ、いや……その……」

つい口ごもる。考えも無しに声を掛けてしまった。きっと不審に思われたに違いない。

ドワーフの女は口元を緩めた。

「はっはーん。さては……アタイに惚《ほ》れたな？　いやぁーイイ女はつらいねぇ。アタイの魅力につい、声を掛けたくなるってのもわかるよ。うんうん」

勝手に納得すると、下から胸を持ち上げるように腕を組んで、ドワーフ女は頷いてみせる。

エルフとぶつかった時は、ずいぶん失礼なヤツだと思ったが……あれは行ってしまったエルフの少女に対しての態度だったらしい。種族間のライバル関係ってやつだ。不親切なのも仕方ない。

ドワーフ女は俺の顔をビシッと指さした。

「つーかよく見たらアンタあれじゃん。オークじゃん。しかも胸毛もっさもさ」

「あ、ああ。オーク・ハイだからな」

「へー。珍しいね。この街は初めてかい？」

「さっき着いたばっかりだ。どうしてわかったんだ？」

オーク女は値踏みするように俺を見る。

「だってさぁろくな装備してないし。超一流の鍛冶職人のアタイをつかまえて、いったい何をさせようってのさ？」

「いやその……ええと……」

押しが強いノリに言葉が上手く返せない。下手な問答は命に関わる。

「悪いんだけどさ。オークの弟子はとってないんだよねぇ。アンタらパワーはあるけど不器用だし。となるとやっぱ、アタイの噂《うわさ》を聞きつけて、その腕を見込んで惚れこんでってこと？」

「そ、そうそう！　そうだ。あんたを見込んで頼みがあるんだ」

名前もわからず、相手に合わせて「あんた」呼ばわりしてしまったが、ドワーフ女は口を大きく開けて笑った。

「あっはっはっはっは！　なんだ早くそう言ってくれりゃあよかったのに。このガーネット・オルタニアにかかれば、どんな武器だって朝飯前だっての。けど、超一流の鍛冶職人の仕事には、それなりの対価を払ってもらうからな？」

ナビが素材をため込んでいるが、換金していないので所持金がどれほどあるかわからない。

とはいえ、ここでケチな事を言うのも彼女――ガーネットのノリに反するだろう。

「よろしく頼む！」

「よく言った！　んじゃあ、打ち合わせといこうか。アタイの工房はこっちだよ。ついてきな！」

俺は一度、足下に視線を落とした。ナビは目を細めて「いいんじゃないかな？」と言う。

その声に小さく頷いてから、俺はガーネットを追って歩き出した。

隣に並ぶとガーネットが俺の二の腕を触ってくる。突然の事に一瞬、ビクンと身体が震えた。

「なにビビッてんだよ？　男だろ？　シャキッとしろって。しっかしまぁ……なかなか良い筋肉してるじゃんか。これなら相当重い武器でも振り回せそうだ」

薄い褐色の指先が、丹念に俺の腕に触れる。口振りからして豪快な印象だが、その手つきはまるで壊れ物を扱うように繊細だ。

「ふむふむ。よし！　気に入った！　最近はやれ細身の剣だのナイフだのと、ちまっこい武器ばっかり作らされてきたからな。アタイの趣味に付き合ってくれるなら、料金まけてやるよ」

「ほ、本当か？」

ちょっと親切過ぎやしないだろうか。

「遠慮すんなって。アンタにぴったりの武器を作ってやるから。料金が払えないようなら身体で払ってもらうけどな」

「身体って……」

「なかなかスゴそうじゃんか。太ましくてパンパンに詰まってて、筋も浮きまくりでさ。一晩くらい持ちそうだし。タフな男って嫌いじゃないぜ」

いったい何をどう払わせるっていうんだ⁉

導かれるまま、俺はガーネットの工房があるという職人街へと歩みを進めた。

並び立つ煙突から煙が上がり、そこかしこからカンカンと金属を鍛えるリズミカルな音が響く。

最果ての街の北西……といっても、地下世界では正確な東西南北はわからないのだが、海側を南とすれば鍛冶職人街は北西の位置にあった。

職人街の中央に祭壇がある。案内のため先に進むガーネットに気づかれないよう、俺は小声でナビに訊いた。

「なんでこんなところに祭壇があるんだ？」

ナビは尻尾を左右に振りながら俺に告げる。

「二十階層にはいくつも祭壇があるみたいなんだ。行き先は同じ二十階層のどこかみたいだね」

ぴたりと足を止めてガーネットが振り返る。

「独り言かい？　図体がでかいわりに変わった趣味だな？」

金色の眼差しがじっと俺を見据えた。慌てず騒がずその瞳を見つめ返す。

「悪いがクセなんだ。街に着くまでずっと独りだったからな。あんまり寂しいんで、時々でちまうんだよ。不快にさせたなら済まない」

ずんと一歩近づいてガーネットは俺の顔を下からのぞき込む。

「へぇ〜〜。単身で迷宮世界に乗り込んでくるなんて、無謀なやつだな」

その口振りからして、普通の冒険者は独りでここまで降りてこない……ということだろうか。

「アタイと一緒だな。あっはっはっは！」

大ぶりな胸をブルンと揺らしてガーネットは豪快に笑う。視線がつい向いてしまうぞ。

性格は男勝りだが肉付きは筋肉質ながらも、出るところがしっかり自己主張していて魅力的だ。

一方、ナビは凹んだように消沈し、耳をぺたんとさせた。

「独りだなんて、ボクがずっと一緒にいたじゃないか」

いやいや、こう言っておけばガーネットに不審がられないと思ったんだ。

と、今は説明できないのがもどかしい。

だいたい街で話しかけたら白い目で見られると言ったのはナビだろうに。

溜息を吐いた途端、ガーネットが俺の肩を平手でパァァァンッ！　と叩いた。

「まあ大切なお客さんだし、初めてだらけでわかんないことも多そうだから、アタイが色々と教えてやるよ。もちろん武器の代金に情報料を上乗せするなんていう、エルフみたいなみみっちい真似《まね》はしないから安心しなって」

エルフは情報料を取るのか？　まあ、価値のある情報には相応の値がつくのが普通だろうから、教えてもらえるのは情報というよりも、この街の常識なんだろうな。付き合ってくれる人の良さはありがたい。ともあれ、俺を騙してどうこうするつもりも一見なさそうに見える。

ガーネットが気の良いドワーフを演じている可能性は完全には捨て切れないが……。

いかんな。最初にこの街で起こった事件が、尾を引いている。

信じて素直に厚意に甘えよう。こちらが疑えばガーネットも気を悪くするだろうし。

「ありがとうガーネット。じゃあ早速質問なんだが、この祭壇はどこに繋がってるんだ？」

ぐいっと胸を反らせて張ると、ガーネットは「わはは」と笑う。今にも褐色の果実がぶるんとこぼれ落ちそうだ。いちいち視線を誘導されちまうのは、男の本能だな。

そういえば、不定形なunknownの時から自分が男か女か迷いすらしなかった。

ガーネットはビシッと祭壇を指さす。

「こいつは二十階層の鉱山——海底鉱床に通じてるのさ。中は魔物だらけだけど、奥に進むほど良質な鉱石が手に入るってわけよ。で、便利だからってアタイらドワーフが祭壇付近に住み着いて、いつの間にやらこの辺りは鍛冶職人街って呼ばれるようになったってわけ」

海底？　ちょっと気になる単語だが、なるほど鉱石集めがしやすい立地というわけだ。

そっと視線を下げるとナビは相変わらず寂しげな顔のまま、小さく頷いた。

後で謝ろう。とはいえナビのやつ、もう少し空気を読んでくれても良さそうなものだが。さすがにそれは求め過ぎか？

俺以外の誰とも会話が成立しなかったんだから、ナビのコミュニケーション能力に問題があるのは仕方のないことかも知れない。俺はその場でしゃがみ込んだ。

「おっと靴紐《くつひも》がほどけたみたいだ」

ガーネットが目を丸くする。

「アンタ裸足《はだし》じゃないか？」

「あ、ああ、靴紐がほどけたのは気のせいだったみたいだな」

言いながら俺はガーネットに気づかれないよう、ナビの頭をそっと撫でた。

ナビは目を細めるとブルリと全身を震えさせる。

「よかった。ゼロに協力者が出来たのは喜ばしいけど、ボクが見えなくなっちゃうんじゃないかって不安だったんだ」

その言葉に小さく頷いて立ち上がる。一連の動作を観察しながらガーネットは眉尻を下げた。

「アンタやっぱり変だな」

「変わり者だとはよく言われるよ」

「つーか腰に布きれ一枚巻いて褌《ふんどし》オンリーなんて変態だろ」

うっ……仕方ないだろう。どの階層でも武器と盾しか拾えなかったんだから。

腕組みして自慢の胸を前腕で下から支えるように持ち上げると、ガーネットは溜息を吐いた。

「先に服と靴くらいは用意した方が良さげだねぇ。アタイは別に褌男を家に招待してもいいんだけど、鍛冶職人ギルドに紹介すんのにその格好は流石《さすが》に無いわマジで」

もしかして俺、前回も今回もかなり怪しい格好で街をうろついていたのか？

どことなく軽蔑とまではいかないものの、他の冒険者たちの見る目が冷たく思えたのは、俺の気のせいじゃなかったようだ。

いきなりエルフに雷撃系の黒魔法をぶちかまされたのも、魅力や種族の特性に加えてこの服装がまずかったからかも知れない。せめて普通の格好にならなくては。

鍛冶職人街の通り沿いにある雑貨店で、俺は簡素な麻のシャツとズボンに革ベルトとサンダルを買ってもらった。ガーネットにまた借りが出来たな。

自然な風合いの服一式は、着心地もゴワゴワしていてあまり快適とは言いがたい。

というか、裸であることに慣れ過ぎていた。服そのものに違和感を覚える。

店を出るなりガーネットが言う。

「立て替えてやっただけだからな。手持ちが無いようだし、先にギルドに換金しに行くか」

「お、おう。何から何まで済まない」

「別に恩に着せるつもりはないさ。アタイほど出来たドワーフはそういないってだけだよ」

街を拠点にするなら金の工面は必要だ。もとより滞在費やらなんやらは、ここにたどり着くまでの素材を売って用立てるつもりだったので、彼女の紹介で換金できるのは都合が良い。

ちなみにガーネット曰く、この街で流通している貨幣はギルド硬貨といって、銅貨、銀貨、金貨に分かれるとのこと。外の世界では流通していない独自貨幣なのだとか。ナビ曰く、俺は外に出られないそうだから、外の世界の事は通貨に限らず、あまり関係ない話だ。

ガーネットは上着の内ポケットから赤い宝石を取り出した。

彫金を施したフレームで固定され、ゴールドのチェーンがつけられている。

見つめているとガーネットが首を傾げた。

「なに珍しいものでも見るような神妙な顔してんだい？」

「いや、なんというかその……」

「アンタだって同じモノをずっと首からかけてるだろ？」

言われて俺は自分の首元をさすったのだが、金の鎖の感触などどこにもない。

赤い宝石はナビの額のそれと同じだった。足下のナビに目配せする。

ナビは首を傾げた。ガーネットからは〝俺が赤い宝石のついた金のネックレスをつけている〟ように見えているようだ。ナビは顔を上げると俺に告げた。

「認識が歪んでいるみたいだ。キミも普通の冒険者として認識されているのかも知れないね」

まあ、それなら好都合だ。ナビを紹介できないのは残念だが、余計なところで不審がられることはないと前向きに考えよう。

とはいえ認識の歪みというのは気になるな。ナビは俺を特別な存在というが、そうなさしめているのは、案外ナビ自身なのかも知れない。


ガーネットの紹介で鍛冶職人街の目抜き通りにあるギルドにやってきた。

まるで城塞のような石造りの堅牢《けんろう》な建物で、街の中央にある大聖堂ほどではないが、鍛冶職人街にあるどの建築物よりも大きい。三階建てだがギルドに登録していない俺が入れるのは、一階のフロアまでだ。

鍛冶ギルドは鉱物資源から武器や防具、道具類などを管理しているらしい。素材の買い取りもしてくれるという。俺は買い取り業務を行うカウンターで、これまで集めた素材を売った。

ナビが次々と額の紅玉から素材化したアイテムを床に並べていく。

魔物を倒した時とは逆の要領で、赤い光の粒子が放出されると物質化するのだ。

隣でガーネットが「おっ！　けっこうため込んでたな。一気に出すと気持ちいいだろ？」と、誤解を招くような言い方をした。

本人は発言の問題点に気づいていない。が、教えたところで気にするような性格でもないか。

ちなみに、ナビが素材を出しているのだが、ガーネットからは〝俺の首にかかった宝石から素材が取り出されている〟ように見えるのだとか。認識の歪みというやつだ。

素材を査定係に預けて、待合ロビーでガーネットと並んで長椅子に腰を落ち着けた。

ナビはするりと椅子の下の隙間に滑り込むと、香箱座りをしてあくびを一つ。

どうやら狭いところが落ち着くみたいだ。

しばらく待つ間、ガーネットからお金に関するレクチャーを受けた。

金貨、銀貨、銅貨で支払われるが、通貨単位はメイズで統一されている。

この単位も外の世界とは違う独自のものなのだ。地下迷宮世界には外の世界で貴重なものがゴロゴロしており、物価が違うからだとガーネットは教えてくれた。

「まあ日用品なんかは外の世界とも大差ないんだけどな。あっちじゃ見たこともないような宝石の原石とかも見つかるわけだし。

そいつ目当てで挑んで来る冒険者は後を絶たないけど、こうして街までたどり着くのなんてほんの一握りさ」

中には外の世界にお宝を持ち出して売却し、悠々自適に暮らす冒険者もいるらしい。

査定が終わるまでまだ掛かりそうだし、一つ訊いてみるか。

「ガーネットはどうして迷宮にやってきたんだ？」

「おっと、その質問をするとは驚きだね。まあ、迷宮を降りる動機なんて人それぞれだろ？」

気丈な彼女がらしくなく伏し目がちになった。

「言えないなら無理には訊かない」

すると、途端に目を丸く見開いてガーネットは俺の顔をのぞき込む。

「アンタさ、見た目はごついわりになんつーか、相手の顔色うかがうタイプだよね」

「俺なりにこの街の空気に馴染もうと必死なだけだ」

「必死って。空気読めなくても死にやしないって」

いや、死んだから。失言失態からの即死コンボは二度とゴメンだが、どうもガーネットには色々と見透かされているように思えた。ガーネットが続ける。

「生きていくのにあんま深く考えなくてもいいじゃん？　どうせ脳みそまで筋肉なんだし」

「オレ……脳筋……チガウ」

「あっはっは！　案外ノリいいね！　そっちの方が女にモテるよきっと」

腹を抱えて笑うガーネットに、こっちまでつい頬が緩む。なんとなくだが、彼女との接し方がわかった気がした。


査定に時間が掛かったのは、単純に量が多かったためだ。

ひとまず換金を終える。金額は百二十七万四千メイズ。

個人売買より換金率は低いが、手間賃と考えることにする。

ナビ曰く、節制すれば一年は暮らせる額だそうだ。とはいえ、ゆっくりするつもりはない。

俺には……いや、俺たちには真理に通じる門を探すという目的があった。

いつまでと期限は定められていないが、早く見つけるに越したことはないだろう。

カウンターで金を受け取りガーネットの元に戻ると、彼女は長椅子にかけたまま俺の全財産から一万メイズ銀貨を一枚取り上げた。

「んじゃあ、さっきの服代な」

「ちょっと取り過ぎじゃないか？」

「服にズボンに靴で八千メイズだろ。後はアタイみたいな絶世の美女とのデート代さ。んじゃあ早速この出会いを祝して飲みに行こうぜ！

　今日はアタイのおごりだよ。昼間っから飲める良い店があるんだ。飯も美味いから期待していいぜ。どうせここまで、ろくなもん食べてこなかったんだろ？」

　銀貨を親指でピンと弾いて空中でキャッチすると、ガーネットは子供っぽく笑う。

　そういえば迷宮内で食いつないではきたが、料理も酒も今の今まで存在を忘れていたな。

　不思議なことに、記憶は無くともそういうことは憶《おぼ》えている。

「なあガーネット。どうして見ず知らずの俺にそこまでしてくれるんだ？」

　真顔で訊くと彼女は突然、ぷいっとそっぽを向いてしまった。

「べ、別に、アンタだから特別親切にしてやってるつもりはないって。アタイは元々親切心の塊みたいな女なんだ。それにアンタはお客さんだからな。商談の一環だよ」

　それなら最初に彼女を見かけた時——前回の街の雑踏で、エルフの少女とぶつかって本をばらまいた時のガーネットの対応は、親切とは言いがたい。

　そこはやはり、種族間相性の問題なんだろうか。商談という観点から考えると、ドワーフにとってエルフはあまり良い商売相手にはならないということかも知れないが……。

「んじゃあ行こうぜ！」

　よいせっと呟きながらガーネットは腰を上げた。

「あ、ああ。ちょっと靴紐を直させてくれ」

俺はしゃがんで長椅子の下に潜む青い小動物の頭をそっと撫でる。

「食事と一緒にお酒を飲めば、彼女の口も滑らかになって情報を得られるかも知れないね」

頷いてナビのアドバイスに返すと立ち上がった。

またしてもガーネットが俺の顔をのぞき込む。

「サンダルに靴紐なんてないのに……アタイがスカートならのぞき込みたいっていう気持ちはよくわかるけど、どうしてアンタはこうもローアングルが好きなんだ？」

返す言葉に窮すると「まあいいさ。とっとと行くよ」と、ガーネットは俺の手を引く。

ナビが俺に付いて来ながら「先に紐靴を手に入れた方がいいかも知れないね」と忠告した。


昼間から賑わう岩窟亭は、鍛冶職人街でも一番活気のある酒場だった。

奥のテーブルにつくと、メニューも見ないでガーネットが次々に給仕係の少女に注文する。

獣人族だろうか。エプロンドレス姿の小柄な少女は、冬の狐《きつね》のようなふんわりした尻尾をリズミカルに揺らしながら、ちょこんとお辞儀をして行ってしまった。

「まだ昼間だってのに、大盛況だな？」

洞穴のような薄暗い照明の店内を見渡せば、空席は少なく小柄なドワーフの男たちが、酒の入った器を酌み交わしている。ガーネットが口を緩ませた。

「ありゃあ〝夜勤〟の連中さ」

「夜勤って夜に働くのか？」

俺の椅子の下でナビが丸まりながら「ドワーフは昼夜を問わず採掘するみたいだね」と補足する。同じ事をガーネットも俺に告げたところで、二リットルは入るピッチャーを二つ手にして、先ほどの給仕係の少女がやってきた。

「お待たせいたしましたぁ〜〜」

金色の液体が満たされたガラスの器だ。上の方は白い雲のような泡で蓋をされていた。器はキンキンに冷えており、結露している。

「なあ、二つってなんの冗談だ？」

給仕は「はい？」と首を傾げたが、ガーネットは「あってるあってる。つまみも早くね！」と狐少女を返してしまった。ピッチャーの取っ手を握ってガーネットが笑う。

「んじゃあ……特にめでたいわけでもないけどかんぱ〜い！」

「もしかして、これをこのまま飲むのか？」

「決まってんじゃん。乾杯するためにグラスってもんは二つあるんだろ？」

「その意見はわかるが一つ間違ってるぞ。どう見てもグラスじゃない。ピッチャーじゃないか」

他のテーブルで楽しげにやっているドワーフたちも、大ジョッキがいいところだ。

「ほら、せっかくの麦酒《ビール》が温くなっちまうだろ？」

どうやら手荒い歓迎になりそうだ。ピッチャーを手にする。ガラスがひんやりしていた。

「改めてかんぱーい！」

「か、乾杯」

ガコーン！　と、豪快に器の縁と縁をぶつけ合う。中の液体が景気良くこぼれたが、構わずガーネットはグビグビやった。俺も倣って喉に麦酒を流し込む。

なんだこれ……美味いぞ。シュワシュワしていて麦の香りと、それとは別の芳醇《ほうじゅん》なアロマを感じる。ほんのり苦く、ついつい一気に飲み干してしまった。

ガーネットもピッチャーを空にして、ドンッとテーブルの上におく。

口の周りを泡だらけにしながら、同時に声が漏れた。

「「ぷっはーッ‼」」

互いの顔を見てつい、笑ってしまう。

「あっはっは！　アンタ髭《ひげ》もじゃも似合うんじゃない？」

「そっちもずいぶん男前になったじゃないか」

「あぁん？　これでも実家じゃ蝶《ちょう》よ花よと愛《め》でられたお嬢様だったっつーの！　男とは失敬な！　しかしまあ、良い飲みっぷりだったぜ！」

続けて、茹《ゆ》でて冷やした青いサヤ入りの豆や、肉の煮こごり、適度な大きさにカットしたチーズに、オムレツなどが並んだ。どれも美味そうだ。ぐうううっと腹が鳴る。

「お嬢ちゃんピッチャーで麦酒二つおかわりね！」

料理を運んできた給仕の少女は目を丸くしながらも「かしこまりぃ」と、空のピッチャーを手にして厨房《ちゅうぼう》に戻っていく。

「さあ、食べてみてよ。アタイが作ったわけじゃあないけど、自慢の料理さ」

温かい湯気を上げるオムレツをスプーンですくった。

口に運ぶとバターの風味にほっぺたが落ちそうになる。卵も新鮮だ。

「う、美味ぃ……」

「だろぅ？　街に居着く連中の何割かは、この階層で手に入る食材で作る料理目当てなのさ。外の世界にゃほとんど魔物はいないけど、これだけの美味い飯にはなかなかありつけないからねぇ」

嬉しそうにガーネットは目を細める。続けて俺は肉の煮こごりも食べた。ゼラチン質が舌の体温に溶かされて、旨味《うまみ》の凝縮されたスープが口の中いっぱいに広がる。よく煮込まれた肉はほろりと柔らかく、涙が出そうになった。

青い豆をサヤごと食べようとして、ガーネットが「ちょっと待った！」と声を上げる。

「この豆はサヤから剝いて食べるんだよ。こういう感じで……ああ、アンタ指ふっといから、剝くの無理ならサヤごとしゃぶってもいいけどさ」

性格に似合わない繊細な手つきで、ガーネットは緑のサヤの尻の辺りを小さく押し込んだ。こらえきれず艶々とした豆が顔を出す。

「ほら、食べさせてやるよ」

「いや、自分で出来るって」

「あぁん!?　アタイが剝いてやった豆が食えないってのか!?」

酒が入ったせいか、ガーネットの薄い褐色の頰がほんのり赤みがかっていた。

ガヤガヤと騒がしい店内で、時折口論やら店の外で殴り合いやらが始まっているが、賑やかなのがこの店の日常らしく、誰も気にする素振りはない。

「おら食えって美味いから！　なぁ食ってくれよぉ！」

てらてら光る豆に俺はしゃぶりついて吸う。

ちゅぽんと口の中に入ったそれは、適度な塩気が甘みを膨らませるような、なんとも言えない味だった。やばい。麦酒が欲しい。ガーネットは笑う。

「指までチュパるなんてアンタ大きい赤ちゃんみたいだな」

「そっちが食えって言ったからそうしただけだろ」

「怒りなさんなって。で、どうよ？」

「う、美味かった」

チーズは硬いものを薄くスライスしており、とてつもなく味が濃厚だ。同じくチーズをつまんでガーネットが言う。

「こいつはどっちかと言えば葡萄酒《ぶどうしゅ》に合うんだよなぁ。そうだ！　今度、天使族に頼んで良いのを分けてもらって、一緒に飲もうな」

「天使族が葡萄酒？」

「なんだよ常識だろ。葡萄酒は教会の連中が作ってるんだし。アタイはそうでもないけど、ドワーフってのはわりかし信心深いんだよ」

エルフとは不仲でも天使族とは相性が良いのか。

そんな話をしているうちに、二杯目の酒と肉の串焼きや黄金色の香ばしい揚げ物が並んだ。

「茹でた芋を潰して、炒《いた》めたミンチ肉と混ぜて、パンの粉だの卵だの小麦粉だのを混ぜた衣に包んで揚げたコロッケって料理さぁ。珍しいだろ？」

「すごく良い匂いだな」

フォークで真ん中から割ると、黄金色の中身は白かった。裏ごしされた滑らかな芋で満たされていたのだ。ふわああっと、香気が上って鼻先をくすぐる。

悪魔の誘惑だ。耐えきれず半分にしたそれを口に運ぶと……今度は本当に涙がこぼれおちた。

初めて食べるはずなのに、どこか懐かしい。

「いくら美味いからって泣くやつがあるかよ。まあ、アタイも初体験の時は感動したけどさぁ」

サクサクとした食感と滑らかな芋の美味さの後味を、麦酒で胃の中に流し込む。

油の旨味ごとスッと綺麗に口の中から消えた。リセットだ。また新鮮な気持ちで、残り半分のコロッケを食べる。最初と同じ感動が再び脳内を駆け巡った。

「う、う、うんめえええええ！」

「だよなだよな！　麦酒とめっちゃ合うよな！」

まるで自分のことみたいにガーネットも喜ぶ。ああ、もうやみつきになりそうだ。

ガーネットはテーブルにぐいっと前のめりになった。胸の谷間が俺の視界を狭める。

「アンタ食いっぷりも飲みっぷりも良い感じだな。オークにしとくのがもったいないぜ」

「悪かったなオークで」

「つーかオークも色々なんだなぁ。アンタの同族にゃ悪いけど、大半の連中は信仰心の欠片《かけら》もないもんだから、粗野で乱暴さ。エルフの連中なんか特にアンタみたいな立派なオークを見ると、ブルッちまう。ちょっと気の毒だねぇ。中にはアンタみたいな良い奴もいるってのに」

一瞬、血の気が失《う》せそうになった。

初めて街に着いた時の事が脳裏をかすめる。が、俺の顔色など気にせずガーネットは続けた。

「まぁ信仰心が足りないっていう点じゃ、アタイもオークと似てるかも知れないけど。たま〜に礼拝すっぽかすし。けどまったく無いわけじゃあないんだ。ドワーフとしてはダメかもだけど」

「ガーネットは親切じゃないか？　どこにダメな要素があるんだ？」

「お、おお！　やっぱわかる？　いやぁつくづくイイ女だよなぁアタイって」

彼女の自己評価の高さは、魅力的な容姿に裏打ちされただけじゃない。

精神の根っこの部分がポジティブなのだ。俺も前向きさじゃ負けてないが、街にたどり着くまで戦いの連続で、楽しく笑う機会なんてそうそう無かった。彼女は窮地でも笑えるタイプだ。

よく笑うガーネットに癒やされた。酒のせいかも知れないが、こういうのは悪くない。

「街の事やらをもっと訊きたいんだが、その前にガーネットの事を教えてくれよ」

「絶世の美女に興味津々かぁ。ったくオークは下半身と脳みそが直結してるって言うけど、マジだったんだな！」

美人っぷりが豪快な性格に若干打ち消されているのは、まあ玉に瑕《きず》ってやつかも知れん。

ピッチャーを片手に、ガーネットは空いた左手で俺の顔をビシッと指さした。

「んじゃあ勝負な！　どっちがたくさん飲めるか！　アンタが負けたら支払いしてもらうぜ」

「おいおい、おごりじゃないのか？」

「そっちが言いだしたんだろぉ？　アタイに勝てば秘密と飲み代の両方ゲットだ。美女の秘密が懸かってるんだから安いもんだって。いいかい？　男なら欲しいモノは勝って手に入れるもんさ」

こうしてガーネットとの勝負が始まった。

——結果、ぐでんぐでんになった彼女を背負い、日の落ちた街を歩くハメになるのだった。

「くはぁ！　アンタ図体でかいからずるいんだよぉ」

酒臭い息を耳元に吹きかけて、ガーネットは火照った頬を俺の身体に寄せてきた。

時折振り返って、ナビがきちんと付いて来ているか確認する。

「キミの勝利はボクの勝利さ」

いや、まあその……俺が勝ったことを誇ってくれるなら、それはそれでいいんだが。

「ほらぁ何立ち止まってんの！　はいどーはいどー！　馬になんなさいよぉ」

俺の背中に大ぶりな胸をぐいぐい押しつけて、ガーネットは負けたというのに上機嫌だ。

口振りが夢見心地にまどろんで、すっかり酔っ払いだな。

「で、次はどっちだ？」

「工房はぁ……きっと右ね」

ごちそうになったお礼ついでに、彼女を自宅兼工房まで送ることにしたのだが、先ほどから同じ場所をぐるぐる廻《まわ》っているように思えてならない。

「らいたいねぇ～～武器鍛冶職人なんて時代遅れなのよぉ」

突然ガーネットは自分の仕事を全否定しだした。俺の背中で。

「超一流の職人が泣き言か？」

「るっさいわねぇ～～外の世界は平和過ぎるのよぉ」

「平和って……そういえば、さっきちらっとだが魔物がいないって言ってたよな？」

「まぁねぇ。もっと昔はいっぱいいたのよぉ。戦乱の世界だったんだからぁ。光の神が遣わした勇者様がねぇ……邪神を退けて平和になったってぇ」

そんな歴史があったのか。

「じゃあ、魔物が巣くうこの迷宮世界ってのは、特殊なんだな」

「まあねぇ。平和なご時世にわざわざ危険を冒すから冒険者って呼ばれるのよぉ」

「外の世界はその……国同士の戦やらはないのか？」

「国は種族ごとにあるけどぉみんな棲み分けてるしねぇ。アタイなんてこれでもけっこうな名家なのよぉ？　どうだまいったかぁ」

ぐいぐいぐいと背中に三回胸を押しつけて彼女は言う。

「おいおい、さっきから当たってるんだが」

「当ててるのぉ。サービスしてあげてるんだからぁ」

こりゃあ、悪酔いしてるな。ナビが言った通り口がずいぶんと滑らかで、ガーネットは何か訊いて欲しそうにも見えた。

「名家のお嬢様ってのが、どうにも想像しがたいんだが」

「このにじみ出る気品がわかんないわけぇ？　アタイのご先祖様はぁ、勇者様の聖剣を鍛えたんだからねぇ？　お父様の次はぁアタイが継ぐんだからぁ」

「そいつはすごいな。世界を救った英雄の剣を作ったのか」

「でしょでしょ？」

「なら迷宮世界じゃなくて、帰って家業を継ぐ修業とかした方がいいんじゃないか？」

「んもー！　アンタはアタイのお父様じゃないだろ！　同じ事言ってて ぇ」

名家のお嬢様は不機嫌そうに口を尖らせる。

「だぁいたいねぇ、聖剣なんて鍛えても使う勇者様がいないっつーの！　邪神倒してぷいっと消えちまって二百年よ？　まあエルフみたいに長命なら生きてるかも知れないけどさぁ」

俺の太い首に両腕を巻き付けて、くっつきながらガーネットは囁《ささや》いた。

「なあ……このままゲロしていい」

「止めてくれ！」

「じょーだんじょーだん。あっはっはっは」

あははじゃないだろ。たちの悪い酔っ払いめ。

「じゃあ結局、なんでガーネットはこの最果ての街で鍛冶職人をしてるんだ？　これこそが修業の一環なのか？」

「ここには武器の需要があるからねぇ。鍛冶職人としての修業にゃ違いないけどぉ……アタイの夢はさぁ……聖剣を超える武器を作ることさ」

「聖剣を超える……か」

「だいたい聖剣が一番なんて誰が決めたってのよ？　聖棍棒とか聖鎖鎌とかがサイキョーでもいいじゃんねぇ？」

同意を求められても困るが、反論するとますますくだを巻きそうなので俺は頷いて返す。

「でしょでしょー！　アンタやっぱり話のわかる男だよ！　気に入った！」

今度はバンバンと両手で俺の肩を叩いた。

「おい止めろって危ないから」

「ちゃんとアンタが支えてくれてりゃ大丈夫だろ？　はぁ！　今日は本当に久しぶりに笑って食べ

て飲んで楽しかったぁ！」

「次の曲がり角はどっちだ？」

「んとねぇ左だ。たぶん」

曖昧な指示をしやがって。地下迷宮世界だというのに、どこからか吹き込んでくる夜風の心地よさが、酒で火照った体をすり抜けていく。

フッ……と、空気が変わった気がした。星の無い天井を見上げてガーネットが呟く。

「でさ、アタイは自分が見込んだ相手にぴったりの武器を作ってやりたいのさ。最高の素材を最高の技術で仕上げた、聖剣を超える武器をね。もし世界がピンチになっても、勇者様が戻ってきてくれる保証なんてないだろ？　だったら今、ここにいる連中で戦わなきゃなんない。剣だけ作れてもダメなのさ」

俺は立ち止まった。

「その夢は叶いそうか？」

「アタイだけの勇者様ってのはまだ現れないからねぇ。それになにより、素材が無きゃどーにもなんないし」

「鍛冶職人街の祭壇から鉱山に行けるんだよな？」

「あそこで手に入るのって、外の世界じゃ超高品質な材料なんだけどね……まだ足りない……誰も足を踏み入れてない採掘場所があるんだ」

「そこに行けば最高の素材が手に入るのか」

「あるとは限らないけどねぇ……第十八階層の火炎鉱山。その最奥にならら、もしかしたらあるかも知れないのさ。神代鋼《オリハルコン》の鉱石がね」

未確認情報ということは、簡単にはたどり着けない場所なんだろうな。

「行けばいい……ってわけにはいかないんだよな？」

「なにせ炎竜王フレアスターの巣だからねぇ。仲間を皆殺しにされて、命からがら逃げ帰ってきた冒険者は、それから一度も火炎鉱山に足を踏み入れてないんだよ。きっと、想像もできないほどの地獄を見たんだろうねぇ」

「ガーネットは仲間を募って挑戦しないのか？」

「死ぬ可能性が限り無く高いのに同行するモノ好きや、お人好《ひとよ》しや命知らずってのはそういないのさ。みんなこの街の暮らし心地が良いんだ。アタイもその一人だから、とやかく言えないんだよ」

飯の美味さだけでも生きていてよかったと思える。

「ここが冒険者にとってのゴールで楽園だからねぇ。海底鉱床に行けば好きなだけ鉱石が掘れるし、実り豊かな森があって海があって田畑もあってさ。ただ、不思議なことにこの世界じゃ子供が生まれないんだ。だから歳《とし》を取ると自然とみんな故郷に帰っていくんだよ」

「そいつは本当に不思議だな」

「変な場所だよホントに。魔物はいくらでも湧いて出るのにねぇ」

俺はここで……迷宮世界で生まれたんだろうか。だとすれば魔物と同じだ。

何かに擬態する魔物なのか？　ううむ、考えるのは止めておこう。悩んで出る類いの答えじゃないし、たとえ真実を知ったとしても、幸せにはなれなそうだ。

俺はゼロ。それでいい。再びガーネットの指示を受けて、俺は歩き始めた。

俺の背中に体重を預けてガーネットは続ける。

「だから去るモノや、時々馬鹿やって命を落とす連中がいる一方で、アンタみたいな新参者がフラリとやってくる。街の住人は入れ替わるけど、増え過ぎもせず減り過ぎもせずだいたい一定なのさ……かく言うアタイも、そろそろ潮時かもね」

「ここの暮らしに飽きたのか？」

「アタイにはこれ以上、先に進む勇気がないんだよ。仲間を失う辛い思いもしたくない。だからアンタがアタイの最後のお客さんだね」

「最後だなんて言わず、続けてもいいんじゃないか？」

「一人娘だからそうもいかないのさ。実家に戻ればすぐに親の決めた誰かと結婚させられて……はァ……実を結び種を残すとはいえ、花の命は短いねぇ」

ひときわ大きな溜息を吐いたかと思うと、ガーネットは笑った。

「まあまあ心配しなくてもダイジョーブ！　アンタのためにばっちり仕事してあげるから」

心強いが、そういえば飲んでいる最中は飯の美味さに感動してばかりで、作ってもらう武器についてなんの打ち合わせもしていなかったな。まあ何をするにせよ、まずは金額だ。

「なあガーネット。超一流の職人への依頼料はどれくらい掛かるんだ？」

「アンタのこと気に入ったからさ、依頼料はそうだねぇ……相場の十分の一でいいよ」

「技術を安売りし過ぎじゃないか？」

「といっても、アンタの有り金全部でも足りないけどね」

所持金およそ百三十万メイズで十分の一未満だと!?

どういう金銭感覚だ。

「高いな……というか、大まけにまけてもらっても、今の俺には払えないのか」

「言ったじゃん。身体で払ってもらうって。アンタけっこうたくましいからさ、一緒に汗流そっか？　鉱床で」

変な意味じゃなくてよかった。いや、そういうお誘いならそれはそれでとも思ったんだが……と、いかんいかん。思考まで乱暴者のオーク化しちまってるな。

「ドワーフじゃないと良い鉱石って見極められないんだけどさ、そこはアタイがばっちりどこを掘るか監督してあげるから。あと、鉱床の中には魔物がいるんで、そいつらと戦ってもらうよ。取り分は均等。こっちがノウハウ提供してあげるんだし、悪い話じゃないでしょ？」

露払い兼労働力か。

「それで頼む。というか、折半でいいのか？」

「今日、アタイに勝ったご褒美さ。つーわけだから、宿代もバカになんないし、しばらくうちに泊まっていきなよ」

話しながら歩くうちに工房にたどり着いたらしい。立派な煙突の立った工房兼住居は、二階建てで一階部分が武器屋になっていた。

「いいのか？　何から何まで世話になって、ちょっと気が引けるんだが」

「オークのくせにらしくないねぇ！　ま、そういうところも気に入ったんだけどね。遠慮しなくったっていいって。アタイに飲み勝った男なんだ。丁重におもてなしするよ。酒に強い男ってのはドワーフの世界じゃイケてるんだぜ？　あっ……おしっこでそう。このまま漏らしていい？」

「だから冗談は止め……」
「マジなんだけど……あっ……あっ……やばいやばいやばい……急いで！　も、漏れッ！」
俺はガーネットから鍵を受け取ると、建物の中に入って彼女をトイレまでエスコートした。
翌日からガーネットとの共同生活が始まった。
名前：ゼロ　種族：オーク・ハイ　レベル：49
力：A＋（99）　知性：G（0）　信仰心：G（0）
敏捷性：G（0）　魅力：F（17）　運：G（0）
余剰ステータスポイント：38
装備：粉骨砕身　レア度C　攻撃力78　骨のある相手に＋10％　軟体に−20％のダメージ
　三日月の斧　レア度E　攻撃力27　植物系に＋10％のダメージ
　真珠岩の盾　レア度D　防御力13　時々魔法を反射する
スキル：ウォークライ　持続三十秒　再使用まで五分
　力溜め　相手の行動が一度終わるまで力を溜める　持続十秒　再使用まで三十秒
　ラッシュ　次の攻撃が連続攻撃になる　即時発動　再使用まで四十五秒
種族特典：雄々しきオークの超回復力　休憩中の回復力がアップし、通常の毒と麻痺を無効化。猛毒など治療が必要な状態異常も自然回復するようになる。ただし、そのたくましさが災いして、一部の種族の異性から激しく嫌悪される。
仲間：ガーネット

10. 適〝才〟適所

昨晩はガーネットの介抱をして、一晩眠れぬ夜を過ごした。

彼女がようやく落ち着いてベッドで寝息を立て始めると、やっとナビと話をする時間を作ることができた。ベッドルームを後にして居間のソファーに腰掛ける。

部屋の照明は魔力灯だ。蓄光性のある鉱石が昼間のうちに天球から降り注ぐ光をため込んで、夜になると発光するらしい。調整つまみがあったので、光量を蠟燭《ろうそく》程度に落とした。

「ひとまず真理に通じる門を探すにも、街で暮らしていかなきゃならんしな。強い武器だってあるに越したことはないだろ？　明日からもやることが山積みだな」

「そうだねゼロ」

ソファーの隣にぴょんと乗ると、俺の膝の上でナビは丸くなる。手触りも体温も感じるのに、ガーネットには見えていないのが不思議でならない。そっと撫でるとナビは目を細めて呟いた。

「ああ、これからはゼロにこうして撫でてもらう機会も減るんだね」

「悪かったな今日はその……色々と」

「ボクに構うと他の誰かに不審がられてしまうみたいだね。ボクの方こそごめんねゼロ。キミがガーネットに取られてしまうと思って、不安になったんだ」

「取られるってお前……」

「キミにはボク以外にもいるけど、ボクにはキミしかいないんだよ」

顔を上げてじっと俺の目を見るナビに、小さく頷いた。

「俺だってお前がいなかったら何も出来ないんだ。俺たちは一心同体みたいなもんだって」

「よかった。そう言ってもらえるだけで、ボクはとても幸せだよ」

尻尾をゆらりとさせながら、ナビは俺の膝を枕にして寝息を立て始めた。

まいったな。これじゃあ俺が横になって休めない……が、まあいいか。


翌朝、膝の上からナビは消えていた。

いなくなってしまったんじゃないかと一瞬不安になったのだが、ソファーの下をのぞき込むと、青い毛並みの小動物は、くるんと身体を丸めて床とソファーの隙間に収まっていた。

ホッと息を吐き、吸い込むと今度は良い匂いがして、誘われるように一階に降りる。

店舗兼工房兼住居のガーネット宅は、一階にキッチンとダイニングがあった。窓からはさんさんと朝の光が射し込んでいる。時計代わりの教会の鐘の音が九回響いた。朝九時だ。

「おはよ〜！　つーか、ずいぶんゆっくりなお目覚めだな」

「昨晩は誰かさんの面倒を看《み》て大変だったんだ」

「あっはっは〜美女の看病ができて、さぞや嬉しかったろ？　つーかそのまま寝てればよかったのに。そしたら美女がチューして起こしてあげたんだから」

「そいつはもったいないことをしたな」

「あー！　本気にしてないでしょ？　ま、冗談だけどね」

キッチンでフライパンを火に掛け、ベーコンを焼いて卵を割り入れながらガーネットは笑う。彼女は手際良くパンを切り分け、二人分の朝食をささっと作り終えた。

二人でテーブルを囲んで食べながら作戦会議だ。

塩気の強いベーコンと卵をパンにのせて食べると、身体が目覚める感覚がした。

ガーネットがじっと俺の顔を見つめて、真剣な眼差しで訊く。

「でさあ、こんな時にアレなんだけど」

「どうしたんだ急にかしこまって？」

「うん、ちょっとね……アンタ誰？」

「はあ？」

「意気投合したまではぼんやり憶えてるんだよねぇ。けどほら、考えてみたら名前も知らないし」

そういえば名乗った憶えが……無い。ノリで生きてるなこの女。ある意味尊敬の念を覚える。

「俺の名前はゼロだ」

「アタイはガーネット。改めてよろしくな。いやぁほらさあ、武器作ったらサービスで所有者の名前を彫金したりするんだけど、そういえば訊いてなかったと思ったんだよ」

俺自身、気づいていなかったんだからとやかく言えないな。

「ガーネットは色々と豪快だな」

「名前なんてわかんなくても生きていけるし、誰とだってやっていけるんだって！　細かいこと気にしてたら大きくなれないぞ？」

「これ以上デカくなるつもりはない」

「器の大きさって意味だから。まあ、アタイは自分より背が高い男は嫌いじゃないけどね。背負って連れ帰って介抱してくれるくらいじゃなきゃ」

ドワーフは全体的に女性の方が背が高い。中でもガーネットは百八十センチ近くあるんじゃなかろうか。身長二メートル超えの俺と並んでちょうど釣り合うくらいだ。

「しばらくここに厄介になるって話だったんだが……憶えてるかガーネット？」

「へー」

「まるで他人事《ひとごと》みたいだな」

「酒飲み過ぎると記憶が所々ぶっ飛んじゃうんだよね。ま、そういう約束したならオッケー……つうか、思い出した！　アンタ酒の勢いでアタイの故郷のこととか訊いたろ？」

「そっちが自分から話したんだろ？」

「あれぇそうだっけ？　ごめんごめん。まあ、なんつーかさ……恥ずかしいから他の連中には内緒にしててくれよな。店を畳むことをもまだ、他の誰にも言ってないんだよ」

俺は黙って頷いた。

「んじゃあ、今日から採掘って感じだろうね。掘った原石をうちの工房で精製してギルドに納品。利益は折半ね。今日は新月明けから三日目だし、一ヵ月はみっちり掘れるよ」

聞き慣れない単語に俺は首を傾げた。

「新月明けってのはなんだ？」

「鉱床に通じる祭壇は新月とその前日には封鎖されちまうのさ。まあ、詳しいことは採掘しながら説明してあげるから、心配すんなって」

わははと笑って、ガーネットは朝食をペロリと平らげた。


すぐに鉱床に向かうのかと思いきや、食事の片付けの後、連れて来られたのは彼女の工房だ。

巨大な金床やハンマーなどの工具類がずらっと揃い、煙突に炉もあった。

大雑把な性格なのに、全てが整然と並んでいる。そういえば家の中もキッチンも片づいていたな。自慢げに胸を張ってガーネットは言う。

「全部Aランクの一級品さ。揃えるのに苦労したよマジで。もちろん、いくら良い道具が揃ってても腕が伴わないんじゃ宝の持ち腐れだけどねぇ。その点、アタイは非の打ち所が無い腕前ってね」

「立派な仕事場だな。けど、なんでまた工房なんだ？　早く鉱石を掘りに行きたいんだが」

「鉱床の中には魔物が出るからねぇ。坑道もそんなに広くないし、大きな武器は邪魔になるのさ。それとは別に採掘道具なんかも必要だし。で、武器と軽めの防具を作っていこうってわけ」

ガーネットの胸に下げた赤い宝石から、光の粒子が溢れて手の上に集約した。

それは赤い炎の揺らめきになる。

「おおッ！　もしかして黒魔法か？」

「アタイが使えるのは初級の白魔法くらいなもんだよ。これは鍛冶職人の技ってやつさ」

いつの間にか足下にナビがすり寄ってきて、俺に告げた。

「ガーネットが出したのはヘパイオの種火だね。種火は鍛冶職人の専用アイテムだよ。ヘパイオの種火はAランクだ。本当に実力のある鍛冶職人じゃないと扱えない力さ」

彼女が本物の職人という証《あかし》だな。ガーネットが種火を炉に放つと炎が燃えさかった。

「つーかアンタさ、種火も知らないなんて……まさか無職なわけ？　普通、迷宮に挑む前に何かしら手に職くらいつけるもんでしょ？」

痛いところを突かないでくれ。その言葉は俺の胸をえぐるから。

「俺の職業は……ぼ、冒険者だ」

「それはみんなそうだし。ま、無職だろうと食って行くだけなら、街の近くの森で魔物狩りでもすれば大丈夫だけど……ホント、マジで珍しいね」

驚いたような表情を向けるガーネットと目を合わせられない。ナビも目を細めて「仕方ないね。ゼロは特別だから」と、フォローはすれども助け船は出してくれなかった。

「ほら、俺は生まれながらの冒険者なんだ。これまで冒険一筋の人生だったし」

「人生は旅ってやつか。詩人じゃん。オークの詩人なんて聞いたことないけど……ま、何かしら職についておく方が便利だぜ。同じ職人同士ライバルでもあるけど、仲間意識も芽生えるしさ」

「だったら鍛冶職人にしてくれ。見習いでいいから」

ガーネットは俺のそばに歩み寄ると、そっと指に触れた。

「パワーは充分だけど繊細さも必要だからねぇ。趣味で仕事を覚えるくらいならいいけど」

「確かに細かい作業は苦手だけど……じゃあオークならどんな仕事が向いてるんだ？」

ガーネットは燃え上がる炉の炎を背にして腕組みをした。

「オークなら用心棒とか傭兵《ようへい》だろうね。タフだし。後は街の西の端にある常闇街で、男娼《だんしょう》なんかが人気だよ。アンタならきっといっぱい客を取れるんじゃないか？」

「だ、男娼？」

「女を悦《よろこ》ばせる仕事だな。強引にされたいっていうのもいるみたいでねぇ。オークってのは精力絶倫なんだろ？　才能を活かすっていうならぴったりじゃんか」

なんでもあるんだな、最果ての街には。足下でナビがあくび混じりに補足した。

「もちろん男性向けのお店もあるから、お金に余裕ができたら遊びにいくのもいいかもね」

こいつ、遊びの内容がどういうことか、理解した上で言ってるんだろうか。

「わかった。考えておく」

自分に出来そうな仕事か。それを考えるにはまだ、俺はこの街の事を知らな過ぎた。


ガーネットに装備を一式新調してもらった。今日まで使ってきた装備類は、全てナビに分解してもらって素材化する。新装備の前では、もはや使い続ける意味がなかったのである。

作成してもらったのは軽量ながら強度の高い軽銀鋼《アルミナ》の兜《かぶと》に胸当て。それにレッグガードや腕当てなどだ。腕当てにそのますっぽりはめることができる、丸形の盾もあつらえてもらった。

背中にはガーネットが昔使っていたお古のザックを背負う。魔力灯のランタンに、ハンマーやピッケルなどの採掘道具一式もこの中だ。

武器は黒曜鋼《オブシティナ》の手斧。軽銀鋼よりもずっと重く、狭い坑道向けにとリーチは短いが扱いやすい大きさで、コンパクトにもかかわらず威力は粉骨砕身を超えていた。

「材料費だけで百万メイズは超えてるんだけど、まあ鉱床で集められる原石だし、現物で返してくれればいいって。技術料もまけといてやるよ」

一流の鍛冶職人への報酬額は……訊かないでおこう。

「ありがとうございます」

俺は身体を九十度折り曲げた。これは気合いを入れて働かねば。

「いいっていいって！　アタイから誘ったんだし」

装備も整ったところで、俺たちは鍛冶職人街の目抜き通りにある祭壇――海底鉱床に赴いた。


ドーム状の小部屋の中心に祭壇があり、そこから六つ、タコ足のように坑道が放射状に伸びる。

先客のドワーフたちが、ツルハシを担いでそれぞれの坑道の奥へと吸い込まれていった。

「明るさは大丈夫かい？」

祭壇から降りてガーネットが俺に訊く。

「薄暗いな。まあ、戦えないこともないが」

魔力灯のカンテラが坑道の通路に点在していて、城塞廃墟の地下水路を思い出した。

「アタイらドワーフは採掘が得意でさ、これくらいの明るさでも不自由無く見えるんだ」

なるほど、それもドワーフの種族特性のうちなのだろう。

「じゃあ、手近なところで採掘のやり方教えてあげるから、付いて来なよ」

誘われるまま祭壇正面の坑道に入ると、その先の道は木の枝のように細かく分岐していた。

すいすい先を行くガーネットだが、まるで考え無しのように見える。

「お、おい大丈夫なのか？　地図も無いのに」

「へーきへーき。坑道のドワーフは最強だかんね。常に出口の場所が感覚でわかるんだよ」

振り向いて俺に告げたところで、三叉路《さんさろ》の右手側から殺気を感じた。

ガーネットの腕を掴んで引き寄せる。同時に右手側から、両手に巨大な爪を備えたモグラの魔物が飛び出してきた。モグラにしてはデカイな。後ろ足で立ち上がると全長一・五メートルほどか。

今し方、ガーネットが立っていた場所をモグラの巨大爪が空を切る。

ブンッと空振りしたのだが、彼女の長い赤毛の先に爪がかかって何本かハラリと落ちた。

彼女を庇うように左腕で抱き寄せながら、黒曜鋼の手斧を構える。

腕の中でガーネットが目を丸くする。

「きゅ、急にびっくりするじゃないかい……」

「大丈夫だったか？　ここは任せてくれ」

ガーネットを背中に庇うようにしてウォークライで気合いを入れた。

「うおおおおおおおおおおおおおおりゃあああああああああああ！」

初見の魔物だ。どういった攻撃をしてくるか読めないため、カウンターはあえて狙わず先手必勝のラッシュを撃ち込んだ。

ザシュッ！　ザシュッ！　と、モグラの魔物の胸に瞬時に十字傷を刻み込む。手応え充分だが、反撃の爪が俺の胸元に振り下ろされた。

やばい避けられない。左腕の盾でガードも間に合わなかったのだが……。

ガキンッ！　と、魔物の爪は軽銀鋼の胸当てに弾《はじ》かれた。衝撃は受けたが無傷である。

ああ、なんて素晴らしいんだ。防具ってありがたい。まるでつけていることを感じさせない軽さなのに、敵の攻撃をきっちり防いでくれるだなんて。

「こいつでトドメだッ！」

身体のひねりを加えながら一歩踏み込んで、逆水平に斧を振るう。

ズザッシュウウウウウウッ！

抜群の切れ味を誇る黒曜鋼の斧が、モグラの胴体を真っ二つに分断した。

赤い光の粒子となった魔物を、足下からひょいっと飛び出したナビが吸収する。

存在を消していたかのように静かだった小動物は、ここぞとばかりに俺の前に躍り出た。

「メイズメイカーを倒したね。レベルが上がったよ。ステータストーンを振るかい？」

問いかけに首を左右に振る。

「わかった。温存だね」

二十階層の魔物というだけあって、経験値も高いな。

振り返るとガーネットが眉尻を下げていた。どことなく困ったような表情だ。

「あ、あれくらいの魔物の攻撃なんて、食らっても大したことなかったのに」

「余計なことをしたか？」

「べ、べべべ別にそんなことないけどさ……あり……がとね」

急にしゅんっとしおらしくなって驚いたのもつかの間、三叉路を右手に進むとモグラの魔物——メイズメイカーが三匹現れた。たった今、スキルを使ったばかりだってのに。

「今度はアタイの番だね。火力支援魔法《パワゲイン》」

ガーネットが呟くように唱えると、彼女の身体が一瞬だけ赤く発光した。

片手持ちのハンマーメイスを手にすると、流れるような動作で魔物の頭部をぶっ叩く。メイズメイカーの巨体が沈んだ。赤い光に分解されてガーネットの胸元に粒子が吸い込まれる。

俺が三発かかった魔物を一撃かよ。

「手出しすんじゃないよ！」

続けて二匹目、三匹目も片付けて、ガーネットは長い髪をふわりとなびかせながら振り返る。

「な？　楽勝なんだから。アンタが一匹倒す間に三匹はイケルんだし」

俺の助けなんていらなかったみたいだ。その割に、さっきはちょっと怯《おび》えたみたいに様子が変だったんだが……。自慢げに胸を張る先輩冒険者に、俺の口から「新人相手に張り合うなよ大人げないな」と、つい本音が漏れた。


枝分かれした坑道の先は行き止まりだ。祭壇のあった部屋の半分ほどの広さしかない。

「なんだ、ここまでか」

「ここまでって、目的地だっつーの。アタイらの目的を思い出してごらんって」

「そういえば採掘に来たんだった」

戦闘に気を取られて、すっかり忘れていた。目の前はなんの変哲も無い岩壁だ。

「こんなところで鉱石が採れるのか？」

「よく目をこらして見れば、あっちこっちに原石が埋まってるんだけど……ハァ……こればっかりは種族と経験の差ってやつかも知れないね」

どうやら今の俺には、目の前の宝の山が認識できないらしい。

ナビがガーネットに見えないのとは……ちょっと違うか。

一度足下に視線を落とすと、ナビが顔を上げながら首を左右に振って言う。

「ごめんねゼロ。ボクにも鉱石や原石はわからないや」

頷いて返事をしつつ、俺はガーネットに訊いた。

「素人の俺が手を出すとまずいのか？」

「何のために採掘道具一式を貸してやったと思うんだい？　アタイがどの辺りを掘ればいいか手取り足取り教えてあげるから、まずはやってみなって！」

気さくに笑いながら、ガーネットは「うーん、まずは銅鉱石辺りからやってみよっか？」と、壁の一部に軽くツルハシを打ち込んで、実演してくれた。

俺も武器から採掘道具に持ち替えて、彼女がやるよう見よう見まねだ。

力には自信がある。ツルハシでザクザクと掘っていくうちに、壁の一部からぽろっと握りこぶしくらいの大きさの鉱石がこぼれ落ち、赤い粒子に変換されてナビの額の宝石に吸収された。

「銅鉱石を手に入れたよ」

ナビは満足そうに目を細める。どうやら今の感じでいいようだ。

ガーネットも「上手い上手い。けど、もう少し周囲から掘っていけば大銅鉱石になったね。アンタ銅鉱石真っ二つにしちゃってるし」と、褒めつつもダメ出しだ。

「そういうことは先に言ってくれよ」

「失敗してこそ学ぶことは多いんだって。ほら、次はこっちの銅鉱石を採ってみなよ」

彼女に指示されるまま、次の銅鉱石を掘る。まだ岩と鉱石の違いがわからないが、習うより慣れろってことらしい。

次々とガーネットに鉱石の場所を指定されて、俺は黙々とそれに従い鉱石を掘り続けた。


一時間ほどで、小部屋の鉱石は取り尽くしたようだ。ガーネットがふぅと息を吐く。

「んじゃあ次行こうか。つーか、ずっと掘りっぱなしなのに疲れた素振りも見せないのな？」

「こういうコツコツやるのは得意みたいだ」

「そろそろ銅鉱石と岩壁の違いがわかるようになったかい？」

「全然わからん」

「だめじゃん！　あぁ……やっぱ鍛冶職人には向いてないっぽいねぇ」

小部屋を出て道を戻り、次のルートを選択する。途中で魔物に出遭えば戦い、倒す。

俺が一体を引き受けて、残りはガーネットが片付けるという感じだ。

次の小部屋でも同じように銅鉱石を採取した。時折、鉄鉱石も採れるようになった。

「いいじゃんいいじゃん。その調子でがんばんなよ」

ツルハシを振るいながら、俺の背後で監督を続けるガーネットに訊く。

「なんだか悪いな。俺に経験を積ませるために、初心者向けの場所を選んでくれてるんだろ？」

「まぁね。アンタまるで才能無いけど、真面目に働くところは買ってるから」

「腕力だけが取り柄とはいえ、あんまり直球で言わないでくれ」

鉱石の場所を教えてもらえばなんとかなる。掘るだけの地味な作業でも楽しかった。

「まあクヨクヨしてもしょうがないじゃん。それにアンタがドワーフだったら、こうしてアレコレ教えてあげるってことも無かったわけだし。そこは異種族間交流ってやつでしょ。得意な事も苦手な事もそれぞれあって、補いながら街は生きてるのさ」

「その割にエルフとは仲が悪いんだな」

一瞬、ガーネットは黙り込んでしまった。地雷を踏んだかと心配になったが、振り返って彼女の顔を確認する前に、鍛冶職人は小さく漏らす。

「感謝はしてるんだよ。魔力灯だってエルフの発明だし……ただ、どうしても顔を合わせるとね。誰かが間に入ってくれりゃあ、もう少し仲良くできると思うんだけど」

「例えば獣人族とか天使族を介したらどうなんだ？」

「獣人族はまあ、誰とでも仲良くできるけど個人差で性格もけっこうバラバラだし、どっちかと言えばエルフ寄りなんだ。森に生きる仲間意識？　みたいなのがあってさ」

「なるほどな」

「んで、天使族は同じ光の神を信仰するドワーフ寄りになっちまうんだ」

「エルフは神様を信じてないのか？」

「連中にとっては魔法は学問なんだとさ。考え方が根本的に違うんだよ。神の存在は否定しないけど、信じるかどうかはまた別問題……ってね」

俺がドワーフとエルフの間に立とうものなら、もれなくエルフの黒魔法が飛んできそうだ。

ガーネットは「だからお互いに不快にならない距離を保つのさ」と、締めくくった。


三つ目の小部屋に向かう途中、魔物との戦闘でレベルが上がった。ステータスの調整は街に戻って落ち着いてからにしよう。

今日は初日ということで、この小部屋で採掘をして終わりだとガーネットは先に告げた。

「うっし！　じゃあガンガン掘るぜ」

彼女が指定する場所にツルハシを突き入れる。そして、ふと思った。

「この鉱山って二十階層のどこにあるんだ？」

手を止め振り返って訊くと、ガーネットは天井を指さした。

「どうやらこの上は海らしい。だから海底鉱床って呼ばれてるよ。昔、上に坑道を掘り進めたやつがいたみたいでさ。海水が流入してお釈迦《しゃか》になったんだと」

「お釈迦にって……こうして普通に採掘できてるじゃないか？」

「そこが迷宮世界の面白いところなんだよねぇ。出発前にちょっと話したけど、この海底鉱床の坑道は、毎月変化するんだ。新月の夜に中身ががらっと変わっちまう」

「不思議だな」

「掘り尽くされることがない、夢の鉱床ってやつね。ただ、地図を作っても一ヵ月で使えなくなるし、誰も全容を把握なんてしてないんだ。ほら、手を動かしてキリキリ働く！」

前を向いてツルハシを振り上げ、鉱石と岩壁の隙間を探るように打つ。

「誰もって……ああ、探索しようにも地図が一ヵ月で使えなくなるせいか」

「だから海底鉱床はドワーフが独占してるのさ。どれだけ進んでも帰り道がわかるからね。もちろん他の種族にも祭壇は開放されてるよ。たまーに迷子の冒険者を連れ帰ったりもしてるし」

マッピングをしても一ヵ月でやり直し。入り口付近ならともかく、他の種族が希少な鉱石を求めて奥へと進むのは難しいみたいだな。

「ところで、どうして新月の夜に坑道が変わるんだろうな？」

「さあねぇ。ただ、絶対に新月の夜には海底鉱床に入っちゃいけないんだよ」

「そりゃまたどうして？」

「まだ、冒険者たちがこの街に入植したての頃の話だけど……」

何か事件があったのだろうか。俺は黙々と鉱石を掘り出しながら、続きを待った。

「ドワーフも色々だけど、鉱石集めに特化した掘り師ってのが昔はいたらしくてね。今は安全のため日帰りが普通だけど、掘り師は鉱床内でキャンプをして何日も掛けて奥へ奥へ進むんだとさ」

「探求者って感じがするな」

「当時から海底鉱床が新月の夜に変化するってのはわかってたんだけどさ……ある新月の夜、伝説の掘り師が海底鉱床から帰ってこなかったんだ。もしかしたら鉱床の底にたどり着いたのかも知れないね。採掘に夢中になるうちに、掘り師は戻れなくなっちまった。そして新月を迎えたんだ」

抑揚のない淡々としたガーネットの語り口に、背筋がぶるっと寒くなる。

「掘り師はどうなったんだ？」

「死んだよ。新月明けに一番乗りしたドワーフたちが、海底鉱床の祭壇の前でその掘り師の遺体を見つけたんだ。掘り師は全身バラバラにされて、冷たくなっていた。魔物だってそんなことはしないさ」

強い警告と悪意を感じる。つい、作業する手を止めてしまった。

「それ以来、ギルドは新月の前日から明けまで祭壇の使用を禁じることにしたんだってさ。鍵があるわけでもないから進入禁止の立て札が出るだけで、入ろうと思えば入れるんだけどね」

「不用心じゃないか？」

「だから事情を知らない冒険者がうっかり新月の夜に入って、掘り師と同じような格好で発見されることが年に一～二回あるんだよ。看板を読めないのも読まないのも、内容を理解して好奇心から入るやつも、みんな同じ末路をたどるのさ」

話を聞き終えて俺は安堵の息を吐く。もしガーネットとお近づきになっていなければ、自分も彼らと同じような目に遭っていたかも知れない。

知らないということは怖い物知らずという強みもあるが、情報は力だと改めて実感した。

知ることで回避できる危機があるのだ。作業を続けようとして、ふと思いつく。

「そういえば、採掘中にラッシュするとどうなるんだ？」

駄目元で鉱石めがけてラッシュを仕掛ける。

カカンッ！　と、普段よりも甲高い音が響いて、鉱石がポロリと落ちた。

あれ？　銅鉱石や鉄鉱石とは違うぞ？　すぐさまナビが鉱石を回収して目を丸くした。

「やったねゼロ。金鉱石を見つけたよ」

運が良かったのかラッシュの効果か、予想外の結果に俺以上にガーネットが驚いたようだった。

「金鉱石はもっと深いとこじゃなきゃ出ないのに、アンタ持ってる男じゃん！」

運の項目は0のままだが、こういうこともあるのか。ガーネットは興奮気味に呼吸を荒くした。

「今夜もたっぷり飲めるな！　付き合えよゼロ！」

「俺が掘り出したんだから、もっとこう、なんていうか褒《ほ》め称《たた》えてくれ」

「よっ！　ゼロ様！　幸運の男！　キャー！　抱いて！」

ノリがいいな。って、もしかしてガーネットに名前で呼ばれたのは初めてかも知れない。

現金なやつめ。だけどまあ、悪い気はしなかった。


一通り採掘を終えて、一旦ガーネットの自宅に戻る。工房で本日採取できた鉱石を製錬するのだ。鉱石からインゴットに変えることで、ギルドでの買い取り価格も上がる。

「アタイがやるからアンタは見てな」

ヘパイオの種火を炉に入れて、ガーネットは銅鉱石を熔かすと成分を抽出した。鍛冶職人のスキルによって、あっという間に銅のインゴットの完成だ。

「こんなに簡単に出来るのか？」

「言ってくれるね。だったらアンタもやってみるかい？　趣味で覚える分には教えてやるよ」

教えてもらうべきだろうか？　足下のナビに視線を送ったが、気づかないのか無反応だ。

教わることで何か新しい発見があるかも知れない。

「教えてくれ。どれくらいガーネットがすごいのか、自分でもやってみないとわからないしな」

「良い心がけじゃんか。それに免じてこいつをやるよ。というか、手持ちであげられるのコレだけなんだけどさ」

ヘパイオの種火を炉から戻すと、ガーネットは別の種火を赤い宝石から取り出した。

比べると、新しく出した種火の炎は小さくて心許ない。

「こいつは妖精の種火さ。アタイが最初にお父様からもらったものだけど……アンタみたいな初心者にはぴったりだし、扱いやすいから好きに使ってくれよ」

そっと差し出された小さな炎だが、受け取るのをためらった。

「いいのか？　そんな大切なものを」

「アタイってば天才だから、三回も使わないうちに次の大きさの種火に昇格しちゃったんだよね。ほらほら遠慮すんなって！」

思い入れが無いような言い方をするが、ヘパイオの種火があるのに大事に最初にもらった種火を持っているということは、やっぱり大切なものじゃなかろうか。

俺が受け取るのをじっと待つガーネット。その顔はどことなく満足げだ。

やると決めたのも俺だし、彼女にとって大切な種火なら、大事に扱おう。

「ありがとう。使わせてもらうよ」

「んじゃあやり方教えるから、銅鉱石も準備して……っと」

俺が種火を受け取ると、ナビが耳と尻尾をピンっと立てた。

「妖精の種火を手に入れたね。一番小さな種火だけど、その分扱いやすいよ」

ナビの言葉に頷きながら、ガーネットの指導の下で、銅鉱石からインゴットの製錬に挑んだ……のだが、銅鉱石が六つほど燃えないゴミになったのは、この後すぐの事である。

結局、手に入れた金鉱石には手をつけず保管することにして、ガーネットが作ったインゴットを売却し、利益を折半。それから今日一日の汗を流しに、街の北にある大浴場に向かった。

当然、男女で別々の湯だ。さっぱり汗を流してガーネットと浴場の外で合流すると、そのまま岩窟亭で夕食がてら飲むことになった。軽く酒が入ったところでガーネットが俺の顔を指さす。

「アタイの指導込みで六連続失敗とかマジ才能無いねー」

「う、うるせぇ！　なんかこう、上手く行かないんだ」

「オークにしたって不器用過ぎるっての。あー笑った笑った。つーか思い出し笑い？」

「こっちは真剣にやったんだ。笑うことはないだろ」

「ごめんごめん。けど、これ以上悪くなりようがないなら、後は上達する一方だから安心しなよ」

ピッチャーの麦酒を飲み干すと、俺はギロリとガーネットをにらみつける。

「フォローになってねぇ！」

「お！　相変わらず良い飲みっぷり！　嬢ちゃんこっちピッチャーおかわり二つね～！」

給仕係の獣人族の少女にガーネットは笑顔で手を振った。

注文を通してから、赤毛の美女は俺に向き直る。

「今日、手に入ったあの金鉱石だけど、アンタの腕が上がったら、自分で製錬してみないかい？」

「俺に任せるっていうのか？」

「嫌ならいいんだけどねぇ。アンタのちょっといいとこ見てみたいと思ってさ。それとも金をゴミに変えるのが怖い？」

「や、やや、やってやろうじゃないか！」

そんなやりとりをしているうちに、ピッチャーのお代わりがテーブルに運ばれて来た。

「よーし言ったな約束だかんね！　それじゃーまたまたかんぱーい！」

本日三度目の〝特に理由の無い乾杯〟とともに、俺に新たな目標が設定されてしまった。


前回同様、酒が入って夢見心地なガーネットを背負って帰宅する。

彼女を寝かしつけてから居間のソファーに腰掛けると、ナビが俺の膝の上に乗ってきた。

「しばらくは鉱床で経験を積むことになりそうだね」

「しかし、あれだけやっても器用さは上がらないものなのか？」

「ドワーフの手つきが繊細なのは種族の特性だからね。オークのキミが不器用なのも特性さ。敏捷性には器用さも含まれるから、ステータスポイントをつぎ込めば製錬の成功率は高まるだろうね」

そろそろポイントを余らせておくのがもったいなくなってきた。とはいえ、種族的にオークの俺が敏捷性をつぎ込んでも、一流の鍛冶職人には及ばないのが想像できる。

戦闘面においても相手の攻撃に耐えて反撃するスタイルだから、敏捷性を伸ばす意味は薄いかも知れない。限界を超えて〝力〟に振ることができればいいのに。

「じゃあ運はどうだ？」

金鉱石が見つかったことを考えると、運が0でもまったく良いとも思うのだが……。

「鉱床で希少鉱石に出合える確率は上がりそうだよ」

他にも幸運によって相手の弱点を突きやすくなる。確実さに乏しいが、爆発力はあるだろうな。

「済まないなナビ。本当はすぐにでも真理に通じる門を探したいだろうけど……」

ナビは首を左右に振った。

「気にしないで。闇雲に焦って探すよりも、着実に力をつけていった方が安全だと思うよ」

「わかった。しばらくガーネットの世話になろう……ところで」

俺が一度死んだ事実をナビに言わないでいいのだろうか。順調だからこそ、今のうちに伝えても良いような気がしてくる。

「なんだいゼロ？」

「ええとだな……」

口にしかけたその時、突然――ガーネットの寝室のドアが開いた。

「アンタなに一人でぶつくさ言ってんだい？　独り言のクセは直した方がいいよ？」

あくび混じりで俺に告げると、ゆらゆらとした足取りでガーネットは一階に降りていった。

トイレに起きたらしい。

「あ、ああ。気をつけるよ」

膝の上でナビはクリクリとした目で俺を見つめてくるのだが、結局今回も言えずじまいだった。

11. 誰かのために生きること

――二十日ほどが経過した。

海底鉱床は他のドワーフたちに掘り進められ、入り口付近の鉱石は取り尽くされてしまった。

初心者の俺も、さらなる鉱石採取のために地下深くへと鉱石掘りに進むことになった。

魔物も相応に強いが、こちらも装備は整っている。

黒曜鋼の手斧は襲い来る魔物を切り裂いて、軽銀鋼の防具が身を守る。

魔物の種類は巨大モグラのメイズメイカーの他、デスワームという大蛇のようなミミズなどだ。

ひたすら鉱石を掘り続けるだけの、金属ブロックを重ねたようなゴーレム――キカイジンという魔物は、良い採掘ポイントを独占していることが多い。

倒すと連中が集めた鉱石を一挙に手に入れることができた。

が、キカイジンは俺が見上げるほどでかく、非常に硬い魔物なので一人では歯が立たない。

「ほら！　こいつを倒してごっそりいただくよ！　火力支援魔法！」

ガーネットの白魔法が俺の肉体を強化した。

「うおおおおおおおおおおおおおおおおおおおおおおおっ！」

ウォークライで気合いを入れる。

これで怯んでくれればやりやすいのだが、キカイジンは怯まない。まるで感情が無いようで、不気味な魔物だ。力を溜めて敵の出方を一瞬だけ待った。

キカイジンの鉄塊のような腕が俺めがけて振り下ろされる。鈍重な動きだな。

「遅いっ！」

見切って身体を翻し、サッと避ける。間髪容れず、ため込んだ力を解放した。

「食らええええええええええええッ！」

瞬きする間に二連撃――ラッシュを叩き込む。

ベコンッ！　と、キカイジンの胸がえぐれるようにひしゃげた。

その巨体が赤い光となって溶けると、金銀を始めとしたレアな鉱石に生まれ変わった。

「ヒュー！　ため込んでたじゃん。アンタと組むようになってから、キカイジンが貯金箱だわ」

上機嫌でガーネットが戦利品を胸元の赤い宝石に収集する。

スキルを使い切って息を吐きながら、ほくほく顔の赤髪ドワーフに訊き返した。

「ガーネットの実力なら独りでも倒せるだろ？」

「まあやれなくはないけどさ、アタイだけなら避けて通って採掘した方が早いからねぇ。アンタもだいぶ鉱石の声が聞こえるようになったみたいだけど、まだまだ半人前だし良い訓練だよ」

ふふっと笑うガーネットに「いつまでも追いつける気がしないっての」と、愚痴で返した。

自分のリュックから水筒を取り出して、こちらに投げて渡すガーネット。

「さっき飲みきってただろ？　アタイのやるよ」

「お、おう……ありがとうな」

息が上がったところで、彼女の水筒に口をつけてふと思う。

これって間接的に……。水筒を傾ける手が止まると、ガーネットが不思議そうに首を傾げた。

「なんだよ？　アタイの飲みさしがいやだってのかい？　じゃあ返してもらうから」

返答する間もなく水筒を取り上げられた。残りをガーネットは飲み干して「ぷはー！　つーか、今夜も岩窟亭に付き合えよ！」と、愉快そうに笑う。

俺が口をつけたんだが気にしていないのか。薄暗い坑内の足下に赤い光がぽっと浮かんで見えた。戦いが終わって、ナビが少し離れたところから俺の足下にすり寄って呟く。

「キミはガーネットに好意を持たれているね」

頷いて返していいのか悩むようなことを言うなよ。ったく……。


ガーネットと二人で二日に一度のペースで鉱床を探索し、採掘した。

それ以外の日は店番だ。彼女の工房は人気なようで、オーダーメイドの武器を頼みに、開店日には連日冒険者たちがやってくる。

工賃は最低でも百万メイズから。材料費を抜きにして、小さなナイフ一本でその値段だ。

この最果ての街でヘパイオの火種を使う鍛冶職人は五人といないらしい。

中には種族的に敵対しがちなエルフの客さえいた。

ガーネットの仕上げる武器は美術品か工芸品のような美しさがあって、最果ての街から故郷に帰ると決めた冒険者が、記念に彼女の作品を求めるのだ。

今日も工房から金属を叩き、敲《たた》き、鍛え、削り、整え、美しく磨き上げる音が響く。

時折、ガーネットの声もそれらのリズムに混ざって、店舗の方まで響いてきた。

「つーか面倒い！　マジ彫金とかやってらんねー！　それに刃紋なんてテキトーでいいじゃん切ればなんだってさー。アタイが作りたいのは武器だっつーの！」

獣人族の剣士に依頼された小刀は、柄の彫金も細やかで、宝石類がちりばめられた宝剣だ。材料持ち込みで、それだけでも数億メイズは下らないらしい。

今回の工賃は五千万メイズだが、ガーネットの得意客だからとまけてその値段なのだとか。

「もうやだー！　鈍器作りてえぇぇぇぇ！」

工房から悲鳴が木霊した。

なんでこんな性格なのに、一千万メイズ、二千万メイズの仕事がポンポン入るんだ。

ガーネットは飲み代に上限を設けないが、彼女自身は身なりに金を掛けたりする方じゃない。

例えば綺麗なドレスを仕立てる職人も、この街にはいるのだが興味無し。

宝飾品なら自分で作った方がセンスも技術も最高レベルだ。飲み食い以外に、彼女にはお金の使い道が無いのである。作業が一段落したらしく、工房から店舗にガーネットが顔を出した。

「店番あんがとね。アンタ、顔は怖いけど客受けは悪くないよ。それに番犬にはうってつけだし。ゼロがいれば強盗の方が逃げて行くっていうか、アンタに凶悪犯の弟子入り志願するかもね。歩くカツアゲみたいな？　エルフなんて、アンタに声掛けられたらその場で失禁土下座だよ」

冗談っぽく彼女は笑う。集中して作業をしていたのか、うっすらと額に汗を浮かべていた。

「悪かったな悪人面で」

「あっ！　怒った？　おー怖い怖い。めっちゃちびりそう」

人差し指で俺の頬をツンツンつついて、ガーネットは「わははカッチカチ！」と笑う。

しかしまあ、逆らえないというか反論する気も起きない。

衣食住の面倒をみてもらいつつ、空いた時間に彼女の指導で鍛冶技術を教わっているのだ。本気で鍛冶職人として大成しようという連中が知れば、俺は嫉妬で背後から刺されてもおかしくない。

「工房空いたから自習な。わかんないところがあったら呼んでよ」

店番を交代し、ガーネットが揃えた最高レベルの機材や資材を使わせてもらいながら、俺は彼女の工房で金属の製錬や装備作りのまねごとをさせてもらうようになった。

ガーネットと入れ替わりで工房に入ると、炉に妖精の種火を灯して作業する。

先生が良いおかげもあって、不器用なオークのわりにそこそこ作れるようになった。

思案の末、結局は敏捷性を向上させたのだ。それで上がった器用さも貢献している。

まだ黒曜鋼も軽銀鋼も扱わせてもらえないが、鉄鉱石に様々な素材を組み合わせて合金を製錬し、それで鍬《くわ》だの鎌だの農耕具を作る。武器でもないし、当然ガーネットの店に置いてもらえるクオリティーじゃないので、鍛えた道具は鍛冶職人ギルドに買い取ってもらった。

農場で働く獣人族に、格安で使いやすいし頑丈だと評判は上々だ。

この街の誰かの役に立てたと思うと、満たされた気分になった。

その日の夜、岩窟亭で食事を済ませてから、汗を流しに大浴場にはしごした。
風呂上がりの帰り道――ひっそり眠りにつきつつある街の目抜き通りを、火照った体を冷ますように並んで歩きつつ、ガーネットに質問した。

「何か欲しいものとかないのか？」

夜になり閉まった店の建ち並ぶ通りで、俺は訊く。

まだ乾ききらない重たそうな髪を指先でつまみながら、ぼんやりとした天球の月明かりを見上げて、ガーネットは返した。

「ないんだぁ。おかげでまーお金だけは貯《た》まる一方だけどさ……ほんと使い道がないんだよねぇ。つかね、アタイが格安で仕事しちゃうと他の鍛冶職人連中に悪いし」

特に親しい間柄でもなければ、仕事料に法外な額をふっかける。それでもガーネットに頼みたいという冒険者たちは、少なくない。彼女の作品を美術品として故郷に持ち帰るもよし。実用品としては文句無しの性能だ。俺の口から溜息が漏れた。

「世話になったお礼に何かプレゼントしたかったんだが……欲しいモノなんてないのか」

性格は豪快だが、掃除も洗濯も料理もなんでもこなすガーネットに世話になりっぱなしだ。俺は洗濯を手伝えばビリビリに破いてしまったりと、力仕事以外でほとんど貢献できていない。

するりと俺の前に回り込んで、ガーネットはじっと顔を見上げる。

「ちょっとー。そういうことプレゼントする相手に直接訊くぅ？　アタイが何が欲しいかアンタなりに考えてみてよ？　そしたら……なんだって嬉しいもんだよ」

「そ、そういうものなのか」

「ほんっっっとわかってないねぇ。そんなんじゃモテないよマジで」

ぷいっとこちらにお尻を向けて、ガーネットはスタスタと行ってしまった。

足下でナビがあくび混じりに鳴く。

「怒らせちゃったみたいだね」

「誰かに感謝の意を表するってのは、けっこう難しいんだな」

地下迷宮世界でも夜風はどこからか吹いてくる。

ブルッと背筋が震えた。前を行くガーネットが立ち止まり、振り返る。

「ほら、早くうちに帰ろうって！　湯冷めしちまうよ！」

頷いて俺も歩き出す。もう一度彼女の隣に並ぶと、ガーネットは俺の腕に寄り添うようにぴたっとくっついて呟いた。

「アンタの胸毛をむしってタオルにしたら、やっぱゴワゴワなんだろうね」

「止めてくださいお願いします」

「ぷふー！　なにその口調！　ぜんっぜん似合わないし」

影を一つにして、俺とガーネットは家路につく。

この暮らしが少し名残惜しい。今日までに働いて稼いだ金と素材で、そろそろ俺の武器が作れそうだ。俺の依頼を最後に、ガーネットは街を出るという。

その前に出来ることなら、感謝の気持ちをなにか形にしたかった。


更に数日が経過して、海底鉱床への祭壇は新月の前日ということで閉鎖された。

行き場を失ったドワーフたちは、岩窟亭を始めとした酒場で朝から酒を浴びている。

が、俺とガーネットは違った。彼女の工房に籠もりきりだ。オークに剣は似合わない。最果ての街で一番の巨匠が俺のために鍛え作り上げたのは、大戦鎚《ウォーハンマー》だった。

ヘパイオの種火が起こした熱気の余韻を窓を開けて夜風と交換する。俺は昨晩からずっと、工房でガーネットの助手をしながら、その完成に立ち会ったのだ。

高強度の聖白金《セイクリスティニウム》の柄は一・五メートルほどで、その先端に取り付けられた鎚頭はシンプルな……それこそ金鎚を巨大化しただけの無骨さだった。

装飾は一切無く、超重量を叩きつけて潰すという破壊にのみ特化した形をしている。

特筆すべきはその素材——隕石鋼《メテオニウム》。

この素材は強度もさることながら、同じ大きさで換算すると軽銀鋼の十倍以上の重さだった。

打撃武器はその重さこそが破壊力だ。

夜の闇よりも暗い漆黒の鎚頭にそっと触れながら、ガーネットがうっとり目を細める。

「こいつを鍛えられるのもアタイの腕前あってこそだよぉ。んは〜。ホント強度はもちろんだけど、このずっしり詰まった感じがたまらないねぇ」

「口振りが怪しくなってるぞ」

「いいだろぅ、うっとりしたって。会心の出来映えなんだからさ。ほら、アンタとアタイで作った可愛い息子だよ？　これからはずっと一緒にいてやってくれよなぁ」

俺は重たい素材を指示通りに運んだりしただけで、共同作業というより使いっ走りだ。

その重量から背中にマウントするベルトも、高強度な魔獣の革で裁縫職人に特注した。

無邪気な子供のように笑って、ガーネットが俺の手を取る。

「ほらほら柄を握って持ち上げてみて！」

「お、おう……」

持ち手の部分には、第十階層の蒼穹の森の奥に棲むという、虹色蚕《にじいろかいこ》という魔物の糸で織った特殊な布を巻いてある。

手に吸い付くような感触だ。試しに片手で持ち上げると、嘘のように軽く感じられた。

「なんつーか拍子抜けする軽さだぞ？」

柄のシャフトの重さしかないような感覚に、俺はガーネットの顔をのぞき込む。

「エルフに依頼して、シャフトの部分に制御魔法をかけておいたのさ。両手で握ってみなよ？」

いったいいくらくらい掛かったのか、聞いたら寿命が縮みそうだ。

二十日ほどの俺の採掘分なんて、ガーネットにとっては微々たる金額だろうに。

「ほら早く早くぅ」

せめて彼女の望み通りにしよう。長い柄の持ち手に左手を添えた途端、ズシンと鎚頭が石造りの床に落ちた。硬い床にめり込む鎚頭に、俺は目を丸くする。

「急に重たくなって肩が外れるかと思ったぞ！」

「片手持ちにしてごらんよ？」

添えた左手を離すと、再びシャフトの重さだけになった。どういう仕組みかさっぱりわからん。が、魔法の力なんだろう。腕力を鍛えてきた自分をあっさり否定されたような気がした。

「ハァ……重量を制御する魔法ってやつなのか？」

「ちゃんとアンタ自身の魔法力で起動してるんだから、アンタの力だよ？」

「俺は魔法はさっぱりなんだが」

「微弱な魔法力は誰だって持ってるのさ」

ふと、俺を殺したエルフの少女を思い出した。彼女は細腕に重たい本を何冊も重ねて、やっとの思いで歩いていたのだ。

重さを相殺するような便利な魔法があるなら、なぜ使わなかったんだろう。

もしかすると、かなり高度な魔法なのかも知れない。

「な、なぁガーネット。この軽くなる仕掛けに、いくらくらい掛かったんだ？」

「心配すんなよ男だろ？　いいっていいって、半分はアタイの趣味なんだし、ゼロの欲しいものとアタイの作りたいものが一致しただけなんだから」

あっ、やっぱり寿命が縮む額なんだ。言い終えると彼女はそっと伏し目がちになった。

「最後に良い仕事ができてよかったよ。ようやく……故郷に帰る決心もついたから。自分で武器を打つのもこれが最後だろうね」

普段の元気がフッと消えて、しおれた百合《ゆり》のように頭を垂れる。

「こんなにすごい武器が作れるのに、止めちまうのか？」

「前に話しただろ？　うちは聖剣鍛冶の家系なんだ。技術もだけど、血筋も絶やすわけにはいかないって。もうこの街でやれることはやりきったしね。アンタみたいな面白いヤツは、たぶん最初で最後だよ」

ゆっくりとガーネットは顔を上げる。どことなく寂しげだ。

「やりきったって言うわりに、笑顔じゃないぞ」

「そうだね。本当はその戦鎚も、隕石鋼じゃなくてこいつを使いたかったんだけどさ」

ガーネットのペンダントから光が溢れて、彼女の手のひらに集まると小さな鉱石になった。

今まで見たことが無い、光の加減で虹色に輝く不思議な原石だ。

「綺麗な石だな」

「こいつは神代鋼《オリハルコン》って言ってね、勇者様の剣の素材になった特別な鉱石なんだよ」

ガーネットと出会った日の夜、彼女が言っていたっけ。聖剣の素材となる希少鉱石だ。

「やっぱり珍しいものなのか？」

「外の世界でもごくわずかだね。その一つを実家から持ってきたのさ。こいつを製錬できる種火さえあれば、新たな聖剣を打ち直していつ勇者様が戻ってきても安心なんだけどねぇ」

「ヘパイオの種火じゃだめなんだな」

「ご先祖様はこの神代鋼と同じく、虹色に輝く種火を使ったっていうんだけどさ……お父様の代でその火は燃え尽きちまったのさ」

「どこでその原石は手に入るんだ？」

「迷宮世界のどっかにあると思ってほうぼう探したもんだよ。けど、独りで行ける場所には限界があって……鉱床じゃなくて、魔物が落とすのかも知れない。けど、どんな魔物が持ってるのかもわからないし、アタイじゃ倒せない魔物が持ってるんならお手上げさ」

「じゃあ俺と一緒に探しに行こう。新装備の威力も試したいし、ガーネットだって見たいと思わないか？　こいつの破壊力をさ」

ずっと沈みがちだったガーネットがハッと目を丸くした。

「い、一緒って……死ぬかも知れないんだよ？」

「恩返しさせてくれてもバチは当たらないんじゃないか？　もちろん死ぬつもりもないぞ」

工房の入り口付近から、ナビの視線を背中に感じつつも俺は志願した。

ガーネットは首を大きく左右に振る。

「だ、ダメだって！　あんな危険な場所……」

どうやら目星はついているみたいだな。

「そこに行けばガーネットが探してるものが見つかるんだな」

「確約なんて無いんだよ？　ただ危険な目に遭うだけかも知れないし……」

「安心しろ。俺は不死身の男だ」

実際、一度死んで甦《よみがえ》っているんだから嘘じゃない。もう一度死んで復活する保証はないが。

じっとガーネットを見つめると、ついに彼女は吐息とともに折れた。

「わーったわーった！　アタイの負けだ！　けどさ、本当にそうして欲しいからとかじゃなくて、マジでそこんとこだけは信じて欲しいんだ。愚痴ったのはアタイが悪かった。ごめん。謝る」

いつもの彼女がだんだん戻ってきてくれて、俺もホッとした。

「そこは素直に『ありがとう』でいいんだぞ」

「あ、ああ、ありが……とう」

拍子抜けするほど素直なガーネットに、こっちが驚かされてしまった。

ともあれ、約束通り武器は完成したものの、もうしばらくガーネットとは契約延長だな。

再び両手で大戦鎚を持ち上げて、俺は製作者に訊いた。

「ところでこのハンマーの名前はなんていうんだ？」

思い出したようにガーネットは胸を張った。ぶるんと大ぶりな果実を揺らして笑う。

「あっはっは！　そういや名前つけてなかったわ。んじゃあ〝流星砕き〟なんてのはどうだい？」

「星も砕くとはすごそうだな。俺も気に入ったよ」

こうして俺は最強の相棒――流星砕きを手に入れた。ガーネットがゆっくり頷く。

「やっぱ様になるねぇ。鬼《オーク》に金棒《どんき》ってやつだ」

「しかしデカイから鉱床で振り回すには不便だな」

「安心しなって。もう鉱床には行かないから」

ガーネットは一度ゆっくり息を吐いてから、次に目指す場所を俺に教えてくれた。

「二人で行けるとこまでだけど、明日は火炎鉱山にピクニックだわ」

ドワーフの経験からか、そういった噂があるからか……海底鉱床では手に入らない鉱石は、十八階層の奥深くにある可能性が高いと、ガーネットは踏んでいた。

各階層を通ってきただけで、そのほとんどはまだ俺にとって未知の領域だ。

ずっと黙ったままのナビがいつの間にか、俺の足下にやってきて呟いた。

「強い武器も手に入ったし、これ以上ガーネットと一緒にいる意味はあるのかい？」

彼女がいる前で言葉にすることはできない。

ただ、俺は無言でじっと青い獣を見据えた。ナビは前足で顔を洗う仕草をしながら「わかったよ。キミがそう決めたのなら、その判断に従うよ。ただ、ボクにはキミしかいないんだ。絶対に無茶はしないでね」と、釘《くぎ》を刺した。ガーネットが笑う。

「んじゃあ目標も決まったし、今日は完成記念にアンタのおごりで飲み明かそっか！」

「ああ。財布が空になるまで付き合うぜ」

もうすでに空っぽみたいなものだが、ガーネットを引き連れて夜の街へと繰り出した。

新月で暗い中、街灯がぽつぽつと魔力の光で道を照らす。

背後からひたひたと付いて来る気配に時折振り返りつつ、俺はガーネットと共に、すっかり馴染みになった店を目指した。


火炎鉱山は過酷な環境ということで、装備も整え直した。麻の服は改められ、難燃性のアラミダ布という火炎蜘蛛《くも》の糸を織って作った、特別な布を使った服に着替えた。

足下もサンダルでは危ないと、頑丈な三角牛革製ブーツである。

それに軽銀鋼の防具と腰には黒曜鋼の手斧。背中にメイン武器となる流星砕きという布陣だ。

更に追加装備として、革ベルトにナイフを十本装備して肩からたすき掛けにした。

ナイフは柄が無く刃だけの特注品――というか、俺が自分で打ったものだ。

かつて出来なかったことへのリベンジだった。準備も万端。大地を踏みしめ天を仰ぐ。

見上げれば火山から噴煙が地下世界の天井へと昇り、赤茶色の大地のそこかしこで、熱せられた地下水が蒸気となって噴き出している。

枯れたような木々ばかりで辺りに緑はなく、砂漠の乾いた暑さとも、海辺の心地よい日差しとも違う、ドロドロとした熱気が肌にまとわりついてきた。

掻いた汗がすぐに乾かない。蒸し風呂のような気候だ。脱げるものなら通気性の悪いアラミダ布の服を脱いでしまいたい気分になった。

——第十八階層、火炎鉱山。

最果ての街を目指した時には、山を迂回するようにしてほとんど素通りしたのだが、何の因果かこうして挑むことになったのは、不思議な気分だ。

俺とガーネットとナビは、山の中腹にあるキャンプまでやってきた。

「アンタ汗びっしょりだね？　茹《ゆ》で蛸《だこ》みたいじゃん」

「暑いのは苦手なんだ。そっちはずいぶん快適そうじゃないか？」

涼しい顔のガーネットが不思議でならない。

「まあちょっと汗ばむくらいだね。アタイは鍛冶職人だから慣れっこなんだよ。ドワーフは元々暑いのは得意なのさ。それにいざとなれば白魔法で熱を防ぐこともできるしね」

自慢げに胸を張る彼女の谷間に、つい視線が吸い込まれそうになった。

褐色の肌はほんのりと上気して艶っぽい。オークの俺が寒さに強いように、これも種族の違いってやつかも知れない。ガーネットが俺の顔を指さした。

「見るのはタダだけど触ったら料金もらうからねぇ」

「金で解決できるのかよ!?」

「アンタには特別料金でいいよ」

指を二本立てるガーネット。その本数の後ろにいくつの0が並ぶのだろうか。

足下でナビが顔を上げて俺に告げた。

「ゼロはおっぱいが好きなのかい？　一揉《も》み20メイズならお買い得だね」

色々ズレてますよナビさんや。だいたい、ガーネットは無防備過ぎる。

オークは性欲魔人みたいなことを言っていたのも彼女なら、胸を押しつけてきたり俺の腕に抱きついてきたり……。

からかわれているんだろうな。彼女には故郷で決められた相手がいる。種族も違う……って、何を真剣に考えてるんだ俺は。

「ほらほら行くよ！　とりあえず火炎鉱山の中は地下三階まで把握済みだからさ」

ナビは耳を伏せると「ボクは鉱山の中の事は知らないんだ。導く者として力になれなくてごめんねゼロ」としょげてしまった。


鉱山というだけあって、洞窟内には掘り進めたような痕跡がそこかしこにみられた。

中は意外にも明るい。うすぼんやりと発光する鉱石や、赤いマグマの川が光源となって、洞窟内とは思えない明るさだ。

海底鉱床はずばり地下洞窟という趣だったが、火炎鉱山の内部はまるで、切り立つ赤い岩の谷間を進むようである。洞窟の天井も高く、通路も馬車一台が通れるくらいに広い。

「光ってる石は先駆者たちが掘らないで残した物だから、触るんじゃないよ？」

「ガーネットは前にもここに来たんだよな？」

「三つ下の階まではね。そこで断念したよ……おっと、お客さんだ」

切り立った崖の上から、真っ赤な巨大蜘蛛が飛び降りてきた。火炎蜘蛛だ。

手脚が長く体長五メートルほどの巨体である。

「アタイが弱らせるからトドメはアンタが刺すんだよ」

経験の積み方は様々だが、こと魔物に関してはトドメを刺した者が恩恵の全てを得られる。

ひょいっとナビが後ろに跳んで俺に告げた。

「あれは火炎蜘蛛だね。今のゼロでは太刀打ちできない魔物だよ。逃げることをオススメするね」

ナビの指示はあくまで俺が独りということを前提にしていた。

だが、今は違う。ガーネットと、彼女が作ってくれた特別な武器があるのだ。

流星砕きの柄を片手持ちに構える。火炎蜘蛛は腹から糸を吐き出した。ガーネットの身体にまとわりついて、彼女の動きを鈍くしたが……ガーネットは止まらない。

「これくらいなんてことないんだよ。火力支援魔法」

自分自身に強化の魔法を使うと、粘つく糸を引きちぎって、ガーネットの戦鎚が火炎蜘蛛の足を折る。潰す。ひしゃげさせる。

片側の脚を全て破壊したところで、火炎蜘蛛の巨体が斜めになって倒れ伏した。

チャンスだ。重い身体も敏捷性を高めたことで、矢のように勢い良く飛び出すことができた。

狙うは蜘蛛の頭胸部だ。流星砕きを振り上げ、頂点に達したところで両手持ちにして振り下ろす。

「ウォークライラッシュ！」

必殺の掛け声とともに、上から振り下ろした流星砕きが超重量で蜘蛛の頭を殴り抜け、そのまま地面を穿つ。地震のような揺れが起こった。ラッシュの効果で流星砕きを振り上げる。

アッパースイングが再び蜘蛛の頭を顎《あご》の下から殴り上げ、甲高い奇声とともに赤い巨体が光に消える。ガーネットを包んでいた糸もふわりと光に溶けて無くなった。

ふぅと息を吐いた途端、ガーネットが俺の胸に飛び込んでぎゅっと抱きしめてくる。

「すごいじゃんすごいじゃん！　なに今の！」

「あ、ああ。ウォークライとラッシュで二連撃を狙ったんだが、ガーネットが火炎蜘蛛の脚を折って頭の位置を下げてくれたおかげだよ」

「けど一発だよ！　実質一撃で火炎蜘蛛を倒したようなもんじゃん！」

岩陰に隠れていたナビが、スタスタと歩み出て火炎蜘蛛の経験値を吸収する。

「それもこれもガーネットが作ってくれた流星砕きの威力のおかげだ」

しごく真面目に答えると、彼女は伏し目がちになった。

「ば、バカッ……褒めるなよ。嬉しいけどさ、そいつを使いこなせるアンタの腕前あっての話なんだから」

バカとなじられたのに、不思議と悪い気はしなかった。

火炎鉱山一階の魔物は虫系が多い。この炎熱地獄に適応した火炎蜘蛛を筆頭に、炎を吐くクライムアントという巨大赤蟻や、不死蝶という燃えて爆ぜる鱗粉《りんぷん》を撒《ま》く蝶の魔物もいた。

火炎蜘蛛は跳躍力があって、突然どこからかジャンプ奇襲を仕掛けてくるのだが、倒し方のパターンは「脚を折って動きを封じ頭か腹を潰す」と、シンプルだ。

クライムアントの炎は厄介だが、ガーネットの白魔法――遮炎防壁《アンチファイア》で炎熱を防げば、後はデカイだけの蟻である。火炎蜘蛛より硬いものの、流星砕きの敵じゃない。

厄介なのは、ヒラヒラと宙を舞う不死蝶だが、こういった輩《やから》も一応ながら対策済みだ。

敏捷性を高めたおかげで、投擲《とうてき》武器がある程度扱えるようになったのだ。

柄の無いナイフは面白いように、不思議な軌道で跳び回る蝶の羽を貫いた。上手く飛べなくなったところを、流星砕きで仕留める。ガーネットが敵の注意を引きつけてくれて、負担も少ない。

俺はただ攻撃にのみ集中すればよかった。


レベルは一気に上がっていった。装備が整えば格上相手とも勝負できるのは、経験からもわかっていたが、供に戦ってくれる仲間の効果もまた絶大だ。

スキルも増えた。覚えたチャージタックルは、恐らく力と敏捷性の両方が高くなったから発現したのだろう。まだ使い所は思いつかないが、相手を吹き飛ばす体当たりというところだ。

火炎鉱山での戦いもこなれてきたところで、鉱山一階の資源回収にも挑戦したのだが……。

「アチャー。魔物相手にゃ戦力だけど、採掘の方はダメっぽいね」

ガーネットが苦笑いで俺に告げた。何がだめかというと、鉱山一階の鉱石は海底鉱床のそれよりも採掘難易度が高いらしい。上手く掘り出すことができず、鉱石を無駄にしてしまった。

「すまん。敏捷性は高めてるんだが……ちょっと俺には難しいみたいだ」

正直少し落ちこんだ。そんな俺にガーネットは微笑《ほほえ》みかける。

「アンタが不器用なことくらい知ってるって。しょげるなよぉ……そうだ！　おっぱい揉むか？」

胸を張る彼女に一瞬、手が動きそうになって理性がそれを止めた。

危うく言われるままにしていたところだ。

「うは！　今、手がビクッ！　ってなった！　なんだー揉みたいんじゃん」

「あ、あのなぁ。あんまり茶化さないでくれよ」

ガーネットなりに俺を気遣ってくれているみたいだが、こんなアプローチの仕方なのは、やっぱり俺がオークだからに違いない。

おっぱいを揉んだら元気になると思っているのだろうが、大抵の男はそうだろう。

ガーネットは「我慢できなくなったらアタイを襲うんだよ？　街で他の女の子や、よりにもよってエルフなんか襲っちゃだめだかんね？」と、冗談めかして笑ってみせた。

火炎鉱山の攻略は順調に進み、一日目にして地下一階の魔物を難なく倒せるようになった。

街に戻って戦利品を整理し装備を強化する。休養もしっかりとった。

二度目の火炎鉱山挑戦はその三日後。地下二階で魔物も強化されたが、流星砕きとガーネットとのコンビネーションは、強敵たちをものともしない。

レベルは更に上がり、敏捷性の項目の天井が見えてきた。

三度目の挑戦――初日から数えて一週間で、俺たちは火炎鉱山の地下三階まで制覇する。

敏捷性は99になりスキルも増えた。余剰ポイントは魅力につぎ込む。今から中途半端に知性や信仰心に振るよりは、特化して何か新しいスキルを得られる可能性をとったのだ。

そして俺の種族が更に変化を起こした。といっても、オークからハイオークの時のような、劇的な進化はない。ゴツゴツした指を、以前よりも器用に動かせるようになったくらいだ。

でっぷりとした腹はそのままに全身の筋肉が引き締まった……といっても、全体的にはオークのシルエットが変わるほどの変化じゃあないんだが。

ガーネットは「なんか前は前で丸くて可愛かったけど、マッチョなのも悪くないね」と、俺の変化をすんなり受け入れてくれた。

その日の終わりに岩窟亭で踏破記念の祝いの酒をあおりながら、すっかり上機嫌にできあがったガーネットは、俺のほっぺたにキスをしながら囁く。

丸いテーブルに対面して座っていたこれまでと違い、彼女は俺の隣に椅子を並べた。

「アンタサイコーだよぉ！　故郷にゃ戦士はいっぱいいたけど、アンタほどの男はいないね。うん、断言できる！」

「おいおい、飲み過ぎじゃないか？」

駆けつけピッチャー三杯だ。火炎鉱山が暑くて汗を掻くとはいえ、今日のガーネットはペースが早過ぎる。

「んなことないって！　じゃんじゃん飲んでじゃんじゃん食べて、いっぱい笑おう。あっはっはっはっは！」

彼女の夢は火炎鉱山の更に地下深くに眠っている。

グビグビと麦酒をあおっていたガーネットが、口元に白い泡のひげをつけて目を丸くした。

「やばっ！　おしっこ漏れそう」

「報告はいいからトイレに行けって！」

「えぇぇめんどくさいぃ。トイレまでおんぶしてってぇ」

「しないからな」

「んもー！　けちー！」

けちかどうかという問題じゃないだろうに。諦めたらしくガーネットは席を立つと、ゆらゆらと頭を揺らしながら店の奥に消えていった。ナビが足下からぴょんと俺の膝の上に乗る。

「火炎鉱山の調査は順調だね。きっと無駄にはならないよ。真理に通じる門は、この世界のどこにあるかも知れないんだ。未踏の地を無くしていくことも重要だからね」

岩窟亭の店内は酔っ払ったドワーフたちで、わいわいガヤガヤ騒がしい。独り言に耳を傾ける者もいないだろう。

「そうなのか。遠回りさせているようで済まないなナビ」

「案外、遠回りに見えてもそれが一番の近道だっていうこともあるさ。だけど、この先は今まで以上に慎重にいかないとね」

俺は黙って頷いた。火炎鉱山の奥地には、冒険者たちが束になってもかなわなかった階層の主がいるに違いない。恐らくガーネットが求める神代鋼《オリハルコン》や、それを鍛える種火は、階層の主かそれに近しいところにいる魔物が持っているんじゃないだろうか。

今の所、流星砕きの破壊力のおかげで充分に戦えているのだが、二人と一匹で制覇するには火炎鉱山は厳しい場所かも知れない。かといって仲間を集うのは難しいだろう。

火炎鉱山でも大深雪山でも、階層の主に挑んで生きて帰った者はいないというのだから。

最果ての街で平和に楽しく暮らして、満足したところで外の世界に凱旋《がいせん》する。この地下迷宮世界で手に入れた宝の一つもあれば、富に加えて名声も得られるようだし。

俺もナビも外の世界に居場所はない。だからこそガーネットに付き合えるんだ。

他の誰にも無理強いできないから、ガーネットはずっと夢を抱いたまま、打ち明けられずにいたのかも知れない。ナビがスッと膝の上から飛び降りた。どうやら彼女が戻ってきたらしい。

「いやー。出た出た。なんか勢いがすごいんだよね～。もう軽く滝だったわ。湯気とか出てたし。あ、そうそう、湯気と言えばさ、火炎鉱山の麓に天然温泉あるんだよね。攻略前に天然の露天風呂とかいってみる？　もち混浴だけど」

席についてそうそう下ネタを浴びせてくるガーネットに「本当にお嬢様なのか？」と疑問を投げかけると「疑うんなら実家に招待してあげるよ！　宮殿みたいな屋敷《やしき》だしビビるよマジで」と、彼女は笑った。足下でナビが「だめだよ行かないよねゼロ？」と、急に不安げな声を上げる。

「ああもう、信じるよ。お前がお嬢様だって」

「あっはっはっは！　まあ信じざるを得ないよねぇ相棒。アタイってば気品がにじみでちゃってるし。つらいわー生粋のお嬢様なのがつらいわー。あ！　ピッチャーで麦酒おかわり～！」

今夜も彼女の介抱をすることになりそうだな、こりゃ。

名前：ゼロ　種族：オーク・ハイ＝スピード　レベル：71
力：A＋（99）　知性：G（0）　信仰心：G（0）
敏捷性：A＋（99）　魅力：E（34）　運：G（0）

余剰ステータスポイント：0　未使用ステータスストーン：0
装備：流星砕き　レア度S　攻撃力221
　黒曜鋼の手斧　レア度B　攻撃力87
　軽銀鋼の防具一式　防御力70
　火炎鉱山向けの服一式
スキル：ウォークライ　持続三十秒　再使用まで五分
　力溜め　相手の行動が一度終わるまで力を溜める　持続十秒　再使用まで三十秒
　ラッシュ　次の攻撃が連続攻撃になる　即時発動　再使用まで四十五秒
　チャージタックル　攻撃対象を吹き飛ばす体当たり　即時発動　再使用まで三十秒　ラッシュとの併用不可
　集中　一時的に集中力を上げて『行動の成功率』を高める　再使用まで五分
種族特典：雄々しきオークの超回復力　休憩中の回復力がアップし、通常の毒と麻痺を無効化。猛毒など治療が必要な状態異常も自然回復するようになる。ただし、そのたくましさが災いして、一部の種族の異性から激しく嫌悪される。
相棒：ガーネット
種火：妖精の種火

ガーネットと組んで火炎鉱山を攻略してから十日が経《た》った。
魔物は強さを増しているが、流星砕きの威力は相変わらず絶大だ。

地下四階は巨大な空洞で、そこかしこに溶岩だまりがあった。足下に注意も必要だが、空間が広いだけに上方も警戒しなければならない。

両翼を広げれば五メートル近い巨大怪鳥——火吹きコンドルが炎の息をまき散らしながら、空中から襲ってくる。襲撃を察知して、ガーネットがすかさず俺に魔法をかけた。

「遮炎防壁！」

炎熱防御の白魔法は、薄い膜のように俺の身体を優しく包み込む。

タッチの差で火吹きコンドルの炎の息が、渦巻きながら俺の身体を焼いた。

「グアッ……っついだろうがこの野郎！」

熱いで済むのは魔法のおかげだ。ガーネットの遮炎防壁は通常の炎はもちろん、ファイアボルトなどの魔法的に発生した炎もある程度防いでくれる。

おかげで黒焦げになるのを免れた。すぐさま投げナイフで怪鳥の風切り羽を撃ち抜くと、空中要塞のような巨体がバランスを崩して落下する。

墜落地点に走り込みラッシュで仕留めると、火吹きコンドルは赤い光に溶けて消えた。

「なんかアタイ、あんま役に立ってなくない？」

戦鎚片手に一流鍛冶職人は少しだけ寂しそうな顔をする。

「ガーネットがいなきゃ最初の炎に巻かれた時に、致命傷だっての」

俺のそばに歩み寄ると、ガーネットは初級の回復魔法で癒やしてくれた。

彼女の手からやんわり放射される癒やしの光が心地よい。

「そっか。だよねぇ。アタイがいなきゃアンタはダメなんだ。うんうん」

嬉しそうにガーネットは笑う。俺が攻撃に専念できるのも、彼女のサポートあってのことだ。


更に進むと、今度は炎のたてがみを纏った、あばれ炎獅子と遭遇した。

体長およそ三メートル。鋭い爪に牙を備えた猛獣だ。

ガーネットの火力支援を受けて、俺は魔物にチャージタックルを仕掛けた。

一歩目から最高速に達する加速力で、あばれ炎獅子の意表を突く。

肩口から体当たりをぶちかまし、怯んだところにガーネットが俺の背後から飛び出して、炎獅子の顔面に戦鎚を叩き込んだ。打ち合わせなしでも呼吸《いき》ぴったりの流れるような連携攻撃である。

巨大肉食獣の炎のたてがみは触れる者を焦がすが、ガーネットはものともしない。

苦し紛れに炎獅子が前足を無茶苦茶に振り回した。

「危ないガーネット!」

前に出たままの彼女の腕をとって、後ろに軽く放り投げる。

「──ッ!? いきなりなにすんのさ!」

背中越しに飛んでくる抗議の声を気にせず、軽銀鋼の盾を構えて俺は爪の乱撃を受けた。

ガギンガギンガギンガギン!

ガーネットが鍛えた盾がかろうじて三発目までは防いだものの、最後の爪の一撃が盾を切り裂いて俺の上腕を軽くえぐった。

「ッシャコラヤンノカテメェエエエエエエ!」

吠え声のような雄叫びを上げて、俺は炎獅子の頭を流星砕きでスタンプする。

地面と超重量の金属塊に挟まれて巨獣の頭はひしゃげると、四肢からガクンと崩れ落ち、獅子は横たわったまま動かなくなった。

ゆっくり光に還《かえ》る姿を確認してから、だらりと垂れ下がった自分の左腕を見る。

久しぶりに受けたけっこうな痛手だ。さすが火炎鉱山も地下四階ってところだな。一筋縄じゃいかなそうだ。

「だ、大丈夫ゼロ!? あぁ……ごめん。アタイが勝手に前に出過ぎたから……」

「今のでだいたい戦い方もつかめたな。この調子でがんばろうぜ」

「う、うん……そうだね。ほら、傷をみせて。あっ……盾がおしゃかだねぇ。今日はちょっと早いけど、これで上がりにしよっか?」

俺の腕をいたわるようにガーネットは初級回復魔法で癒やす。

「もっと大きくて硬い盾が欲しいな」

軽銀鋼の装備をガーネットが最初に作ってくれたのも、俺の鈍重な動きを気にしてのことだ。

しばらく彼女の元で鍛冶の手伝いをした今だからこそ、ガーネットの心遣いが理解できた。

「そうだねぇ。アンタってば力持ちだし、ここ最近で一気に身のこなしが軽やかになったし。ある程度重装備でも、充分動けるかも。はい治療おっしまい！」

俺の尻を手のひらでパアアンと叩くガーネットに「なんで尻を叩くんだよ！」と抗議すると、彼女は腕組みをして頷く。

「んなの叩きたいからに決まってんじゃん！」

左様ですか。ったく……いつか復讐《ふくしゅう》してやるからな。

ガーネットは小さく息を吐いた。

「けどどーしたもんかねぇ。ここで採掘できる素材で作っても、炎鉱石の鎧とかだろ？　しょーじき、寒いところ向けの装備になりそうだし」

炎鉱石は海底鉱床ではお目にかかれない、この火山地帯特有の素材だった。

「なにかまずいのか？」

「炎鉱石系の装備は寒い所でも暖かいんだよ。こういうあっついとこだと、その恩恵が徒《あだ》になる。氷塊石があればいいんだけど……アンタいっつも汗だくだし」

「俺とガーネットならその氷塊石ってのも取りにいけるんじゃないか？」

「ま、まぁ……いけなくもないけどさ。アタイ寒いの苦手なんだよねぇ。ここで採取できた炎鉱石で装備整えればいいっちゃいいんだけど、寒いと麦酒も美味《おい》しくないし」

俺は比較的寒さに強いのだが、ガーネットは逆みたいだな。

憂鬱そうな彼女に「ガーネットがいやなら止めておくか」と返すと、ぶんぶんと赤い髪を振るって鍛冶職人は胸を張った。

「独りじゃ絶対ごめんだけど、アンタが一緒なら行ってやるよ！」

「決まりだな」

この先、火炎鉱山地下五階に降りるなら、防具の強化は必須だ。

死んじまったら元も子もない。俺の足下で、鉱山の熱気をものともせず涼しい顔のナビが言う。

「なるほど。装備を整えて大深雪山の上を目指すんだね。ボクもそれがいいと思うよ」

って、その寒い場所っていうのは……やっぱり十三階層の雪山なのかよ。

こりゃあ最果ての街から片道だけでも、けっこう移動に手間取りそうだな。


火炎鉱山から外に出ると、ガーネットは十九階層に続く祭壇方面には向かわず、十八階層方面に続く道を進み始めた。

「おいおいちょっと待ってくれ！　まだ雪山に行く準備はできてないだろ？」

立ち止まると目を丸くしてガーネットは口を開く。

「行かないって！　けどついてきてよ。良い場所知ってるんだ。二人だけの秘密だぜ？」

赤い荒野をスタスタと行ってしまう。すでに鉱山の外の魔物は敵じゃないんだが、一人で行かせるわけにもいかず、すぐに後を追った。

火山の中腹から麓に降りて回り込むように歩くと、十分ほどで次第に硫黄のような独特の臭いが空気に混ざり始めた。谷を下ると、かすかに緑が増え始める。小川が流れるその脇に、石を積んで囲った湯だまりがあった。うっすら乳白色をしている。湯気が香った。

積まれた石や岩がせき止めるようにしてできた湯船は、明らかに人の手で作られたものだ。

近づいて手を入れてみる。小川の流水を引き込んで、ほどよい温度に保たれていた。

俺の傍らでナビが前足を湯の中にちゃぽりと入れて「四十度くらいだね」と告げる。

ガーネットが腰に手を当てて胸を張った。

「じゃっじゃ〜ん！　アタイがこっそり作った露天風呂さ。魔物が出てきても今のアンタならワンパンKOだもんね。だから連中も襲っちゃこないだろうし」

実際、魔物は実力差があると、こちらを避けるようになる傾向のものが多い。中には関係なく襲ってくるのもいるんだが、そういうタイプは魔法生物、ゴーレム系、不死系が主だった。火炎鉱山周辺には出没しないタイプなので安心だろう。

「俺は念のため周囲を警戒してるから、入っていいぞ」

「はぁっ⁉」

「じゃあ俺が先に入っていいのか？」

「ば、バカなのか⁉　一緒に入るに決まってるだろ？」

「それはその……まずいだろ。仮にも俺は男なわけだし」

薄い褐色肌のガーネットの顔が、見る間に赤くなった。

「まずいことないでしょ？　つーかさ、アンタはほら……信用できるんだよ男として！　アタイみたいなイイ女と一つ屋根の下でさ、性欲魔人のオークがだよ？　寝込みを襲うどころか指一本触れないんだから！　借りてきた猫っていうかチキン野郎じゃん！」

「おい、褒めてるようで後半完全にけなしにかかってるじゃないか」

「いいから一緒に入ろうって！　あーもうわかった恥ずかしいってんなら脱がしてやるから。ほらぬんぎぬんぎしまちょ〜ね〜」

ガーネットは俺の背後に回り込むと、防具の留め金やベルトをあっという間に外していった。さすが武器職人。器用な上に自分の作品である装備類の、どこをどう攻めれば解除できるのか心得ている。

「や、止めろって！」

後ろから背中を抱かれる。豊満な膨らみの弾力が服越しに伝わってきた。汗ばんでいるが、それでもほのかに甘い香りがする。

振り払うわけにもいかないが、さすがにこの体勢から服までは脱がせられないだろう。

「甘いね～。そのアラミダ布の服を用意したのが誰か忘れちまったのかい？」

ガーネットの手が俺のうなじ辺りに触れた。更に背中に手を突っ込むと、ビリッ！　と、何かを剝がすような音がする。

「な、な、なにをしたんだ？」

「この仕込み糸を抜くと服がはだける仕組みになってるのさ」

はらりはらりと、まるで指の隙間から砂が漏れ落ちるように、俺の服は型紙のようにほどけて落ちていった。あっという間に褌一丁だ。

「きゃああああああああああああああああああッ！」

「女の子みたいな悲鳴上げるなよぉ。興奮するじゃんか！」

楽しげにガーネットは俺の褌に手を掛ける。

「待って本当にそれだけは後生だから！」

「いいじゃん減るもんじゃなし？　つーか、街に来た時からその格好だったんだから、今さら恥ずかしがることないでしょ？」

「服を着るのが普通になったら、裸は恥ずかしいに決まってるだろ！」

「じゃあアタイも脱ぐからそれであいこってことで」

彼女は褌から手を離すと自分の上着に手を掛けた。

「あいこもなにもないから！」

ガーネットが脱ぎだすのを止めようと腕を伸ばすと——

「隙あり！」

俺が褌を押さえる手を離した瞬間に、巧みな手つきでガーネットは脱衣させた。

ぼろん……と俺の急所が空気に晒される。褌を手にしてガーネットはじっとそれを直視した。

「やばっ……子供の腕くらいあんじゃん」

「うわあああああああああああああああああああああ！」

慌てて手で覆い隠したものの、もう手遅れだ。

「お湯の中に逃げれば見えないかもねぇ？」

意地悪く笑う彼女から逃れるように、俺はブーツを脱ぎ捨て湯だまりの中へと飛び込む。

波としぶきをたてて湯船に逃げ込んだ。意外にも温泉は深く、座れば肩まで浸《つ》かれるほどだ。

そんな俺の目の前で、ガーネットは服を脱いでいく。ベストのような上着を脱ぎ、工具や道具の収まったベルトを外した。

「あ、アタイも見たんだから、ゼロも見ていいよ。っていうか、見ろ！」

命令かよ！　目をそらすのも失礼な気がして、もうヤケだ。おあいこだと心に言い聞かせた。

恥じらう素振りも見せず、堂々とシャツを脱ぎ下着をとると、普段から主張の激しい豊満な胸が、窮屈《きゅうくつ》なくびきから解き放たれたように、ぷるんと露わになった。

先端は薄桃色でツンと上向きだ。

肉付きはいいが引き締まった身体に、こちらの身体も反応してしまう。

くびれた腰の下にガーネットは指先を運んだ。ズボンのベルトをさっと外してゆっくり降ろす。

白い下着が褐色肌とコントラストを描き、むっちりとした太ももが露わになる。

こちらに背中を向けると、最後の一枚をゆっくりと惜しむようにおろしていった。

薄い褐色の尻はほんのり汗ばみ、すぐにもその肉を両手で摑んで揉みしだきたくなるような欲求にかられる。

ブーツを脱いで手にした下着をふぁさっと投げ捨てると、ガーネットはこちらに向き直った。

「こ、これでおあいこだから」

包み隠さず全てをさらけ出し、彼女は俺めがけて……いきなりダイブする。

バッシャーン！　と、湯船に二度目の水しぶきが上がった。

褐色の胸の谷間が俺の顔を挟み込むようにして、彼女と密着状態だ。

「うおわああああああああああああああ！　いきなり飛び込むやつがあるか！」

「アンタならちゃーんと受け止めてくれるだろ？」

正面から抱き合う格好だった。普通、ここまでしないよな。俺をどう思ってるんだろう。

からかってるのか？　だめだ、考えがまとまらない。

「ふぅぅやっぱ温泉はいいねぇ。てか、アタイのお尻になんか硬いのが当たってるんだけど。アンタの鬼棍棒マジやばくね？」

適度な弾力のある柔らかさが、俺のアレの先に触れる。こねくり回すように腰と尻を揺らして笑うガーネット。ちょっとずれたら大変なことになる。

「危ないから動くなっ！」

「スリル満点の人生なんて最高じゃないさ！」

このまま……欲望の赴くままに……いや、だめだ。

「んはぁ〜。気持ちいいねぇ。なんだかとろけちゃいそうだよ」

嬉しそうに彼女は目を細める。

小川沿いの木々から小鳥のさえずりが聞こえてきた。

温泉の湯は肌に柔らかく、疲れが溶けて身体の中から流れ出ていくようだ。

ぎゅうと彼女は俺の後頭部に手を回して身体を寄せる。

ちゃぷちゃぷと水面が音を立てて揺れた。

「このまま……しちゃおっか？」

「いいのか？」

「なんか最近アンタのことを見てるとさ……ムズムズしちゃうんだよ……今まで無かったんだ……こんな気持ち……」

そう言うと、ガーネットは一度俺の頭から手を離して、そっと額に唇を添える。

「だからさ……アタイの……初めての人になってよ」

湯船の下で、俺たちはお互いに指を交差して絡めるように手を握り合った。

12・大聖堂

火炎鉱山から戻ると、その日も必要な分だけ素材を残して換金し、岩窟亭でガーネットと酒盃を酌み交わした。今まで通り、何も変わらない。

ただ、これまで以上に彼女との距離は縮まった気がする。

風呂にはすでに入ったので、その日は明け方近くまで飲み明かした。

「う〜おんぶしてぇ」

「しょうがないな……ったく」

「にへへぇ。アンタやっぱりいい男だよ。アタイが見込んだだけのことはあるぅ」

店じまいで岩窟亭を追い出されると、ガーネットをおぶって家に戻った。

いつも通り彼女の家のリビングにあるソファーに横になろうとすると――

「もうあんなことしちゃったんだし、こっちで一緒に……ね？」

着替えたばかりの真新しい下着姿で彼女は言う。

普段の豪快さはなりを潜めてしおらしい。顔が赤いのは酒のせいばかりじゃなさそうだ。

改めて言われると、こっちもなんだか気恥ずかしくなる。

「ほ、ほらぁ……早く早くぅ」

「わ、わかった。あ、あのええと……お世話になります」

「お世話しっぱなしだから、今さら遠慮なんてしても手遅れだってば」

目を細める彼女に連れられて、同じベッドに枕を並べた。

元々大きめの寝台だったが、俺のせいでガーネットは窮屈そうだ。

「や、やっぱりソファーに戻ろうか？　狭いだろ？」

「ばーか。狭い方がいいじゃんか。アンタとくっつけるんだから。これからは夜も寒くないねぇ」

言うなり俺の腰の上に馬乗りになって、彼女は唇をそっと重ねてきた。

おやすみのキスにしては長くゆっくりと絡み合う感触だ。どうやらまだ、眠れなそうだな。


――翌朝。

彼女の寝室のベッドの上で、小鳥のさえずりと一階のキッチンから立ち上る朝食の匂いに釣られて目が覚めた。ナビがベッドの上に跳び乗って俺の顔をのぞき込む。

「おはようゼロ。昨晩は眠れたかい？」

「そういえばその……お、お前は見てたのか？」

「生殖行為をしても地下迷宮世界では子孫を残せないみたいだよ」

魔力灯を消した部屋は暗いのだが、それでもばっちりと見られていたらしい。

気まずさはあるものの、ナビの方はあまりそういったことを気にしない質《たち》みたいだ。

ありがたいと思っておくべきか。元々この導く者は、常識や一般的な感覚や感情的な部分において、ズレたところがある。

外見の愛くるしさから俺も問題には思わなかったが、少し……不気味だ。

そもそも俺はこいつに言われるまま、真理に通じる門を探しているんだが……。

いや、疑ってどうする。

ここまでたどり着けたのも、俺が強くなれるのもナビあってのことじゃないか。

ナビは無邪気に目をクリクリとさせながら「そろそろ朝食の支度が整うんじゃないかな？」と、俺に起床を促した。


朝食のテーブルをガーネットと囲む。昨日までとなんら変わらないはずなのに、妙に意識してしまった。

「つーかさ、アンタのサイズで慣らされたらヤバイね」

「朝からいきなりなんてこと言うんだ」

「え、えっとそっちはその……アタイは大満足っていうか……初めてだったんだけど……」

しどろもどろになってガーネットはうつむいてしまった。

「ほ、ほら一流なのは鍛冶職人なだけでね……自信はあるけど……ちゃんと出来てるかなぁって不安になっちゃってさ」

こっちだってそりゃあ……うん。恥ずかしそうな彼女をこのままにはできない。

「俺も……気持ち良かった」

途端にガーネットは笑顔になった。

「そっかよかったぁ。あたしってば完璧じゃん。器量よしだし鍛冶も家事もどっちも得意だし」

普段の自信たっぷりな彼女に戻って……いや、それ以上に自信をつけている気もするが、ともあれ一安心だ。正直に感想をのべて、こちらの尻もむずがゆいが我慢しよう。

ぐいっとテーブルの上に身を乗り出して、ガーネットは俺の顔をじっと見つめた。

「じゃあ教会行こっか！」

「教会って……お祈りでもするのか？」

「契約の儀式だっつーの！」

unknownだった俺に記憶はない。だが、そういったことは憶えている。

教会にはいくつか役割がある。この地下迷宮世界では子供を授かることはないらしいが……冠婚葬祭を取り仕切るのは、やはり教会なのだろう。

彼女の口からそういうことを言わせてしまったのが、男として恥ずかしい。

けど、こんな関係になったのだから、男として責任を果たさねばと思った。


最果ての街の中心にある大聖堂――教会の本部もかねた建物は、見上げると首が痛くなるくらい高い鐘楼を備えた、ひときわ巨大な建築物だ。

聖堂を中心としたエリアが教会の直轄地である。様々な種族が入り乱れてはいるのだが、エルフの姿は見られなかった。そのぶん、背中に羽を生やした天使族がよく目につく。

教会の関係者だろうか。白を基調としたゆったりとしたローブ姿の天使族が多い。

街に来てしばらく、天使族を見かけることはあったが、彼ら彼女らにはある特徴があった。

笑わないのだ。感情表現豊かなガーネットのそばにいるから余計に不自然に感じるが、天使族はほとんど感情を表に出さないらしい。かといって付き合い難いということもなく、彼らの店で買い物をしても普通に会話できるし、俺がオークだと偏見を持たれることもなかった。

「あっ！　天使族の女の子なんか見て……アンタだめだよ。感情を表さない天使族もアンタのアレを見たらきっと泣いちゃうから。鬼棍棒っていうか破壊神でしょ」

「よりもよって神聖な場所でそれはないだろ」

「あっはっは！　ともかくさっさと済ませちゃおっか？」

重大な事なのに、ずいぶんとあっさり言うんだなガーネットは。

俺の手は先ほどから緊張で汗ばみっぱなしだ。

その手をとってガーネットは聖堂に俺を引っ張り込んだ。

「めっちゃ濡れ濡れじゃん！　なんでアンタが緊張すんのさ？」

そう言うガーネットの手も、うっすらと汗を搔いていた。


大聖堂に踏み入る。天井は高くステンドグラスから射し込む光が神々しい。

聖堂の奥、入り口から見た正面に、教会の十字と円を組み合わせた十字架が飾られていた。

正面奥の天井付近にある巨大なステンドグラスは、何か物語の絵巻のようだった。

ガーネットが指さす。

「アンタ教会は初めてだっけ。そのステンドグラスで出来た絵は、光の神様が邪神と戦う絵なんだってさ。教義を絵にすりゃ文字が読めなくても神様のすごさが一発でわかるっしょ？」

白い影のような後光の射すシルエットが光の神だ。そのシルエットと水平に鏡映しになった紫色の影がある。紅《あか》い三つの目を持つ——それが邪神だとガーネットは教えてくれた。そして光の神と邪神の間に立つ人の影が、世界を救った勇者なのだとか。

「ちっちゃい頃からお父様に聞かされてきたんだよ。邪神を倒した勇者様のお話ってやつね」

光の神の威光を受けて戦う勇者の足下に、倒れ伏す邪神——ガーネットの説明を受けると、ステンドグラスの物語をより視覚的に感じることができた。

どこからかオルガンの伴奏が聞こえる。深呼吸を一つ。が、逆に緊張が増した。

何も考えないまま、こんな場所に来てしまった。

ガーネットはやっぱり……契約というからにはその、俺と……。

「な、なあガーネット……」

「んじゃあ行ってくんね。ちょっと待ってて」

え？　あれ？　俺はここでイインデスカ？　なにそういう方式なの？　知らないがドワーフ式がそうだっていうなら、待機するけど。困惑する俺を残し、赤い髪を振り乱して小走りで彼女は司祭の元に向かった。何やら祝福めいた魔法を受けると、すぐに戻ってくる。

「あ、あのガーネットさんや。いったい何をしてきたんです？」

「え？　光の神様と追加契約して白魔法を覚えてきたんだよ。遮炎防壁を凍気や吹雪も防げるようにしたのさ。氷炎防壁《サマルシド》ってやつ」

自慢げに胸を張り、そのたわわに実った果実を強調しながらガーネットは続ける。

「それから中級回復魔法も覚えたんで、ちょっとした致命傷ならなんとかなるね。あっ……残念だけど蘇生《そせい》魔法は無理なんで、死なないようにね。あれはほとんど天使族の専売特許だから」

致命傷はちょっとしないだろうに。しかし蘇生魔法……そんなものもあるのか。

魔法の知識がさっぱりな俺に、足下でナビが鳴いた。

「白魔法は教会に寄付することで強化できるんだ。信仰心が高ければ安く済むみたいだね」

慎《つつ》ましやかな聖女とは言いがたいガーネットが、いくら払ったかは想像もつかないが「久しぶりにお金使ったたって気がするわ」と、彼女はニッコリ笑ってみせた。

というかだな……何を勘違いしてたんだ俺は。てっきり俺が彼女と契りを交わすのかと思い込んでいた。黙り込む俺の顔を下からのぞき込んで、ガーネットが真顔で訊く。

「あ！　ついでに結婚でもしちゃう？」

「そういうのはついでですることじゃないだろ！」

「ってことは、アタイのこと真剣に考えてくれてるんじゃん。クソ真面目か！」

「わ、悪かったな」

ガーネットはそっと首を左右に振った。

「ううん……アンタのそういう不器用なとこが好きだよ」

無性に恥ずかしいです。マジで。

超一流の鍛冶職人の手に掛かれば、加工難易度がAランクの炎鉱石もお茶の子さいさいだ。

もちろん、不器用な俺は作業の手伝いが精一杯である。こうして俺の軽銀鋼の胸当ては、全身を覆うプレートアーマーに改められた。フルフェイスの兜もついた完全甲冑《フルプレート》だ。

無骨な外観だが、炎鉱石から製錬した火炎鋼《アグニウム》をふんだんに使った鎧である。

関節部分は軽銀鋼を糸状にして編んだメッシュ状の鎖帷子《くさりかたびら》が仕込まれており、重量こそあるが装着して動き難いということはほとんど無かった。

全裸とはいかないが、まるでつけていることを感じさせない。

これが街でも五指に入る鍛冶職人の本気の仕事ぶりってやつか。

「重いし暑いが今の俺なら充分に動けそうだ。恐れ入った。どうしてこんなにぴったりなんだ？」

温熱効果があるだけに、砂漠や火山に着込んではいけない装備だな。

「アンタの身体のカタチはばっちり覚えたからねぇ。アタイ自身の身体で！　あっはっは！」

一仕事終えてガーネットは陽気に笑った。更に腕に固定するタイプの大盾も作る。流星砕きを構えれば歩く要塞という雰囲気だ。オーク冥利に尽きる重装甲。ナビと二人、最果ての街を目指していた、ほとんど素っ裸《すっぱだか》なあの頃がもはや懐かしくすらある。

鎧の下に着込む服も、保温性の高い白雲羊の毛織物《けおりもの》を服職人に発注した。

それから雪山登山に必要な道具類と、それを入れるリュックサックも新しいモノを用意する。

新装備はしめて総額――一億メイズ。もし、材料を買って製作を外注したら、それくらいはする
……とは、ガーネットの見立てだ。

彼女自身もプレートメイルではないのだが、身体のラインが出るボディースーツのような装備である。腰のくびれも胸も肌は一切露出していないのに、くっきりと強調されたようで……正直、俺

には目の毒だ。

スーツそのものに火炎鋼を仕込み、防寒性能を上げつつ動きやすさを追求したのだとか。

「おんやぁ～。アンタこういうピッチリ系の服が好きなのかい？　変態だな。今度、ゼロにもピッチリスーツ作ってあげよっか？」

「いらないから！　っていうか着せる気か！」

「ペアルックだよ？　アタイとアンタの仲だしいいじゃん！」

冗談のつもりかと思ったんだが、ガーネットの目は爛々《らんらん》としていた。

本気っぽいな。彼女が実行に移す前に、大深雪山攻略を始めるとしよう。


俺たちは遡《さかのぼ》るように迷宮世界を地上に向けて進んだ。

世界樹上を通り火炎鉱山を迂回する。

死毒沼地では不死系の魔物が力量差も考えず、俺とガーネットに襲いかかってきた。

祭壇を守る巨人ドクロだが……正直敵じゃない。ワンパンKOだ。

道中、あれだけ苦戦し、戦い方を工夫して倒した骸骨戦士のアシュラボーンも、流星砕きの一振りで文字通り粉砕する。

その先の地底湖島にたどり着く。祭壇の守り手である巨大イカも楽勝だ。

島を繋ぐ橋を渡る。魔物たちは俺たちを避けるように逃げ惑った。

レベルアップして逆走するのは、ちょっと気分がいい。

いつしか地底湖島は夜を迎え、月明かりが照らす夜の水平線が、どこまでも広がった。階層ごとに時間がずれているので、死毒沼地が朝でも次の階層ですぐに夜がくるなんてのはザラである。

休憩がてら、祭壇と祭壇の中間地点の島で白い砂浜にガーネットと並んで座った。

ナビは波打ち際までトテトテ歩くと、寄せては返す波を前足で捕まえようとしていた。まるでじゃれついているみたいだ。

さざ波の音に癒やされながら、月明かりを降らせる天球を見上げてガーネットは呟く。

「麦酒飲みたいわぁ……さっきのイカ焼いたら美味そうじゃん。つまみにぴったりなのに素材になんないなんてついてないねぇ」

「情緒もなにもあったもんじゃないな」

「いいじゃん！　あーもぅ昼間ならちょっと泳いでいくのに」

ガーネットは砂浜にパタンと背中から倒れて大の字になった。

「これから雪山に行くんだから、余計な消耗はしない方がいいんじゃないか？」

「…………なあゼロ。アンタの夢はなんなんだ？」

「俺の夢？」

唐突に、じっと星の無い夜空を見上げたままガーネットは続けた。

「そうだよ。夢さ。今はこうしてアタイの夢のために、アンタは力を貸してくれてるだろ？　だったらアタイもアンタの夢を応援したいんだよ」

俺は小さく首を左右に振る。

「ガーネットからは充分にもらったさ。鍛冶の技術だってオークにしちゃなかなかだろ？」

「ドワーフ基準じゃめっちゃ下手くそだけどね！」

これには苦笑いだ。本当に正直だなガーネットは。

「武器も防具もこうして用意してもらった。稼ぎ方も教えてもらった。実際に俺が稼いだ分なんて、対価としては安過ぎるだろうけど。俺はほら……腕力くらいしか取り柄がないから、せめてそれでガーネットに恩返しさせて欲しいんだ」

「アタイが好きで勝手にしたことなんだから、別にいいのに」

ゆっくりと上体を起こして、身体についた砂を軽く叩きながら彼女は溜息を吐く。

髪の毛についた砂を俺はそっとはらった。優しく撫でるように。

こういった動作が苦手なごつい指先が、今は少しだけ恨めしい。

ガーネットは何か思いついたように、目を丸くさせて俺の顔を見上げる。

「……あっ！　簡単な事じゃんか。恩返しだのなんだのはアタイにゃどーでもいいんだ。アンタの夢を勝手に応援するよ。そうすりゃ……もう少しだけ一緒にいられるだろ」

そのまま肩を寄せると目を細めて、ガーネットは俺に体重を預けるようにした。

「最近、毎日が楽しいのさ。アンタみたいな男と出会えて幸せだよ。だからアンタにもアタイと同じような気持ちになって欲しいんだ。恩だのなんだの義務感とかじゃなくて、ただ一緒にいて気持ちいい関係ってやつさ」

気持ちが少し軽くなる。少なからずガーネットに義務感のようなものを抱いていた。

それを彼女は取っ払おうとしてくれているんだ。

「俺も……ガーネットのことは好きだ」

「なんだ……相思相愛ってやつじゃん。あっはっはっは。実はちょっと心配だったんだよね。順番が逆っていうかさ。身体の関係が先で気持ちが後になっちまったよ」

嬉しそうに笑うと彼女は俺の頬にそっと唇を当てる。

「お互い、いつ死ぬかも知れないけど……許す限りの時間、楽しもうぜ」

「ありがとう。ガーネットって優しいんだな」

「とーぜんじゃん！　イイ女だもん」

自信満々に胸を張ると、ぴったりと密着したボディースーツ越しに双丘がブルンと揺れた。

目の毒だ。オークは毒に耐性があるのに、彼女からにじみ出る魅力にはあらがえない。

「そ、そろそろ先に進むか」

立ち上がろうとして中腰で一旦動きが止まった俺に、ガーネットは「ちょっと股間の部分の採寸間違ったかもしんないねぇ」と、レギンスアーマーの股間部分をコツコツとノックした。

「戦闘中に興奮していきり立ってもいいように、出っ張ったデザインに改良しよっか？　股間に角とかヤバくない？　奥の手で魔物にズブリ！　ってのどう？」

「どう？　じゃないだろ！　恥ずかしいから止めてくれ！」

それなら褌と腰蓑《こしみの》だけの方がマシだっての。


第十五階層には相変わらず何も無い。

地面と壁と天井が白い継ぎ目の無い石のような素材で繋がっている。

祭壇から祭壇まで遮るものもなく、今回も素通りだ。

赤髪を左右にゆらしてガーネットはぐるりと見渡す。

「にしても変な場所だよねぇ。神様がここだけ世界を作り忘れちまったみたいでさ」

歩きながら首を傾げる彼女に「そうだな」と、俺も頷いて返した。

そもそも誰が何の目的でこの迷宮世界を作ったんだろうか。

「ガーネットは誰がこの地下迷宮世界を作ったと思う？」

「誰ってそんなの神様しか無理だし」

「じゃあ、なんで神様は外の世界とは別に、いくつもの環境を切り貼りして階層分けしたような、こんなヘンテコな世界を作ったんだろうな」

「それはえーと……わからん。つーか、わけわからんことで良いことは全部光の神様のおかげ。悪い事は邪神のせい。世の中全部それで廻《まわ》ってるんだからいいじゃん。妙な理屈こねくり回してると、そのうちエルフみたいに耳がとんがるよ？」

それもそうかも知れないが、この迷宮世界には奇妙な事や気になることも少なくない。

何より意味がわからないのは、俺自身の存在なんだが……。

思えば今日までに自分以外の unknown とは遭遇したことが無かった。

先へと進み巨石平原の十四階層側に通じる祭壇から出るなり、懐かしい魔物が襲ってきた。

純白の陶器のような巨大ビスクーラ——白亜の女神である。以前はその動きや魔法に翻弄され苦戦を強いられたが、チャージタックル一発で魔物は砕け散り赤い光に変換された。

ナビが光の粒子を額の宝石に収めて告げる。

「最果ての街まで到達した冒険者にとっては、祭壇を守る魔物はまったく障害にならないね」

それだけ自分が強くなったと実感できる。が、もちろん油断は禁物だ。巨石平原には物理攻撃が通じないエレメンタル系がうようよしている。巨石群を目印にルートを外れないよう進んだ。

この階層だけはと心配していたのだが、魔物の大半は俺たちに恐れを成して逃げて行き、無事——目的の大深雪山にたどり着いたのだった。


降り積もった純白が山肌を覆い隠し、天球から降り注ぐ陽光を反射して眩しかった。

目を細める俺の腕にしがみつくようにして、ガーネットがブルッと震える。

「あー。マジめっちゃ寒いんだけど」

「その新しい服は寒くないよう仕掛けがしてあるんだろ？」

「ん～まぁね。最上級の夢見羊の革と、関節のとこはラテクシアの樹液を固めた弾力素材で密着ピッチピチのムレムレだかんね。けどさ、ほっぺたとか寒いじゃん」

火炎鉱山で掘り出した炎鉱石から製錬した火炎鋼も仕込んであるため、吹雪の中でも体温を保てるとガーネットは自慢していたのだが……。

「つーか、アンタの鎧ってば暖かいねぇ」

大深雪山に入って本領発揮と言わんばかりに、俺の鎧も発熱を始めた。

昼の砂漠には着ていけないが雪山では心強い。俺にくっついて離れないガーネットに確認する。

「それで氷塊石はどの辺りで採掘できるんだ？」

「頂上付近だろうねぇ。標高が高いと空気も薄くなるし、ちょっとずつ身体を慣らしていった方がいいだろうね」

足下でナビが前足で顔を洗いながら付け加えた。

「オークの環境適応能力なら、高地への順応についてはそんなに気にする必要は無いだろうね。ただ、彼女は寒さにも弱いから、いきなり山頂を目指すのはオススメできないよ」

小さく頷いて返す。しばらくガーネットには過酷な環境が続きそうだ。

「そろそろ出発しようか？」

「つーか話変わるんだけど、こういう真っ白なとこでおしっこしたら楽しそうじゃない？」

「変わり過ぎだろまったく」

大深雪山には整備された山道に沿って、いくつか小屋が建っている。

冒険者たちによる開拓時代の名残りだ。

まだ明るいうちに、最初の目的地である五合目の山小屋を目指すことにした。

この合目というのは攻略難易度で、道の険しさだけでなく魔物の強さも意味する。

岩窟亭やギルドで聞いた話だと、五合目を境に雪山の魔物は豹変《ひょうへん》するらしい。

まるで猫のように目を細めて、ガーネットは微笑む。

「やっぱ帰る？」

「せっかく装備も整えて、ここまで来てそりゃないだろ」

「登るのしんどいなぁ。おんぶしてってよ！」

「テントだの食料だの諸々入ったリュックで背中側は埋まってるんだ」

「じゃあじゃあお姫様抱っこ！」

「坑道じゃあんなに元気なのに……っと」

俺は軽々とガーネットの身体を持ち上げて抱えた。

「う、うわっ！　ホントにやるとか思わなかったんだけど」

「自分で頼んでおいてなんて言い草だ」

「やったー！　楽ちんじゃん」

普通に喜んでるな。まったく。

「魔物に襲われるまでの間だけだぞ」

「このまま抱いて逃げてよゼロ！　どこか遠くの誰もアタイらの事を知らない街までさ」

「はいはい」

またいつもの冗談で俺を振り回そうとしやがって。

「ひっでーな！　軽く流すなんてさ。アタイは……う、ううんなんでもない！　ほら行け進め！

はいどーはいどー！」

馬扱いか！　彼女を抱きかかえたまま、俺は雪道を歩き始めた。

しばらくすると、俺の腕の中でガーネットはすやすやと寝息を立て出した。鎧の発熱がちょうど温熱効果になって心地よいのかも知れない。敵も襲ってこないし、しばらく休んでもらおう。

山道を行く。麓側ではなく、山頂に続く傾斜の深い道を選んで登った。時折、分かれ道があるとナビに確認する。

「鍛冶職人ギルドで得た情報だと、一旦下ってから登るルートが正解みたいだね」

「ありがとうなナビ。助かるよ」

魔物の襲撃があるまでとガーネットに断りを入れたのだが、どうやら強くなり過ぎたみたいで、魔物が一向に襲ってこない。

彼女を抱えたままの雪山登山になってしまった。空が茜色に染まる頃――

「ふあああああ！　よく寝たわぁ。っていうかもう夕方？」

「それがずっと魔物が襲ってこなくてな」

「あ、ごめん。なんかさ……いくらアンタが力持ちでも大変だったろ？」

「らしくないぞガーネット。それにお前一人抱えて歩くくらい、どうってことないって。このまま山頂までだって行ける気がするよ」

腕の中でガーネットが金色の瞳を輝かせる。

「つまりそれって、愛する人のためならなんのそのってことだよね？　ホント、アンタってばアレだな。ツンデレってやつだな」

真顔で言われて俺も焦る。フルフェイスのバケツみたいなヘルムのおかげで、表情を読まれないのが救いだった。


無事、本日の目的地となる五合目の山小屋に到着した。

この辺りまでは木々も生えているのだが、先に進むほど植物の背は低くなり、山頂付近はほぼ岩山だ。万年雪に閉ざされて白い吹雪が止《や》むことはないらしい。

小屋の近くで薪を拾う。生木も細い枝を選んで黒曜鋼の手斧で切って集めた。

すっかり辺りが暗くなると、気温はぐっと落ちこんだ。テーブルの上に魔力灯のランプを置き、小屋の暖炉に薪をくべて、妖精の種火で火を灯す。

パチパチと木々が小さく音を立てて炎が爆ぜた。種火は普通の炎よりも力強く燃え、暖炉の火の勢いが安定したところでそれを携帯コンロに移す。

ナビは暖炉の前で丸くなった。定位置と言わんばかりだ。手鍋に新雪を入れ、コンロに掛けて熱して湯を沸かす。寝袋の準備を終えて、ガーネットが不意にボディースーツを脱ぎ始めた。

「やっと部屋がぬくくなってきたねぇ」

「脱がない方が暖かいんじゃないか？」

「まあそうだけどさ。明日からテントだし、こうしてノビノビできるうちにしときたいじゃん。アンタも鎧着たままじゃ身体が休まんないでしょ？」

脱がないなら脱がせると、ガーネットの瞳が語っている。

「そんな目で見るなって」

重い鎧を脱ぎ捨てる。白雲羊の服は、モフッとしていて暖かい。肩の荷が下りたような安堵感とともに、空腹が襲ってきた。

「んじゃあ夕飯にしよっか？」

干し野菜と豆を湯で戻し、調味料を加えたスープをガーネットは手早く作る。

それにチーズとパンに肉の燻製《くんせい》というメニューだ。

食事の前にガーネットが小瓶を二つ、彼女のリュックから取り出した。

「教会で分けてもらった強化葡萄酒だよ。五年熟成の上物さ。麦酒と違って強いから、一気に飲むとバカになるんで気をつけな」

開栓して互いの瓶の口を軽くチンっと合わせると、一口舐《な》めて驚いた。

琥珀《こはく》色の酒は喉をカアッと熱くさせる。塩気の強い燻製肉やチーズとの相性がぴったりだ。

彼女の作ったスープと合わせて、身体が内側から温まる。ガーネットが上機嫌に笑った。

「麦酒もいいけど、こういうところで一杯やるのもけっこうオツじゃん。寒いのは苦手だけど、酒とつまみとアンタがいれば、案外雪山も楽しいわ」

食事で腹も満たされ、小瓶の酒もいつの間にか空になった。食べ終えると俺の隣に腰掛けて、こちらに頭を寄りかからせながら、ガーネットはじっと俺の顔を見つめる。

「なんかさ……ちょっと大きくなってない？」

股間の辺りに手を添えて、元も子もないことを言うなよ。

「き、気のせいだろ」

「さっきまでずっと寝てたから、今夜ぐっすり眠れるかわかんないんだよねぇ。寝る前に軽く運動をすれば、スッと寝入って明日への英気が養える……みたいな？」

繊細な指先がズボンの布越しに俺の大事な急所を撫で始める。

「運動って……」

酒が入ったガーネットは止まらない。

「本当に気のせいかどうか調べてあげるよ。代わりにアタイのもさ……調べてごらんよ」

胸を包む布地をそっとずらして、形の良い双丘をぶるんとさらけ出す。

彼女のピンク色の先端は張り詰めたようにツンとして、触れると痛々しいほど硬くなっていた。

「あんっ……ホント……ごつい指だねぇ……けど……好き……好き……大好き……」

熱い吐息まじりにうっとりとした表情を浮かべると、彼女はそっと俺に唇を重ねる。

ぎゅうっと首に腕を巻き付けるようにして、ガーネットは抱きつく。

赤い髪を不器用に撫でると、甘いワインとも彼女の匂いともつかない芳香に、一層酔いが廻る。

そのまま俺たちは朝を迎えるまで求め合い、お互いの身体を貪り合うように一つになった。


目を細めたくなるほどの日差しが降り注ぐ。天球は近づいているのに気温は氷点下だ。

七合目にもなると雪山は岩肌剝き出しで、白一色の道なき道を一歩一歩踏みしめて登った。

吐き出した息が白く凍り付いて顔面に貼り付くようだ。寒さに強いオークでも、火炎鋼の装備が無ければ凍え死んでいるだろう。隣でガーネットが俺の顔を指さした。

「なんか湯気なんて上げちゃって、火に掛けたやかんみたいでチョーウケるんだけど」

頰を赤らめて彼女は笑う。

時折、分厚い雲の冠をかぶった山頂から、獣の吠え声が山全体を大きく揺るがした。

山道の脇を雪崩が押し流す。運が悪ければアレに巻き込まれて一巻の終わりだ。

見上げてガーネットが背筋をブルッとさせた。

「つーかさ、あの声って超強い魔物だよね？」

「討伐隊が返り討ちに遭うっていうくらいだからな」

「今のゼロならワンパンＫＯできないかなぁ」

「目的はあくまで氷塊石だろ。無用な戦闘は避けていこう」

ここまで来ると魔物も強く戦闘は避けられない。山頂から氷鷲《こおりわし》が急降下してくることもしばしばだった。体長五メートルほどの巨大猛禽類は、氷結魔法――アイスボルトを乱射しながら攻撃してくる。

火炎鋼の盾でそれを防いだ。通常の防具なら凍り付いてしまうところだが、火山の魔力を蓄えた火炎鋼は、ツララのような氷の矢をものともしない。

遠距離攻撃が通じないとわかると、槍のようなクチバシと剃刀《かみそり》の如き切れ味の爪が俺を狙った。

こちらも敏捷性は限界値《カンスト》だ。流星砕きのフルスイングで迎撃すれば、氷鷲は赤い光の粒子となって砕け散った。

「ヒュ～～！　やるじゃんゼロ！　なんかさっきからアンタしか戦ってないし、そろそろ怪我《けが》してもいいんだよ？」

中級回復魔法を覚えたガーネットは、ウズウズして膝をすりあわせながら言う。

「氷塊石をもし見つけられても、俺じゃあ掘り出せないだろ？　力は温存してくれ」

そこはオークがいくら敏捷性を上げたところで、どうにもならない所だ。

まあ、集中すれば万に一つくらいは可能性があるかも知れないが、希少な鉱石を確実に手に入れるならガーネットの力が必要だ。

「わかってんじゃん！　やっぱアタイとアンタって最高のコンビかもね」

満足げな彼女を引き連れて、三時間ほど過酷な雪山の環境と格闘し、八合目にさしかかる手前でキャンプを張った。


濃霧のような雲の壁を抜けると、空が開けた。

数千メートル級の巨大な山をまるごと呑み込んだ地下迷宮世界の謎が、一層深まった気がする。

腕を伸ばせば天球に手が届く……とは言い過ぎだが、九合目に到着だ。

山頂が近づくと、雪は薄くなり青い氷河のように凍り付いた岩肌が目立つようになった。

呼吸を荒らげてガーネットが言う。

「おしっこ凍るくらい寒いなんてやっぱ無いわ山とかって。早く終わらせて帰って暖かいとこでいっぱいエッチしような！」

「誰もいないからってちょっと下品過ぎやしないか？」

「アタイは誰かがいても変わらないよ！」

「言われてみれば……そうだった」

納得する俺をガーネットは「だからもうちょいがんばろーね」と、励ましてくれた。

明るいうちに到達した山頂部は、火口のようにえぐれていた。カルデラというやつだ。

魔物の気配は消えて、カルデラの縁からクレーターのようにえぐれた底をじっと見つめる。最果ての街で一番大きな大聖堂がすっぽり収まるほどの窪みの中心に、体長二十メートルはあるだろう、純白の巨大な獣が丸くなっていた。声を殺してガーネットが言う。

「見るからにヤバい。つーかパナいねぇ」

俺の頭の上にぴょんと乗っかって、ナビがじっと巨獣を見据えた。

「あれは氷神ヴァナルガンドだね」

それ以上の詳細な情報は無しだ。

以前、ナビ自身が魔物を見分する力があると言っていたが、どうやら大深雪山の主の力を知ることはできないようだ。青い猫の声はガーネットに聞こえていない。俺はナビが落っこちない程度に小さく頷いた。確認するように二人に訊く。

「どうやら眠っているみたいだな」

「殺《や》っちまうか？　アンタのデカブツを一発ブチ込んでやれば、アヘ顔昇天間違い無しだろ？」

ぎゅっと拳を握り込んで赤毛が楽しげに揺れる。怖い物知らずですかガーネットさんや。

ナビは頭の上で「眠っているようだね」とだけ言う。

「止めておこう。戦って勝てたとしても、相当な消耗になる。下山できなくなる方が怖い」

ガーネットは頷いた。

「まあ、今回は見逃しておいてやるってことにしよっか」

相手が手練《てだ》れの冒険者を幾人も葬ってきた氷の死神だろうと、彼女の無礼っぷりは変わらない。

金色の瞳をこらして、ガーネットは窪地《くぼち》の斜面に横穴を見つけた。

「たぶん氷塊石はあの中だろうね」

「そう思う根拠は？」

「女の勘に加えて超一流の鍛冶職人の勘と名門ドワーフのお嬢様の勘が、背後霊みたくそう囁いているのさ」

自慢げに胸を張ると、ぴっちりスーツに包まれた胸がゆっさたゆんと揺れた。

「おっぱい好きだなゼロは」

「お、おう！　好きだ！」

「素直でよろしい！」

上機嫌なガーネットが先行して、カルデラの縁を伝うように半周すると、傾斜の緩い場所を見つけてゆっくりと、音を立てないよう気をつけながら、俺たちは窪地の横穴に滑り込んだ。


魔力灯で横穴の内部を照らす。そこは人の手が未《いま》だに入ったことがない、水晶の迷宮だった。

壁一面、結晶でびっしりと覆われている。超一流の鍛冶職人も興奮気味だ。

「うっひゃあ……こんなの見たことないよ」

「さっさと済ませて戻るとしよう」

俺にはどれが氷塊石かはさっぱり見当もつかないが、ガーネットは「ふえぇ……洞窟まるごとお宝じゃん」と、俺の言葉も話半分という感じで返した。足下でナビが鳴く。

「ボクも長居するのには賛成できないね」

早速ガーネットが採掘を始めた。

「氷塊石だけじゃなくてさ、もっと色々宝石類とかもあるんだけど……」

「ほどほどにしておいてくれよ」

「しゃーないなぁ……おっぱいが恋しいんだねぇ。今、軽く揉んで我慢しとく？」

「そういうことじゃないからッ！　魔物が寝ている隙にノートラブルで切り抜けたいんだ」

ここまで登山で消耗しているのは、俺よりも断然、寒さに弱いガーネットだ。一戦交える余裕は無い。へーいへいと、軽口を叩きながら、彼女は手早く氷塊石の採掘を進めるのだった。


横穴の洞窟――水晶洞から出ると、窪地の底に横臥《おうが》する巨大な獣に悟られないよう、俺たちはさっさと退散した。採掘した素材は全てガーネットが彼女のペンダントの紅玉に収めている。数百kg単位の大量の氷塊石を手に入れたのだ。外の世界なら孫の代まで遊んで暮らせる額らしい。

が、もちろん加工できなければ宝の持ち腐れである。

「アタイの手に掛かれば武器も防具も特級品に仕上がるからねぇ。まあ、外の世界じゃ氷室に使うのがいいだろうけど」

平和な世界では武器職人の仕事は無いのだと、ガーネットは苦笑いだ。

「ずいぶんたくさん採ったんだな？」

「本気を出せばこれくらい余裕っしょ」

山頂を下り始めたその時――

グルオオオオオオオオオオオオオオオオオオオオオオオオオオオッッッッッッ‼

天を震え上がらせ大地を揺さぶる吠え声が響き渡った。

「あちゃー。こりゃあ山の主《ぬし》が起きたっぽいね」

「いいから逃げるぞガーネット！」

一度ちらりと後ろを向いてナビが付いて来ているのを確認すると、俺はガーネットの身体を抱え上げて走り出す。先ほどまでの好天が嘘のように、ものの数秒で一気に吹雪《ふぶ》き始めた。

突風が吹き荒れて空気が文字通り凍り付く。

指先から血の気が失せて、呼吸さえもままならない。火炎鋼の鎧の発熱が追いつかない。

「氷炎防壁！」

俺にお姫様抱っこをされたまま、ガーネットが白魔法を発動させた。

彼女の魔法が光の衣のように全身を包む。寒さが和らいだ。指の関節が動くのを確認して、滑るように走る。厚い雲の層に覆われた八〜九合目を跳ぶように逃げた。敏捷性を限界まで高めたおかげで、重たい身体も機敏に動く。腕の中で魔法を維持したままガーネットが笑った。

「アンタならコロコロ転がってった方が早いかもね」

「やってみるか？」

「じょ、冗談だってば。まあ昔のアンタなら文字通り転げ落ちてただろうけどさ。こんな足場の悪い雪や氷の上を、岩壁カモシカみたいにヒョイヒョイ降りるんだからすっごいじゃん」

「登山はしんどいけど、下るだけなら楽でいいな」

俺たちの気配を探しながらだろうか、振り返っても巨大な影はまだ追いついてこない。

しばらく必死の逃走を続け、七合目のキャンプした辺りにさしかかったその時――

グルオオオオオオオオオオオオオオオオオオオオオオオオッッッッッ‼

再び天地が鳴動した。

遅れてドドドドドと地鳴りが響いたかと思うと、俺たちの背後に白い津波が押し寄せる。

逃げ場は無かった。

隠れられそうな岩場の陰も見つからず絶望しかない。腕の中で再びガーネットが笑う。

「まあ、こんな死に方もあるかもだけど……アンタと一緒なら寂しくないねぇ。いつか誰かに遺体を見つけてもらった時に、その先も一緒にいられるように抱き合ってよっか」

その顔に冗談っぽさは微塵《みじん》もなく真剣だ。少女の顔で、長いマツゲを震えさせていた。

俺の首にぎゅううっと腕を回してガーネットは抱きつく。

一瞬遅れて俺は……俺たちは白い闇に押しつぶされた。


ざしゅ……ざしゅ……と、どこからか重苦しい足音が聞こえる。

俺はまだ生きていた。雪を踏み固めるような、重量を感じさせる足運びの気配は頭上からだ。

追って来た氷神ヴァナルガンドの咆吼。それが起こした雪崩に巻き込まれ、雪の下に生き埋めにされたのは間違い無い。

腕の中でガーネットは気を失っていた。ナビも隙間に収まるように身を丸めて、俺の身体を笠代わりにしている。雪の下に埋まったおかげで、外気に晒されず鎧の発熱が空間を作ってくれたらしい。が、真上にヴァナルガンドが体重をかけようものなら、陥没してもおかしくはない。

祈るように息を殺す。

五分――十分と経って、ついに頭上方面から気配が消えた。ナビがスクッと立ち上がった。

「ようやく諦めたみたいだね」

安堵の息が自然と漏れる。

「一筋縄じゃいかないな。さすがに……」

各階層の主を相手にするには、相応の準備が必要だと改めて感じた。

それにしても、雪崩に巻き込まれる直前のガーネットの態度が少しだけ気がかりだ。

誰だって死ぬのは怖いはずだ。彼女はそれでも目一杯の虚勢を張っていたのかも知れない。

震える瞳は、じっと俺の顔を見据えて心細そうだった。

大深雪山を登る決意は命懸けのものだ。こうなることも、彼女は想定していたのだろう。

そんなことを考えながら、火炎鋼の盾で雪の壁を斜めに掘り進める。モグラのように地上に顔を出すと、すっかり周囲は暗くなっていた。眼下に木々の生い茂る森が見える。

どうやら雪崩に巻かれて、五合目近くまで滑り落ちてきたらしい。

ということは、ヴァナルガンドも場合によってはこの辺りまで降りてくる可能性もあるのか。手荒い見送りだったな。こうして生きているだけで儲《もう》けものだ。

登山中に奇襲を受けなかったのは幸運だった。

「おーいガーネットさんや。脅威は去ったぞ？」

俺の腕の中でぐったりとしたまま、彼女はピクリともしない。

「なあ、しっかりしろよ。おい……まさか……」

急激に高度が下がって彼女の体力を更に奪ったのか、抱きしめて守っていたつもりでも、まさか打ち所が悪くて……。呼吸はしている。体温は低い。クソッ！　こんな時に俺はなにも出来ない。回復魔法が使えれば……。

「すぐに休めるところに連れて行ってやるからな！」

先ほど死にかけた時よりも、心臓が早鐘を打った。

ナビが新雪の上に立って周囲を確認する。

「山小屋が近いね。案内しようか？」

頷くと、俺は青い小動物の後を追いかけようとして……立ち止まった。

ガーネットが……小さく口をすぼめるようにして、薄目を開けているのだ。

「あの……ガーネットさんや？　何をしてるんだ？」

「眠り姫を目覚めさせるのは王子様のキスって相場が決まってるのに、アンタってば全然してくれないから、こうしてわかりやすくおねだりしてあげてんだよ」

ひときわ大きな溜息が出る。こっちは本気で心配したんだ。なのに……なんてやつだまったく。

彼女を雪のベッドの上に寝かせて、両足を腋《わき》の下《した》に挟んで持ち上げつつ、ぐるぐる回した。

「わー！　なにこれチョーたのしー！」

俺にぐるぐる回されても、ガーネットは万歳して子供のようにキャッキャとはしゃぐ。

こっちはお仕置きのつもりだったのに、お前にどうやったら勝てるんだか全然わからん。

氷神撃破とはいかなかったが、山頂付近の魔物を撃退したこともあってレベルが上がった。

ダイスを振るのは久しぶりだ。回復魔法のため信仰心に割り振るか迷ったが、半端な投資で無駄にするのも怖い。結局魅力を上げると、新しいスキルを覚えた。

熱い抱擁——相手を抱きしめて身動きを封じる技で、魅力の高さに応じて抵抗されなくなるらしい。魔物に使うくらいなら、流星砕きで殴る方が早いな。

五合目付近の山小屋で一泊すると、翌朝、俺たちは無事下山した。

「なあゼロ。昨日の夜のあれさ……上からのしかかってギューってやるやつ……プレスされるみたいですっごく興奮するんだけど。なんかもう手も足も動かせなくなって、そのまま食われちまうみたいな感じがゾクゾクするっていうか。アタイってば、強い男に屈服したい願望があったのかも。新しい性癖に気づかせるとか、やっぱアンタってばオークだわ!」

「お、おう……」

覚えたての新スキルはガーネットに効果が抜群だったようだ。

名前：ゼロ　種族：オーク・ハイ＝スピード　レベル：85
力：A＋（99）　知性：G（0）　信仰心：G（0）
敏捷性：A＋（99）　魅力：B（82）　運：G（0）
余剰ステータスポイント：0　未使用ステータストーン：0
装備：流星砕き　レア度S　攻撃力221

黒曜鋼の手斧　レア度B　攻撃力87
火炎鋼完全甲冑一式　レア度A　防御力171　魔法も含む氷結属性攻撃を50％軽減　火炎属性の被ダメージが20％増加
大深雪山向けの上質な0服一式
スキル：ウォークライ　持続三十秒　再使用まで五分
力溜め　相手の行動が一度終わるまで力を溜める　持続十秒　再使用まで三十秒
ラッシュ　次の攻撃が連続攻撃になる　即時発動　再使用まで四十五秒
チャージタックル　攻撃対象を吹き飛ばす体当たり　即時発動　再使用まで三十秒　ラッシュとの併用不可
集中　一時的に集中力を上げて『行動の成功率』を高める　再使用まで五分
投げキッス　再使用まで0秒
熱い抱擁　相手を抱きしめて身動きを封じる　魅力の高さに応じて抵抗されなくなる
再使用まで三十秒
種族特典：雄々しきオークの超回復力　休憩中の回復力がアップし、通常の毒と麻痺を無効化。猛毒など治療が必要な状態異常も自然回復するようになる。ただし、そのたくましさが災いして、一部の種族の異性から激しく嫌悪される。
恋人：ガーネット
種火：妖精の種火

13．決戦準備

大深雪山での採掘を終えて、街に戻ってから一週間が過ぎた。

火炎鉱山の最奥に向かうための装備作りが始まり、俺はと言えばその間やることが無かった。

ガーネットが大枚叩《はた》いて集めた素材が高度過ぎて、手伝うどころか触らせてすらもらえない。

彼女が言うには、雪山での戦いや発掘の経験で、ガーネット自身もレベルアップできたという。

戦う以外にも経験を積む方法はあるようだ。

武器屋のカウンターにつき、留守番兼店番をする俺の足下でナビが目を細めた。ガーネットは今朝早くからエルフたちが集まる錬金術士街に、注文の品物を取りに行ったきりだ。

「最近のゼロは魅力に磨きが掛かっているね」

「覚えたスキルがアレだからな。最初からやり直せるなら信仰心に振り直したいくらいだ」

「そのためにはレベルを下げて経験を積み直さないといけないよ」

あくび混じりに前足で顔を洗うナビをじっと見つめて確認した。

「出来るのか？」

「さあ、ボクにはわからないけれど、方法はあるみたいだね」

ナビが小耳に挟むくらいには、街にそういう噂も流れているらしい。

「そろそろお昼だねゼロ？　お客さんは来ないみたいだよ」

カウンターを出て店の外の看板をクローズドにすると、施錠して一階のキッチンに向かう。

ガーネットが作っておいてくれたサンドイッチを食べた。

このまま休憩していてもよかったんだが……。

俺はナビを引き連れて工房に入る。炉に妖精の種火を灯してナビに訊いた。

「俺が海底鉱床で初めて手に入れた金鉱石なんだけど、出せるか？」

「おやすい御用さ」

ナビの額の紅玉が輝き、テーブルの上に金鉱石がごろんと転がった。

ガーネットほどではないけれど、今ではもう少しグレードの高いレアな鉱石も加工できるようになったのだ。いつか彼女が言った言葉を思い出す。

相手のことを考えて、気持ちのこもったプレゼントならなんでも嬉しい……と。

「何か作るのかい？」

「ああ。次の火炎鉱山がガーネットとの最後の冒険になるかも知れないしな」

毎晩指を絡め合い身を寄せ合って同じベッドで眠った経験が、こんなカタチで役に立つとは思わなかった。

金鉱石を炉で製錬し、純度の高い金にすると、以前に製錬した銀と銅を加えて合金にした。ガーネットから教わった装飾用の割合だ。

出来あがったイエロゴールドを、ガーネットの薬指のサイズに合わせてリングに加工した。

ゴツゴツとした指先が恨めしい。

彼女なら、細やかな彫金や宝石を埋め込んだりもできるだろうに。

俺に作れるのは素っ気ない金の輪くらいなものだ。

だからこそ、研磨に時間を掛けて地金の美しさを引き出すことに〝集中〟した。

スキルを使った甲斐《かい》もあり、手触りの良いシンプルな金の指輪の完成だ。

作業に熱中してしまい、午後の開店が少し遅れたが……今朝からずっと客は来ない。

店の前の看板にはこう書かれているからだ。

『閉店セールにつき新規依頼は受けられません』

店内在庫の汎用性の高い高性能な特価品は、セール初日に飛ぶように売れてしまい、店の中は買い手のつかなかったガーネットの創作珍兵器（チェーンに鎌がついていたり、矢を連続で飛ばすクロス・ボウだったり。ただし激重）が残るばかり。

空いたスペースには申し訳程度に、俺が作った鍬やら鋤《すき》といった農耕具が並んでいた。

ガーネットの腕前を見込んで求めに来る客がいないとなれば、午後の営業も閑古鳥の鳴き声しか聞こえなさそうだな。

店を畳むとガーネットは決めた。決意した。火炎鉱山の主と対決する覚悟だ。たった二人で。

そのための準備は着々と進んでいた。


営業終了まで客らしい客は現れず、再び看板をクローズドにするとガーネットが荷物を抱えて戻ってきた。

「いやぁマジでぼったくりだっつーの！」

ぼられたという割に、彼女は上機嫌だ。

「んじゃあ、加工は明日にして飲みに行こっか！」

俺は本日の売り上げについて報告する。客足の無いことに納得済みなくせに「商売の才能無いなぁゼロって」とガーネットは冗談めかした。

もし俺たちが街に戻らなければ、一週間で店は競売に掛けられることになっている。

短い間なのに、もうすっかり自分の家のように思っていたので寂しい気持ちはあるが、それも仕方の無いことだ。

錬金術士街で仕入れたアレやコレやを工房の金庫に押し込んで、今夜もガーネットと二人、夜の街に繰り出した。

岩窟亭ではいつものピッチャーを頼んで乾杯し、個別に注文しなくても「いつものやつ」の一言で、お気に入りのつまみがテーブルにずらっと並ぶ。

「んでさーエルフの連中ってば、マジでドワーフだからって足下見やがって……けど連中やっぱすごいわ。炎鉱石ってさ、アタイらが鎚で鍛えりゃ火炎鋼になるじゃん？　エルフにかかるとコレが獄炎粉塵《レッドパウダー》ってのになるわけ」

「なんだその粉は？　辛そうだな」

真っ赤な香辛料をたっぷりまぶしたスペアリブに食らいついて、ガーネットは続けた。

「辛いどころじゃないって。爆発すんだから。で、まあ危なっかしいんだけどさ、これはアタイの試練なんだから、ゼロと一緒に戦いたいんだよ」

「無理は禁物だぞ」

「二人しかいないんだから二人で成し遂げたいでしょー。だいじょーぶ。遠距離から攻撃できるように、アレコレ考えてあるんだよ。実家じゃ門外不出の工法とか駆使してねぇ」

目尻をトロンと下げて彼女は口元を緩ませる。

「もちろん火炎鉱山向けに、アンタの流星砕きも改良するよ。炎熱環境特化仕様ってやつね。投げナイフも氷塊石から削り出して錬金加工したやつを十本用意したから」

ちなみに、もしその投げナイフを店で売るなら一本三百万メイズは下らないのだとか。

予備の投擲武器だけで三千万メイズか。

更にガーネットは攻略のための装備について、そのこだわりや機能性を価格情報を交えて教えてくれた。俺に掛かった総額は三億メイズほどだ。しかも火炎鉱山専用の装備である。

ニカッと笑ってガーネットは締めくくった。

「まあ死んじまったら、いくらため込んでても仕方ないし、掛かった金額のほとんどはエルフに依頼した錬金加工賃みたいなもんだから、気負わず使い潰してくれよ。あっはっは」

俺の懐に隠した金の指輪は高めに見積もっても八万メイズが関の山だ。

価格じゃない。気持ちが大事だとはいえ、ガーネットに渡すのは気後れしちまうな。


翌日――全ての装備が揃って、工房にて二人と一匹でのお披露目会となった。

俺の武装は変わらず重装甲&重武装だ。

アラミダ布の服にも錬金加工が施され、より炎や熱に耐性が付与された。

火炎鋼完全甲冑は改められた。

氷塊石を加工した氷結晶《フラクリスタル》と、軽量高強度な聖白金とを組み合わせた全身鎧に変更だ。

兜もフルフェイスには違いないが、白金の地金に氷結晶の青が映える聖騎士のような出で立《いた》ちとなった。まあ……オークの俺に合わせて作られたものだけに、スマートさには欠けるのだが。

腕に装着するタイプの大盾も、氷結晶と聖白金の組み合わせによるものである。

ベルトにはガーネットが削り出し、錬金術士の技によって貫通力を増した氷結晶製の投げナイフ。そしてメイン武装となる流星砕きにも氷結属性が付与され、流氷砕きとなった。

一方ガーネットの装備は、ピッチリとしたボディースーツというのは変わらない。星屑砂漠の流砂川の底を泳ぐサハラマンタという、巨大エイの魔物の皮で作った、こちらも特注品だ。

青白い皮は熱と冷気のどちらも遮断するらしい。薄く滑らかな手触りで、まるで何も身につけていないような軽さながら、通気性も強度も一級品だそうな。

「下着つけてないからゼロには刺激が強いかもねぇ」

こちらにお尻を向けて突き出すようにすると、サハラマンタの白い皮が柔軟に伸びて、うっすらと彼女の薄褐色肌が浮かんだ。

本当に薄手なのだ。というか……もはや服と言っていいのかわからない。

そんなサハラマンタのボディースーツに、氷結晶と聖白金の軽鎧をガーネットは身につけた。武器も氷結晶加工を施した戦鎚だが、これはあくまで予備だという。

「じゃっじゃーん！　アタイの新しい得物はコイツさ」

手持ち式の石火矢だった。金属部分は聖白金製で、銃身を冷却するために氷結晶が巻かれた持ち手がついている。

銃床には世界樹上で採取できるという、世界樹の硬木がふんだんに使われていた。

「石火矢なんて一発撃ったら再装塡に時間が掛かるんじゃないか？」

「ふふっふ〜ん！　アタイの実家は勇者様御用達《ごようたし》なんだよ？　その技術をつぎ込んだコイツは連発式なのさ。錬金弾頭は高くついたけど、試射したらエルフの魔法使いが驚いてたよ。一発の威力が上級魔法レベルだってさ。まあ厳密に言えば魔法じゃないんで、弓矢みたくきっちり狙って当てる必要があるし、エレメンタルにも通じないとか言ってたけどねぇ」

魔法は標的に誘導するが、石火矢は弓矢のように狙うため使い手には技量が必要ってことか。

赤毛の鍛冶職人は指で金属の小さな筒をつまみ上げた。

筒の先端に、氷結晶の弾頭が装着されている。ガーネットが言うには、この筒の中に獄炎粉塵と発火用の石火が組み込まれているのだとか。

「で、キモになるのがこの薬莢《やっきょう》ってやつ？　獄炎粉塵の爆発力を利用して、氷結晶の弾頭を撃ち出すって寸法なわけ」

この薬莢が十発入ったケースを、石火矢に装着して使うと彼女は説明してくれた。

ドワーフの技術……恐るべし。ちなみに、弾丸一発で五百万メイズ。カートリッジ一つが五千万で、それをガーネットは八つほど作成したのだとか。

金の力に物を言わせるだけでなく、知識とコネクションと技術も総動員だ。

火炎鉱山の主との戦いの結末は、この時すでに決していたのかも知れない。

火炎鉱山の最下層──赤いマグマの泉の中央に島があった。

その中心に鎮座する巨大なドラゴン。隠れる場所は無く、まるで闘技場の剣闘士の気分にさせられる。観客はいないが焼け付くような熱気が溢れていた。

島に続く一本道にガーネットと二人、並び立つ。

「どうやらここが終着点らしいな」

俺の言葉にガーネットは息を呑んで頷いた。

「まいったね。震えてきたよ」

抱えるようにした連装式石火矢の引き金に、彼女は指を掛けた。

ここまで弾丸は温存している。俺も氷の投げナイフには手をつけていない。

火炎鉱山を根城にする魔物たちを流氷砕きでなぎ払い、やってきた。

正直、格上の魔物ばかりだった。それを蹴散らせるのは、ガーネットが作った特級品の装備のおかげである。

「行くか……ガーネット」

「本当にいいんだね？　アイツを倒しても、なんも手に入らないかも知れない……死ぬかもしんない。アンタが付き合う理由だって……」

肝心な時に気弱になるんだな。

「景気づけにキスしてくれよ」

「わ、わかった！　そーだよね。ここまで来たんだ。雪山でも一緒に死にかけたし……」

俺が膝を突いて屈《かが》むと、ガーネットはヘルムのフェイスガードを跳ね上げて、頭を抱くようにしながら唇を重ねた。普段は激しく貪るようなそれが、そっと触れるだけだ。

震えていた。そんな彼女の髪をそっと撫でると、かすかな震えが収まる。

「あ、あんがと。なんか……落ち着いたよ」

そっと離れて彼女は笑顔を見せる。立ち上がり、俺も右手に流氷砕きを構えた。

俺たちの背後からするりと抜け出すようにして、ナビが前に出る。

「あれは炎竜王アグニールだね」

名前だけで階層の主だというのが丸わかりだ。

かつて挑んだ冒険者たちが、たった一人の生き残りをのぞいて全滅させられた炎の化身は、全身を赤熱した鱗《うろこ》で覆っている。

背には巨大帆船の帆のような翼を広げ、深紅の瞳がギロリと俺とガーネットを見据えた。

ナビに視線で「下がっていろ」と合図すると、俺はフェイスガードを戻した。

その直後——

ゴアアアアアアアアアアアアアアアアアアアアアアアアアアアアッ！

牛を丸呑みできそうな顎《あぎと》を開き、咆吼とともに炎竜王は火炎の渦を俺たちめがけて吐き出した。

「氷炎防壁！」

ガーネットの白魔法が俺を包む。氷結晶を仕込んだ盾を前に構え、アグニールの燃えさかる息を防いだ。空気が焼き付くが、こちらの呼吸は乱れることなく火炎放射を受け止める。

鎧と魔法による防御のおかげだ。

波のように押し寄せる炎に、俺は盾を構えたままチャージタックルした。

まっすぐ続く炎竜王の玉座の間——中央の島へと駆け抜ける。

「付いて来いガーネット！」

「アンタの背中……マジでおっきいね」

竜の口から吐き出された炎熱が弱まっていった。

耐えきった俺を壁にして、ガーネットが背後から炎竜王の顔面めがけて石火矢を斉射する。

バスンッ！　バスンッ！　バスンッ！　バスンッ！

四連射は全弾命中し、赤熱する鱗に霜を降らせた。

グルアアアアアアアアアアアアアアアアアアアアアッ！

悶絶《もんぜつ》するように炎竜王が顎を天めがけて上げる。

のけぞった隙に距離を詰め、その身体を支える後ろ足めがけて、俺は流氷砕きを両手持ちすると超高速のラッシュを叩き込んだ。

ズドン！　ヅガン！

二重の衝撃が大地を揺らし、流氷砕きが炎竜王の鱗を剥ぎ取るように吹き飛ばす。

が、かすり傷ってところだろうな。

相手は見上げるほどの巨体だ。こんなデカブツとやり合えるなんて……。

俺は……幸せ者だ。普通なら五秒と持たず消し炭にされているだろう。

こんな過酷な環境でも、動けるし戦える。

「火力支援！　もっとぶちかましてやんな！」

ガーネットの魔法で更に力が漲《みなぎ》った。

炎竜王は身体を回転させて、尻尾で俺をなぎ払う。

鞭《むち》のようにしなる尻尾に、俺は抱きついた。弾き跳ばされて溶岩に落ちれば、いかに氷結晶の装備でもひとたまりも無い。

必死で摑む。タイミングを間違えれば吹き飛ばされる。

ここ一番にとっておきたかったが、俺は集中した。

スキルによって世界がスローモーションがかったように見える。相手の力を受け止め、しなやかに受け流すイメージをしながら、大木のような尻尾を両腕でガシッと捕まえる。

熱い抱擁だ。まさか魔物相手にこんな使い方になるとは思わなかったが、振りほどかれないようぎゅっと抱く。炎竜王アグニールは尻尾を地面に叩きつけた。

尻尾と大地に挟まれるようにして押しつぶされる。肺に衝撃が走り呼吸が止まった。

それでも力は抜けない。

「撃てガーネットおおおおおおおおおおおおおおおッ！」

「ゼロになにすんのさあああああああ！」

俺が声を上げると同時に、彼女も同調《シンクロ》したように引き金を引いた。

無数の氷結弾が炎竜王の顔面を捉える。弾着とともに解き放たれる氷結晶の絶対零度が、燃えさかる炎竜王の息《い》を凍てつかせた。

尻尾を振り回す勢いが無くなったところで、俺はようやく手を離して着地する。

再び流氷砕きを構えて、今度も脚を狙った。

ラッシュで再び脚を削る。地味だが動きを封じるのは俺の基本戦術だ。

その間にガーネットが石火矢の弾倉を付け替える。

氷結弾に冷凍にされた炎竜王の顔から、ボロボロと鱗が剝がれ落ちた。

フシュー！　フシュウウウウウウー！

その鼻息は荒く、体内から湧き上がる炎がヘビの舌のようにチロチロと混ざっていた。

竜の視線はじっとガーネットを見据える。やばいな。彼女の方が危険と思ったらしい。

「こっちを向きやがれ！」

ベルトに収めた氷結投げナイフをアグニールの顔に二発撃ち込む。

石火矢の弾丸ほどじゃないが、効果あり。

一発はドラゴンの頰の下辺りに突き刺さり、鱗を失った赤黒い表皮を凍り付かせた。

そしてもう一発は——巨大な瞳に命中したのだ。

ギュオワアアアアアアアアアアア！

悲鳴が地下空間を揺らし、周囲のマグマが更に沸騰したようにボコボコと煮え立つ。

氷結ナイフはドラゴンの瞳を凍り付かせた。ヤツの右半分の視力を奪ったようだ。

「ガーネット！　死角に回り込め！」

「ひゅー！　ナイフで目玉をくりぬくなんて容赦ないな！　ナイスだ！」

機敏な動作でガーネットが竜の目の届かぬ方へと回り込む。

ここまで完封だ。たとえどれだけ強力な魔物だろうと、それを倒すために準備し、資金をつぎ込み、鍛錬すれば戦える。勝利が見えてきたが、だからこそ油断せずに行こう。

「尻尾の範囲に近づき過ぎるなよ！」

「わーってるって！」

ガーネットの射撃は一貫してドラゴンの頭部狙いだった。

これにも理由がある。魔物とひとくくりにしているが、死霊やゴーレムでもない限り、ドラゴンといえども基本的には生物なのだ。

頭部は急所。それは俺たちもコイツも変わらない。

加えて、炎のブレスを封じる狙いもあった。

ダメージを効果的に与えながら、相手の強みを潰していく。

グルウアアアアアアアアアアアアアアアアアア‼

竜の絶叫に、何か得体の知れない威圧感を覚えた。俺はガーネットの元に駆ける。

「こっちは大丈夫だって〜！」

容赦なく竜の顔面に石火矢を撃ち込んでいたガーネットの手が止まった。

見ればドラゴンは己の翼で身体を――顔を守っている。まずいぞ、これは。

「俺の後ろに隠れろガーネット！」

盾を身構え俺が壁になった直後――

ドルウウアアアアアアアアアアアアアアアアアアアアアアアアアアアァッ‼

怒声とともに炎竜王は燃えさかる火炎の息を足下に向け、己が脚ごと地面を焼き払った。

足場の全てを燃やし尽くす炎の壁を、俺は盾で防いでガーネットの居場所を作る。

最初のブレスよりも強烈だ。鎧に仕込んだ氷結晶にヒビが入る。

暑い熱い……全てを灰燼《かいじん》に帰す灼熱だが、この炎の波から背を向け逃げることはできなかった。

すぐ後ろには、守らなければならない大切な人がいるのだから。

炎の嵐が過ぎ去るのを、俺はひたすら待った。待ち続けた。身体が焦げようがお構いなしだ。

ガーネットが魔法を唱える。

「遮炎防壁《アンチファイア》！」

氷炎防御じゃないのか？

上書きされた炎の防壁でも、身体の延焼は止まらない。

「きっと耐えられる。耐えてくれるって信じてる。だから……背中から撃ってごめんな」

背後で銃声が鳴り響き、俺の身体は凍結した。氷結弾の一発をガーネットは俺に放ったのだ。

だからか。氷炎防御では氷結弾の冷凍効果も半減してしまう。

今の俺には心地よい。オークは寒さに強いのだ。

全身からプスプスと黒煙を上げながらも……俺は生き残った。

すかさずガーネットが中級回復魔法で俺の身体を癒やし、再び火力支援をかけた。

凛《りん》とした声が響く。

「次の攻撃で全部出し切るよ！」

「おう……だからなんとしても、あいつの頭を下げさせてくれ」

片眼《かため》を失った炎竜王が、翼を広げて俺たちに向き直った。

その脚は俺の攻撃と、自身が放ったブレスのダメージで疲弊している。

俺たちの方へと向かう足取りも重く、よたよたとしていた。ガーネットが叫ぶ。

「アタイの全部をブチ込んでやるよ！」

彼女がこの地で培ってきた金と技術と成果が、石火矢の弾丸となって炎竜王に撃ち込まれた。

銃身の赤熱を抑え込む氷結晶がボロボロと崩れ去る。だが、銃声が止むことはない。

撃ちきって次の弾倉に取り替え、すぐに射撃を再開する。

炎竜王はその場に釘付けになった。

俺も走り込みながら、残りの投げナイフを全て炎竜王の顔に叩き込む。

出し惜しみは無しだ。これで決められなければそれまで。

覚悟とともに俺とガーネットの放った氷結の集中打は、ついに炎竜王アグニールを芯まで凍てつかせた。

その巨大な爬虫類の頭部が氷漬けになる。

透明な氷の棺《ひつぎ》に収まったかのようだ。巨体がぐらつき前のめりに倒れた瞬間、俺の中のスイッチがカチリと音を立てた。ここだ――と。この瞬間しかないと。

「うおおおおおおおおおおおおおおおおおおおおおおおおッ！」

獣のようなウォークライを上げて一気に肉薄すると、跳躍してドラゴンの鼻面の上に着地する。

力を溜めた。溜めに溜め、全身の筋力からありったけの膂力を振り絞った。

ドラゴンは凍てつき反撃してこない。

充分に力が溜まりきったその頂点で、俺はラッシュを炎竜王の額に撃ち込んだ。

ズガガガガッ！　ドガガガガガッ！

会心の手応えとともに、流氷砕きはドラゴンの頭部を粉砕した。

頭が粉微塵に砕け散ると、炎竜王の肉体から赤い光が洪水のように湧き上がった。

ああ……ああ……やった……やったんだ。砕いた頭部も赤い光に溶けて消える。

地に足をつき振り返ると、ガーネットが石火矢を放り投げて万歳していた。

「「ッッッッッッッシャアアアアアアアアアアアアアア！」」

二人一緒に声を上げる。

途中で石火矢の放熱が追いつかず、銃身を支えるガーネットの左手は真っ赤に焼けていた。だが、それがどうしたと言わんばかりだ。

拳を握って振り上げる。

炎竜王から溢れる赤い粒子は二つに分断され、凝縮してアイテム化した。

一つは小さな鍵となり、もう一つは虹色の炎を揺らす、見たことも無いほど美しい種火へと姿を変えた。どうやらガーネットの夢を叶えることができたみたいだな。

赤毛の鍛冶職人に投げキッスを放って告げる。

「俺たちの取り分は山分けだろ。レディーファーストだ。好きな方を選んでくれ」

彼女は顔を真っ赤にして笑顔で俺に言う。

「何かっこつけてんのさ……えっと……本当にかっこよかったけど……」

「途中で機転を利かせてくれたガーネットのおかげだ。それで、どっちにするんだ？」

鍵と種火。その鍵がなんなのかはわからないが、彼女に必要なのがどちらかなんて、本当は訊くまでもない。

「ありがと……ゼロ」

そっと七色の炎を揺らす種火を手にして、ガーネットは涙を一粒だけ落とした。

「マジであったんだなぁ……虹の種火。コイツがあれば神代鋼の装備が作れるよ」

「感動して泣いてるのかガーネット？」

「ち、ちがうって。ちょっと煤《すす》が目に入っただけだっての！」

更に炎竜王の肉体から吹き上がり続けた赤い光を、ナビが紅玉でかき集めた。

俺は残った鍵を拾い上げる。

素材はわからないが、炎竜王の吐く炎の如く、それは真っ赤な鍵だった。

〜〜最終ステータス〜〜
名前：ゼロ　種族：オーク・ヒーロー　レベル：99
力：A＋（99）　知性：G（0）　信仰心：E（39）
敏捷性：A＋（99）　魅力：A＋（99）　運：G（0）
余剰ステータスポイント：0　未使用ステータストーン：0
装備：流氷砕き　レア度S＋　攻撃力223　火炎属性の敵に50％の追加ダメージ
　黒曜鋼の手斧　レア度B　攻撃力87
　氷結晶の投げナイフ　レア度A　攻撃力107　火炎属性の敵に30％の追加ダメージ　敵を氷結させる効果あり
　氷結晶騎士甲冑一式　レア度S　防御力205　魔法も含む火炎属性攻撃を70％軽減　盾で守ることでAランク以下の炎熱攻撃を完全遮断

火炎鉱山向けの上質な服一式
スキル：ウォークライ　持続三十秒　再使用まで五分
力溜め　相手の行動が一度終わるまで力を溜める　持続十秒　再使用まで三十秒
ラッシュ　次の攻撃が連続攻撃になる　即時発動　再使用まで四十五秒
チャージタックル　攻撃対象を吹き飛ばす体当たり　即時発動　再使用まで三十秒　ラッシュとの併用不可
集中　一時的に集中力を上げて『行動の成功率』を高める　再使用まで五分
投げキッス　再使用まで0秒
熱い抱擁　相手を抱きしめて身動きを封じる　魅力の高さに応じて抵抗されなくなる
再使用まで三十秒
英雄の覇気　全ての種族から讃《たた》えられ、嫌悪していた種族にも受け入れられる
魔法：初級回復魔法　小さな傷を癒やし少しだけ体力を回復する
種族特典：雄々しきオークの超回復力　休憩中の回復力がアップし、通常の毒と麻痺を無効化。
猛毒など治療が必要な状態異常も自然回復するようになる。ただし、そのたくましさが災いして、一部の種族の異性から激しく嫌悪される。
恋人：ガーネット
種火：ヘパイオの種火

14. 分岐点

「この先に進めるみたいだね」

炎竜王を倒し、その財宝を手にしたところでナビが俺に告げる。

軽い地鳴りがしたかと思うと、島を囲む赤熱したマグマの水位が下がって、先へと通じる道が出来た。ガーネットがじっと道の先を見据える。

「うっわ……めっちゃお宝の匂いがプンプンじゃん」

軽い足取りで彼女はスタスタと道を歩き出した。

「おいおい、大丈夫なのか？」

「帰りに道がふさがるようなら、アタイはこの世界を作った底意地の悪い神様を恨むね」

俺の心配性を笑い飛ばして、彼女は引き潮ならぬ引きマグマで出来あがった道を渡りきり、対岸に到着するなり目を輝かせた。

「やっば……この壁やばいって。ほら早く来なよゼロ！　一生掛けても見られない光景だよ」

「あ、ああ。ったく……」

罠の可能性も捨てきれないが、ガーネットの笑顔に負けて俺も新たに生まれた道を進む。

その先で彼女の隣に並び立つと、そそり立つ壁を見上げた。

他の壁とは色味が違う。

ガーネットは愛おしげに壁に頬ずりした。

「んんん～～♪　間違い無いね。こりゃあ精製前の神代鋼だよ。アタイも精製済みのものしかしらないけど、わかるんだ。さしずめ神鉱石の大鉱脈ってとこだね」

俺には見えないものがガーネットには見えているみたいだ。

さすが超一流の鍛冶職人だな。

「とりあえず掘れるだけ掘ってみるから」

「何か手伝えることはないか？」

「ん～～無いね！　アンタが掘りだそうとしたら全部パーになるよ」

ハッキリ言ってくれるので逆にすがすがしい。

それからしばらく、熱気にあてられながらガーネットは採掘を続け、俺は出来あがった道が再びマグマの満潮で閉じてしまわないか、じっと監視を続けた。

一時間が経過して、ガーネットは胸のペンダントの紅玉に神鉱石を収めながら溜息を吐く。

「んはぁ～～さすがに無理かぁ」

「採り尽くしたのか？」

「その前に採掘道具がお釈迦になっちまったよ。今度はこの鉱石から神代鋼を製錬して、そいつで採掘しなくちゃ……って、思ったけど、まあ充分と言えば充分かも」

「どれくらい採掘したんだ？」

「さあねぇ。まあ、元々流通してない超希少な金属だし、値段もつけようがないんだけど……百億メイズくらいの価値はあるかも」

赤字覚悟のはずが収支は大幅に黒字のようだ。

「す、すごいな……なんだか途方も無い額だ」

「って思うじゃん？　けど神鉱石だけあっても価値はないのさ。こいつを鍛えるには、さっきのドラゴンを倒して手に入れた虹の種火が必要でね。だから鍛冶職人ギルドに持ち込んでも、神鉱石はそこらの石ころと大差ないんだよ」

「それは残念だな」

「心配ないって！　アタイが武器でも防具でも打てばいいんだ。そいつをため込んでそうな冒険者に、とびきり高く買ってもらうよ。なにせ勇者様が使ったのと同じ素材の武器なんだし」

「やっぱりその……こいつよりもすごいのか？　ちょっと寂しいな」

ガーネットが作ってくれた流氷砕きを手に俺は訊く。

「大事にしてくれんのは嬉しいけど、より良いものが出来たならアンタにはそいつを使って欲しい。装備が強ければさ……アンタだって死に難くなるだろ？　もう、アンタがいない世界なんてアタイにゃ考えられないよ」

ガーネットは俺のヘルムのフェイスガードを上げて、首に腕を巻き付けるように抱いた。

「だから、一番初めのお客さんはアンタだよゼロ……とびきり最強の武器と防具を作るからね」

「ガーネット……」

彼女の唇が近づく前に、俺の方から奪うようにキスをした。最初は驚いたように目を丸くしたガーネットも、すぐに身を委ねてしばらく俺たちは抱き合った。

火炎鉱山を出るとすぐには戻らず、ガーネットの作った温泉に向かった。

乳白色の湯は今日も適温を保っていて、さっぱりと汗を流して生き返った気分だ。

二人一緒に湯船の中で肩を寄せ合うと、自然と手と手の指が絡む。

「なんか外の方が興奮するんだよねぇ……ン……アッ……ンム」

求められると抵抗できないのが悔しいが、それくらいガーネットは魅力的だった。

それからしばらくして、無事、最果ての街にたどり着いた時には、夕闇が舞い降りていた。

帰りの道中で魔物に襲われることは無かったものの、色々と消耗したこともあり空腹も限界だ。

店に戻る前に、自然と足が岩窟亭に向いていた。

店の奥にいつものテーブルに二人でつく。

出会った頃が懐かしい。

今日も岩窟亭には、一仕事終えたドワーフたちが詰めかけて、ガヤガヤわっはっはと陽気で楽しげに飲み食いしていた。

「なにもなくたってドワーフは乾杯するけど、今日は文句無く祝杯だねぇ」

運ばれて来たのはキンキンに冷えた麦酒のピッチャーが二つ。チンっと縁と縁を合わせて鳴らすと、お互いぐいっと傾けた。

「ふぅ……美味いな。本当に」

喉を爽快な苦みが通り抜け、つい言葉が漏れる。

「ぷはー！　なんつーかさ、アンタにゃお礼の言葉もないよ。アタイ独りじゃ無理だった。今頃きっと、店を畳んで故郷の土を踏んでたよ」

「二人の勝利ってやつだな」

装備があっても使うヤツがいなけりゃ成り立たない。

武器が弱けりゃ話にならない。

そういう意味じゃ、俺とガーネットの相性はぴったりだ。

すると――

「おうガーネット！　今日はいつになく上機嫌じゃな」

たっぷりとヒゲを蓄えた小柄なドワーフの職人風が、俺たちのテーブルにジョッキ片手にやってきた。眼帯をしたそのドワーフにガーネットは笑う。

「やぁおやっさん。こっちは大戦果さ。あっ！　紹介するよ。このデカイのはゼロ。その……あ、アタイの大切な人……だ」

口ごもるガーネットに目を細め、ヒゲ眼帯のドワーフは「そんなの見てりゃわかるって。しょっちゅう連れ回されて大変だなぁ色男！」と、オークの俺の背中を景気良くパンパン平手で叩いた。

って、大切な人……か。恥ずかしさと嬉しさが両方こみ上げてくる。

おやっさんは自分の顔を指さした。

「で、オレはギルド長のゼムってもんだ。最近は色々物騒でなぁ。エルフばかり消える事件が起こってたんで……まあ、故郷に帰ったのかも知れんが。ともあれ鍛冶職人ギルドとしても、同胞が行方不明にならんよう、しばらく目を光らせてたんだわ。けど岩窟亭の酒と飯が恋しくなって、来てみりゃ本当に珍しいものが見られてラッキーだったぜ。なにせ、あのガーネットにアンタみたいな立派な筋肉ダルマのカレシが出来てんだからな！」

わっはっは！　と、ゼムと一緒にガーネットまで笑い出した。

筋肉ダルマはドワーフ流の褒め言葉なのだと思うことにしよう。

しかし、俺たちが迷宮を攻略している間に、街ではエルフの失踪事件が起きていたのか。

麦酒をあおる俺をよそに、ゼムはガーネットに訊いた。

「んで、カレシが出来ておめでとうってことでいいのかガーネット？」

「ん、い、いやぁそれもあるんだけどさ……明日、ちゃんと報告に行くつもりだったんだけど、こいつを見てくれ」

ガーネットはペンダントを取り出すなり、テーブルの上に火炎鉱山の最奥で掘り出した、神鉱石の欠片を出して置いた。

更に七色の炎を揺らす虹の種火も手元に浮かべる。

ゼムの目つきが変わった。先ほどまでの愉快で失礼でぶしつけなほどのフレンドリーさが、息を呑むくらいに真剣な眼差しだ。

「こいつは……そうか。やったんだなガーネット。これで故郷に錦を飾れるじゃねぇか。おめでとう。本当はオレの次のギルド長をしてもらいたいくらいだが、お前さんにゃ使命があるからな」

「ま、まだ早いっておやっさん。神代鋼を製錬して、そいつを武器に仕上げられるまでは、ここに残るつもりだからさ」

そうだった。ガーネットの夢は叶ったんだ。彼女は続ける。

「アタイだけの功績じゃあないんだよ。ゼロがいたから虹の種火も神鉱石もここにあるんだ」

ゼムは俺の手を両手でぐっと包むように握った。

「そうかそうか！　オークってやつは不器用で粗野で乱暴でどうしようもないやつも多いけど、アンタは別だ！　いや別格だ！　よくぞガーネットを守ってくれた！」

「別格だなんてそんな……俺は自分の出来ることをしただけだ」

「いやいや謙遜するなんてますますオークらしくもない。男なら堂々と胸を張ってくれ！　よし！　今夜はこの街の鍛冶職人にとって記念すべき夜だ！　聞けッ！　皆の衆！」

店中のざわめきがピタリと止んだ。さすがギルド長という感じだな。

ドワーフはもちろん、他の客や獣人族の従業員まで息を呑んで、俺とゼムを見つめる。

「今夜はこの御仁──最高の職人であるガーネットの想い人にして、火炎鉱山の奥地より虹の種火と神代鋼の原材料たる鉱石を持ち帰った、若き英雄に祝福と祝杯を掲げようではないか！」

席を蹴るようにしてドワーフたちが立つと、ジョッキを手にした。

ガーネットもピッチャー片手にそれに倣う。

「皆の者！　英雄であるゼロに乾杯ッ！」

「「「「「「「乾杯ッ!!」」」」」」」

ドッドッドッドッド！

店を揺るがすような揃った足踏みとともに、盃が掲げられる。

え、ええと……どう反応したらいいんだ。

困惑する俺のそばにやってきて、耳元でガーネットが囁いた。

「こういう時はお返しに、ドワーフのみんなが喜ぶことをしてやるのさ」

ああ、そういうことか。ドワーフが喜ぶことと言えば、今はこれしか思いつかない。

俺はゆっくり息を吐いてから、立ち上がり顔を上げて全員に告げた。

「ありがとう！　今夜は俺のおごりだ。好きなだけやってくれ！」

「「「「「「「「「「オオオオオオオオオオオオオオオオオオオオッ‼」」」」」」」」」」

再び岩窟亭が先ほど以上に大きく振動した。

ガーネットも目を細めてうんうんと、胸を揺らして頷く。

「わかってきたじゃんゼロ。もうアンタは半分ドワーフみたいなもんだよ」

もはや注文という概念はなくなった。

厨房は目が回るほどの忙しさで、次から次に料理を作っては足りていないテーブルに運んでいく。

なぜか俺も手伝って、酒のピッチャーを各テーブルに運ぶハメになった。

見てられないとガーネットも参戦する。

獣人族の給仕にまじって、主賓のはずの俺たちまでてんてこ舞いだ。

ドワーフたちは俺の肩や背中をバンバンと叩き、荒っぽく祝福する。

「なあニーちゃん！　ガーネットと結婚すんなら式にゃ呼んでくれよ！」

そんな話題まで上がりだしたが、ガーネットはかすかに頬を赤らめて「ば、ばーか！　お前みたいなデリカシー無いやつ呼ぶかよ！」と、笑顔で返した。

ドワーフたちの胃袋をなめていたと後悔したのは、深夜二時を回った頃の事だ。倉庫からかき集めた食材まで使い切り、岩窟亭はその日、開業以来最高の売り上げを記録した。

ガーネットの元でコツコツ貯めた俺の貯金は吹っ飛んだが、どいつもこいつも満足げな顔で帰っていくのが、なんだか嬉しかった。

もはや貯めて装備を買うというような使い道の無い金だ。いっそ、こんな使い方の方がすがすがしい。

ガーネットが街を去れば独りで生きていかなきゃならんのだが……幸い、鍛冶職人ギルドとの繋がりも強まったし、食って行く分の路銀稼ぎなら、今の実力《レベル》があればなんとかなるだろう。

酔い潰れたガーネットをおぶって帰る。

彼女は後ろから俺の首に両手をかけて、耳元で囁いた。

「幸せぇ……アタイはドワーフとしての全てを手に入れちまったよ。これ以上の事なんてもう、無いだろうねぇ」

俺の手の中には、先日作った金の指輪があった。

財布も空っぽになり、今や財産の全てだ。

俺は……その指輪を……。

——運命を選択してください——

指輪を、そっとガーネットの左手の薬指にはめた。

「あはっ……こっちからプロポーズしようかって思ってたのに、ちゃあんと用意してくれるなんてさ……ううっやばっ！　絶対振り向かないで！　こんな顔見せてアンタに嫌われたくないから！」

指輪を撫でるようにしながら彼女は俺に体重を預けたまま続ける。

「そっか……指輪が作れるようになったんだねぇ……これ、最初にアンタが掘り出した金鉱石だろ？　製錬して叩いて磨いて……良く出来てるじゃないか？」

「指導するやつが街一番の鍛冶職人だったからな」

「そーだね。これくらい出来て当然だね。ああ……けどさ……今まで見たどんな指輪よりも、キラキラしてるよ」

彼女を離したくない。彼女と別れたくない。

俺はなんでこの世界に生まれたのかわからない。

もしかしたら彼女のために生まれてきたのかも知れない。

ガーネットと出会い、その夢を叶えるために。

俺の背中でガーネットはそっと呟く。

「な、なあゼロ……あのさ……前に話したよね。アタイの故郷にこないかって……ここじゃあさ……子供とか……生まれないじゃん」

「お、おう……」

「アンタの子を産みたい。それでずっとずっと一緒にいて、子供を育ててさ……オークの子種は強いんだろ？　種族の違いがなんだってのさ。それに、アンタの英雄譚《たん》を聞かせりゃ故郷でもきっと人気者さ」

俺は足を止めた。目の前に青い小動物が回り込んで、じっと俺を見据える。

ナビが言うには、俺は外の世界に出られないらしい。

だけど……それは本当なんだろうか？

青い毛を逆立ててナビは鳴いた。

「ねえゼロ。この世界を離れるなんて、まさかそんなことはしないよね？」

そういえばしばらく、しゃがんでこいつの頭を撫でていなかった。

最初に救ってくれたのはナビだ。けど……。

俺は首を小さく左右に振った。それに気づいてガーネットが訊く。

「どうしたんだいゼロ？」

「いや、なんでもない。俺も行くよ……お前と一緒に」

「そっか……うん。嬉しい。あのさ……これからもずっとずっと、よろしくな」

ナビの耳と尻尾がぺたんとうなだれた。

「止めてよゼロお願いだから考え直して。ボクにはキミしかいないんだ……お願いだよ……お願いだよ……」

歩き出す俺の後ろから呼び止める声に、振り返ることができなかった。

翌日――
炎竜王征伐の噂は最果ての街を駆け巡り、俺とガーネットは一躍時の人となった。

岩窟亭で俺の財布を飲み干したドワーフたちが、あっという間に情報を拡散したらしい。

噂には尾ひれがついてすっかり英雄譚だ。

鍛冶職人ギルドに報告がてら、街を歩いているだけでも、いつの間にやら人だかりが出来てしまう。

オークを怖がるエルフの女の子にまで、握手を求められるほどの人気振りだった。

「ちょっとアタイの旦那を誘惑しようなんて良い度胸だね胸平らエルフども！」

そんな追い払い方をしなくてもいいだろうにガーネット。

「まったく、アンタってばいい男なんだから、サキュバスとかに誘惑されたら、しょ、しょうちしないからね」

腕に巻き付くようにぎゅうっと抱きついて、ガーネットは口を尖らせた。


そして――

ガーネットは最果ての街の店を手放し、極力荷物を減らして帰郷を決めた。

俺も一緒だ。懐かしい第十階層、蒼穹の森を抜けると洞穴の前にやってきた。

「ん？　なにじっと穴なんかのぞき込んでるんだい？」

「いや……別になんでもないんだ」

unknownだった俺がナビと出会った場所だ。

立ち止まった俺の後ろに、ずっと気配は付いて来ている。ガーネットが言った。

「第九階層に続く祭壇はこの先だよ」

「あ、ああ。先に行っててくれ。すぐに追いつくから」

「変なこと言うねぇ。ま、アンタがそう言うなら待ってるから」

赤毛の鍛冶職人はあくび混じりに次の階層に続く祭壇に向かった。

ゆっくり振り返ると、ナビがちょこんと座って俺の顔を見上げる。

「ねえゼロ。本当に出て行くの？　ボクを残して……そうしたらボクはもう……」

「なあナビ。どうしてそんなに不安そうなんだ？　お前が言うには、俺は外の世界に出られないんだろう？」

ずっと気になっていたことだ。

本当に俺が出られないのなら、ここまでナビが引き留めようとするのはおかしい。

「俺に嘘を吐いたのか？」

「………………」

ナビは黙り込む。伏し目がちに小さな口が震えた声で告げた。

「キミを止めるには他に方法が無かったんだ。今のキミをボクは止めることができない。どうしてこんなことになったのか、ボクにもわからないよ。キミがいないとボクはダメなんだ。ねえゼロ。考え直して。一緒に真理に通じる門を探してよ。きっとこの鍵は門に繋がるなにかなんだ。騙したことは謝るから……だから……お願いだよゼロ」

ナビの額から赤い光が漏れる。それは炎竜王アグニールを倒した時に、虹の種火と一緒に落とした赤い鍵だ。

「なあナビ。お前もこのまま一緒にガーネットの故郷にこないか？」

「この先の祭壇にボクは乗ることができないんだ。ねえゼロ。キミはボクをおいて行ってしまうのかい？」

遠くから「おーい！　まだかー！」とガーネットの呼ぶ声が響いた。

その手の指に金の指輪がキラキラと光る。俺はゆっくり頷いた。

「ごめん……」

他に言葉が浮かばない。身勝手だろう。だが、俺には外の世界に帰る場所が出来てしまった。

歩き出すと子供が泣くような声が響き渡った。

声は、悲鳴は、絶叫は……きっと俺以外の誰にも届かない。

「ゼロ！　待ってよゼロ！　行かないで！　ボクを独りにしないでよ！　ゼロ……ゼロぉ……ぜろおおおおおおおおおおおおおおおおおおおおおお！」

胸が重い。本当にこれでよかったのか？

だが、前を向けばそこにも俺を待ち、俺を必要としている彼女がいる。

どこにあるかもわからない門を、何のために探すのかもわからないそれを……見つけることにどんな意味があるっていうんだ？

「遅かったじゃん」

「いや、ちょっとな」

「なんか寂しそうだけど、だいじょーぶか？」

「心配してくれてありがとな。俺は……大丈夫だ」

「うん、そっか！　なら良し！　じゃあ行こっか？」

ガーネットの差し出した手を握り返して、俺は祭壇に足を踏み入れた。

光が身体を包み込み、視界が白く染まって次に目を開くと、もう俺を呼ぶ泣き声は聞こえず、俺の胸には金の鎖で繋がった、紅玉のペンダントが下がっていた。

まるでナビという存在なんて、最初からいなかったかのように。


ガーネットの言葉は全て本当で、彼女の故郷には宮殿のような屋敷があり、メイドや執事が居並んで彼女と俺を迎え入れた。

外の世界でも最大級の工業都市国家。その中心となる名門名家。それがオルタニア家だ。

とはいえ、ガーネットが突然お嬢様らしく、おしとやかに豹変してしまうことは無かった。

彼女はずっと彼女らしく、俺をオルタニア家に迎え入れるため父親を説得した。

まあ……似たもの親子というべきか、オルタニア家の当主であるガーネットの父親とも酒で勝負し、飲み勝った途端、すっかり気に入られたのである。

こうして俺はガーネットの家に厄介になった。

外の世界の魔物は地下迷宮世界とは比較にならないほど弱く、脅威も強敵も存在しない。

だから神代鋼の装備なんてものは、もはや伝統として作られるのみなのだ。

ここは勇者によって救われた平和な世界だった。

ガーネットは無事、神代鋼の剣を叩き上げた。使命を全うしてから、彼女は俺のためにも神代鋼で武器を打つ。

白色に煌めく巨大な戦鎚だ。勇者の聖剣と同格の、彼女が夢に描いた武器だった。

俺はと言えば、戦いの無い世界で少しでも役に立とうと、あれこれガーネットに教わった。

そのうち子供を授かり、オルタニア家に婿入りすることとなった。

挙式は盛大なもので、国内だけでなく、各種族がとりまとめる諸外国からも祝福された。


そうして――三年の月日が流れた。屋敷のバルコニーで俺は幼い娘を肩車する。

「ぱぱぁ！　あれなぁに」

母親似の娘がそっと空の向こうを指さした。

空は青く雲一つなかったのだが……。日差しが降り注ぐ朝なのに、太陽が昇った東の空が黒く塗りつぶされている。

「なんだろうな。いったい」

たしかあの方角には、地下迷宮世界の入り口があるんだが……。

「どうしたんだい朝っぱらから？」

薄いネグリジェ姿であくび混じりにガーネットが俺の隣に並ぶ。

「見てくれ。空が黒いんだ」

まるで溢《こぼ》したシミのように青空は闇に覆われていった。

ガーネットの左手が俺の右手をそっと握る。薬指には金の指輪が静かに光を湛えている。

嫌な予感がした。何か禍々《まがまが》しいものが吹き出したような感覚だ。

背筋に汗が浮かんだ。闇は急速に広がり世界を覆い尽くす。
大地は灰色に枯れ果て、命あるものが次々と……消えていった。
俺は咄嗟《とっさ》に娘を降ろすと、ガーネットともども身を寄せ抱きしめる。
次の瞬間――
世界の全てが闇に呑み込まれた。

――トライ・リ・トライ――

15. 別の未来へ

目を開くとそこはジメッとした洞窟の中だった。
何が起こったのかすぐに理解する。三年前にもこれと同じことがあった。
俺は死んだんだ。
そしてまた、この地下迷宮世界の第十階層にいる。
外の世界に出てからの三年間。幸せな時間は……幻だったんだろうか？
まだこの腕の中には、愛娘《まなむすめ》とガーネットの感触が残っている。
じっと見ると、俺の手は崩れた透明なゼリーになっていた。
腕も足も顔も区分の無い俺は、そっと視線を上げる。
洞窟の出口から光が射し込んだ。
そこに小動物がちょこんと座る。
俺が目覚めたのを確認して、小さな四肢をせかせかと動かして、そいつはやってきた。
「やあ、目を覚ましたようだね」
開口一番そう告げて青い猫――ナビは目を細めた。

積み重ねてきたものを全て失って、最初はひどく落胆した。

「どうしたんだいゼロ？　元気が無いように見えるね」

オークに戻った俺を気遣うようにナビが訊く。

「…………」

返す言葉が無かった。ナビは俺がいなくなった事も覚えていない。いや、知らないようだ。

俺はガーネットとともに、彼女の故郷に帰ってはいけなかったのかも知れない。

今も心に穴が空いて、言葉もまともに出ないんだが……。

地下迷宮世界について一つだけわかったことがあった。

このまま誰も何もしなければ、三年後に外の世界が滅ぶ。

恐らくその震源地は、ここなのだ。

真理に通じる門を探し出すことが、あの破壊を止める手立てになるかはわからない。

森の中で足を止めると、俺は膝を突いて視線を下げた。ナビの頭をそっと撫でる。

「ごめんな……」

「ああ、なんだかとても気持ちいいよ。触れられると嬉しくなるんだ。どうして謝るのさ？」

「ごめん……ごめんな……」

しばらくその場でうずくまるようにして、俺は動くことができなかった。

目から涙がボロボロおちる。

ナビはただ、そんな俺を首を傾げて見つめるばかりだった。

全ての涙を絞り尽くして俺は立ち上がった。

迷っている場合じゃない。外の世界があぁなってしまうなら、地下迷宮世界だって同じことが起こるに違いない。

その危機に気づいているのは、世界でただ独り——未来《トライ》を垣間見《かいまみ》てきた俺だけなんだ。

立ち上がると決意が湧いた。迷っている時間はない。三度目の挑戦《リトライ》だ。


最果ての街に到達したのは十二日目の事だった。

といっても、階層ごとに昼夜のズレはあるのでおおよその日数だが、ともあれ最短記録には違いない。

勝手知ったる最果ての街の目抜き通りで、俺は三度《みたび》その光景に遭遇した。

白いローブ姿のエルフの少女が、腕に本を抱えて人混みの中をこちらに向かって歩いてくる。

そこに……赤毛の鍛冶職人がフラリと現れた。

エルフの少女が近づいているのに気づいていない。

彼女は歩きながら、立ち並ぶ露店を見つめていた。

本を抱えたエルフの少女と鍛冶職人がぶつかり、その腕から本がばらまかれる……その前に俺は名前を呼んでいた。

「ガーネット……ガーネットなんだよな！」

立ち止まると赤毛のドワーフはこちらに向き直った。

その薄い褐色の肌も、金色の瞳も何も変わらない。

「ん？　アタイに声を掛けるなんて珍しいオークがいたもんだね？」

「お、おう。その……なんというかだな……」

やばい。出し尽くしたはずの涙がまた溢れそうになった。

生きている。彼女はまだ生きているんだ。

「ん？　なになに？　つーか褌一丁なんて、アンタあれだな。新人だろ！」

「今朝ついたばっかりだ。それでその……この街一番の鍛冶職人に、最高の武器を作ってもらおうと思ってな」

ガーネットは目を丸くした。

「おおぉ……すげぇ。アタイってば街に着いたばかりの新米冒険者にまで、名前が知れ渡ってたんだ。ちょっと気分いいかも。けどさ、超一流の武器職人に依頼する以上、それなりの覚悟はしてもらうよ？」

彼女は人差し指と親指で輪を作るようにする。お金は大丈夫か？　というジェスチャーだ。

ゆっくりと頷いた。そんな俺に足下でナビが言う。

「すごいやゼロ。初対面なのに、まるで相手のことを知り尽くしているみたいな交渉術だね」

どう言えばガーネットが喜ぶのか、どうすればガーネットが悦《よろこ》ぶのか。

彼女の嬉しいも楽しいも、一緒に経験してきたから身に染みついている。

好きな食べ物も飲み物も、もし子供が生まれて女の子だったらつける名前だって……。

今にもこぼれ落ちそうな大ぶりな胸をブルンと震えさせて、ガーネットは言う。

「よーし！　んじゃ行こっか！　まずは集めた素材の換金だな」

彼女の隣を歩いて、俺は迷うことなく、この街で暮らした時に何度も通った鍛冶職人ギルド方面に赴いた。


ギルドに到着する前に、まずは適当なエルフの露店でキノコを売却した。死毒沼地産の毒キノコだが、こういったものが錬金素材になる。

オークということで買いたたかれたかも知れないが、八千メイズになった。

「流石に裸の男が隣にいたらガーネッ……あんたも気まずいだろ？」

「好きなように呼びなって。つーか恥ずかしい格好してるって自覚あったんだねぇ」

「この金で服を買おうと思う」

「だから露店でキノコを売ったってわけかい。わかってるじゃん。エルフの連中の好みってのが」

「エルフは黒魔法や錬金術に長《た》けてるって話だからな」

売った金でひとまず麻の衣類とサンダルを買った。これでようやく恥ずかしくない格好だ。

そのままガーネットと共に鍛冶職人ギルドに向かう。

建物内の買い取りカウンターに諸々申請した。

高めに買い取ってもらえる素材には傾向があった。鉱物資源系はドワーフたちが海底鉱床でかき集めるので、良い値段がつかないのだ。

そこで街に着くまでの戦いでは動物系の魔物を狙い、鉱床では手に入らない魔物の骨や角に皮などの素材を集めておいた。

しめて二百二万四千七百メイズ。前回より八十万メイズほど多い。

カウンターで金を受け取ると、隣で赤毛が揺れた。

「集める素材を絞り込んでた感じだけど、偶然かい？」

ガーネットは先ほどから、親切にアレコレ教えてくれる……のだが、時々俺の方が先回りしてしまうこともあった。

「色々と教えてくれてありがとうなガーネット。お礼に食事をごちそうしたいんだけど……」

「それならアタイの行きつけの店があるんだ！　きっと気に入るよ！」

岩窟亭だろうな。うっかり彼女よりも先に、注文しないように気をつけよう。

なんだか騙しているみたいで少し気が引ける。

出会ったあの日と同じガーネットにホッとしたのもつかの間、寂しさを覚えた。

ギルドを出ると、自然と足が岩窟亭のある方に向く。

「あっ！　ちょっと……なんでアタイがこっちに行くって知ってるわけ？」

「え、ええとだな。偶然だ」

下からのぞき込むように、金色の瞳がじっと俺の顔を見据えた。

「アンタ本当に初めてこの街に来たのかい？」

「昔から勘が良くってな」

「ん～～。なんか不思議な感じがするよ。初めて会ったんだよねアタイらって」

素直に首を縦に振ることができなかった。

「外の世界のどこかですれちがったことくらいは、あるかも知れないな」

「そうだねぇ。ま、いっか」

彼女はそっと手を差し出した。

「迷子にならないように手を握ってやるよ」

「子供扱いするなよ」

「冒険者としてはアタイが先輩なんだし、後輩はだまって従いな！」

彼女の手の体温に懐かしさを感じる。

歩き出してすぐに立ち止まると、ガーネットは俺の顔を見上げた。

「そーいえばさ、世界を救ったっていう勇者様も……まるで最初からなんでも知ってるみたいだったんだって」

「そ、そうなのか。そいつは初耳だな」

「なーんだ。アンタやっぱりオークだね。アタイなんて子供の頃から、ずっと勇者様のお話を聞かされてきたんだ。情操教育？　ってやつだね。神様への信仰心を育てるのさ」

「信仰心か……」

ステータスの割り振りは今まで通り、力を最初に上げて敏捷性につぎ込むのは変わらない。

魅力ではなく信仰心を上げることで、俺自身も白魔法を扱えるようになるんだが……。

「ま、信心深いオークなんて逆に珍しいっつーかキモイか。あっはっはっは」

今回も最後は魅力に割り振ろう。

魅力を残したのはガーネットの身体が忘れられないという正直な気持ちもあるが、大きな変化を起こせば今までの経験が活かせない『別の未来』になりかねないと危惧したからだ。


炎竜王征伐まであっという間だった。

ガーネットと繋がり深い仲になったのも同じだ。繰り返すことに罪悪感やむなしさを感じる。

それでも、彼女ともう一度やり直すことができた。

火炎鉱山の地下深く――マグマの湖に浮かぶ島の中心で、再び炎竜王を倒して虹の種火と赤い鍵を手に入れた。

マグマが引き潮のように水位を下げて、浮かび上がった新しい道を俺は進む。

「あっ！　ちょっと待ってってばゼロ！　アンタ不用心だね」

「大丈夫だ。たぶんこの先に炎竜王アグニールの守る宝がある」

彼女を引き連れ神鉱石の壁までやってきた。

最高の採掘場と対面して、ガーネットが瞳を潤ませる。

彼女の夢が叶った瞬間に再びこうして立ち会うことができた。

俺の手の中には……前回と同じようにして手に入れた、金鉱石から作った指輪がある。

このままもし、何もしなければ……彼女は故郷に凱旋して、他の誰かと幸せに暮らすのかも知れない。同じ事を繰り返すのはダメだ。

それなのに性懲りも無く、再現するためだと自分を偽って指輪を作ってしまった。

「なあガーネット。聞いてくれ」

採掘に取りかかろうとしたところで、俺は彼女を呼び止めた。

振り返って興奮気味にガーネットは言う。

「ちょ、ちょっとなんだい！　今良いところなのに！」

「お前はその……これで夢も叶って……故郷に帰るんだよな？」

「そ、そうだよ。え、ええとさ、アンタも良ければアタイの実家に来るかい？」

「気持ちは嬉しいんだが、俺にはこの地下迷宮世界でやらなきゃならないことがあるんだ」

告げた途端、ガーネットは肩を落とした。うつむいて伏し目がちになりながら、彼女は言う。

「そっか。そいつは残念だねぇ」

落胆させてしまった……と、思いきやガーネットは顔を上げた。

「で、アンタはここで何をするっていうのさ？」

「それはその……」

口ごもって視線を落とすと、足下でナビがうんと一度だけ頷いた。

まさか……話せっていうのか？

思えばナビが目的について第三者に話すなと言ったことは無かった。

青い小動物は目を細めて俺にだけ聞こえる声で告げる。

「協力を得られそうならボクは彼女に相談することに賛成だよ」

なら、ガーネットに言うだけ言ってみるか。

「俺はこの地下迷宮世界のどこかにある『真理に通じる門』ってやつを探してるんだ。それがどういったものなのかはわからない。もしかすれば、門のカタチすらしてないかも知れない」

赤毛の鍛冶職人は黙ったままだ。足下のナビはじっと俺の顔を見つめている。二人は俺の言葉を待っていた。

「その門の向こう側に、俺は行かなきゃならないんだ」

ガーネットにはナビが見えていない。だから俺たちとは言えなかった。それはナビも承知しているようで、うんと小さく首を縦に振った。

マグマの熱気に赤毛がふわりと揺れる。

「わりとなんでも知ってるアンタにも、わからないものがあるんだ。アタイのどこが気持ちいいとか、全部お見通しなのに」

大真面目に言ってガーネットは頷くなり、両手をぽんっと合わせるように叩いた。

「じゃあさ、アタイも一緒に行くよ！　その門の向こうまで一緒にさ。アンタがいる場所が、アタイの居場所だ。そしてアンタの居場所はアタイの隣だよ」

エヘンとガーネットが胸を張った途端――涙が溢れて止まらなくなった。

「お、おいおい何泣いてんだよ男だろ！　みっともない……つーか、そんな泣くほどのことかぁ？　ああもう、これじゃあアタイが泣かせたみたいじゃんか！」

そっと俺に近づいて前に立つと、腕を伸ばして指先で彼女は涙を掬うように拭う。

まったく想像していない返答だけど、ガーネットらしかった。

「いいのか？　お前には帰る場所だってあるし、故郷で待ってくれている、たくさんの人がいるんだろう？」

「そういうのが嫌で飛び出してきたんだし、二十階層より先があるなら見てみたいじゃん。もしかしたら、ここにある神鉱石よりもすごい鉱石があるかもなんだし。探求のためなら、きっとご先祖様も許してくれるって！」

あっはっは！　と、ガーネットは豪快に笑い飛ばす。

釣られて俺も涙が止まると笑いが漏れた。

「死ぬ時は一緒だよゼロ」

差し出された手を。

「そうはならない。俺が守るよ……ガーネット」

強く握り返す。指輪を渡すのはもう少し先の事になりそうだ。

ガーネットとより深く心が通じると、独りで戦う限界を超えた〝力〟が目覚めるのを感じた。

名前：ゼロ　種族：オーク・ヒーロー　レベル：99
力：S＋（100）限界突破　知性：G（0）　信仰心：E（42）
敏捷性：A（99）　魅力：A（99）　運：G（0）
余剰ステータスポイント：0　未使用ステータストーン：0
装備：流氷砕き　レア度S＋　攻撃力223　火炎属性の敵に50％の追加ダメージ
　氷結晶の投げナイフ　レア度A　攻撃力107　火炎属性の敵に30％の追加ダメージ　敵を氷結させる効果あり
　氷結晶騎士甲冑一式　レア度S　防御力205　魔法も含む火炎属性攻撃を70％軽減　盾

で守ることでAランク以下の炎熱攻撃を完全遮断
火炎鉱山向けの上質な服一式
スキル：ウォークライ　持続三十秒　再使用まで五分
力溜め　相手の行動が一度終わるまで力を溜める　持続十秒　再使用まで三十秒
シックスラッシュ　次の攻撃が六連続攻撃になる　即時発動　再使用まで三十秒
チャージタックル　攻撃対象を吹き飛ばす体当たり　即時発動　再使用まで三十秒　シックスラッシュとの併用不可
集中　一時的に集中力を上げて『行動の成功率』を高める　再使用まで五分
投げキッス　再使用まで0秒
熱い抱擁　相手を抱きしめて身動きを封じる　魅力の高さに応じて抵抗されなくなる　再使用まで三十秒
英雄の覇気　全ての種族から讃えられ、嫌悪していた種族にも受け入れられる
魔法：初級回復魔法　小さな傷を癒やし少しだけ体力を回復する
種族特典：雄々しきオークの超回復力　休憩中の回復力がアップし、通常の毒と麻痺を無効化。猛毒など治療が必要な状態異常も自然回復するようになる。ただし、そのたくましさが災いして、一部の種族の異性から激しく嫌悪される。
恋人：ガーネット
種火：ヘパイオの種火

火炎鉱山から戻ると、その日は岩窟亭には行かずにガーネットの家で二人きりで飲み食いした。仔猫《こねこ》のように甘える彼女と、ゆったり過ごして夜が明ける。

翌朝になって、手に入れた神鉱石と炎竜王征伐の報告のため、鍛冶職人ギルドを訪れた。

簡素で無骨で質実剛健を絵に描いたような、きらびやかさの欠片も無いギルド長の執務室で、大きな樫《かし》の机を前に俺とガーネットは並び立つ。

髭を蓄えたドワーフの男——ギルド長のゼムは机の天板に置かれた神鉱石と、ガーネットが手にした虹の種火に目を丸くした。

「こいつぁすげぇ。階層の主を倒した冒険者も初めてなら、虹の種火も神鉱石も初めて見るぜ」

鉱石を手にして感触を確かめつつ、ゼムはヒゲを撫でる。早速鉱山に神鉱石の発掘隊を編制するとギルド長は言うのだが……。

「ゼムギルド長。階層の主も祭壇の守護者と同じ可能性があると思うんだが」

「ゼムでいいぜオークの……ええと、名前は？」

「ゼロだ」

「なんか似てるなオレと。まあいいか。懸念してることたぁわかってるつもりだ。炎竜王が復活する可能性は充分に考えられる。まあ無茶はさせんさ」

加えて神鉱石を手に入れたとしても、虹の種火を持つのはガーネットだけなので、製錬も加工もできないとギルド長は苦笑いだ。報告を終えたところでガーネットがギルド長に訊く。

「んでさ、おやっさん、真理に通じる門ってのを探してんだけど訊いたことないか？」

コトリと神鉱石を置いてゼムは首をひねった。

「ん～～そいつぁ二十一階層に続く祭壇のことか？　だったらお手上げだな。オレらの先駆者たちが方々探し回った後なんだ。ここが最果ての街って呼ばれるようになったのは、誰にも先を見つけられなかったからだしよ」

ゼムの言葉に頷くしかなかった。ここが終着点と言われてもおかしくはない。

子孫が繁栄しないことを除けば、外の世界よりも豊かな街だ。

「探してる連中は今じゃ珍しいくらいで、長命なエルフの連中にいるかどうかってとこだけどよ……頭の切れるあいつらにも見つけられない……つーか、ここの所様子がおかしくてなぁ」

俺は前回の記憶を思い出した。

「エルフが行方不明になってるのか？」

「おっ！　にーちゃんよく知ってるな。迷宮世界から故郷に帰るなら、住居でもなんでも引き払う準備をするだろ。なのにフッと消えちまう。まあ、ドワーフで同じような事が起こらん保証はないが、今の所エルフだけでな」

きな臭いのは相変わらずだ。もしかしたらエルフの失踪が、世界の終わりの引き金になったのだろうか。

今はあの未来を訴えても信じてもらえないだろう。言ったところで余計な混乱をまねく恐れしかない。

ガーネットが腕を組んで自慢の胸を押し上げるようにした。

「エルフの自作自演なんじゃね？　ま、そんなことする意味はわかんないけど」

俺はナビに視線を送った。ナビはぴょんっと執務机の天板に乗ると、赤い光を紅玉から発して鍵を取り出す。

「炎竜王アグニールを倒した時に、虹の種火と一緒にこんなものを落としたんだ」

真っ赤な鍵だ。机の引き出しからルーペを取り出すと、ギルド長は鍵を手にとって観察した。

「鉱石でもガラスでも宝石でもねぇ感じだな。オレにわかるのはそれくらいだ」

錬金術士ギルドに相談した方がいいかもね。とは、ガーネットの言葉だ。

ギルド長にもわからない素材か。ゼムはヒゲを指で整えてから顔を上げた。

「ただまあ、この階層のどっかにオレはあると思ってんだよ。次の階層への扉がさ。いや、ギルド長になって探すことを止めちまったし、あったらいいなってのはもう、ただの願望なんだが……それこそ誰も行かないような場所にあるのかもな。例えば海の底とかよぉ」

ガーネットが小さく溜息を吐く。

「本当にあんのかねぇ。真理に通じる門なんてさ？」

確証は無いが、それでもこのままだと世界が終わる。破滅を阻止するヒントの鍵は、文字通り炎竜王が落とした赤い鍵なのだと、俺は思う。

考えこむ俺を見て、ガーネットが少しだけ焦ったように取りつくろった。

「あっ！　ごめんごめんゼロのこと疑ってるわけじゃないんだ。けどさ、行ける場所限定で考えると、この二十階層で誰も探してないとこなんて、数えるほども残ってないんじゃないかい？」

言われて納得した。ガーネットの着眼点に盲点を突かれたぞ。

なにも行けない場所というのは、海の底や空の上だけじゃない。俺はギルド長に向き直った。

「この街……二十階層で冒険者が立ち入り禁止になってる場所って、いくつくらいあるんだ？」

「ん～～立ち入り禁止かぁ。オレが知る限りじゃ、パッと思いつくのは大聖堂だな。中央の礼拝堂は開放されちゃいるけど、他の棟や施設は立ち入り禁止だ。神様を守るためだっつーし、あんまり不信心なこたぁしちゃいけねぇぞ」

情報を漏らしてから、ギルド長はハッと気づいて俺たちに釘を刺した。

ドワーフは信仰心も高い。うっかり口を滑らせるあたりもドワーフらしいっちゃらしいか。

もし大聖堂のどこかに真理に通じる門があるなら……。

ガーネットが「そういえばさー」と、俺の背中をパンパン叩いた。

「立ち入り禁止って言えばだけど、アタイも一つだけ心当たりがあるんだよねぇ」

「どこなんだガーネット？」

「海底鉱床だよ。新月の夜に掘り師が帰ってこられなくなったっていうじゃん」

ギルド長がガタッと椅子を尻で蹴るようにして立ち上がった。

「待て待て待て待て！　まさか行くとか言わねぇだろうな？　危険過ぎる！」

俺はこの街に来てまだ一ヵ月も経っていない新人で、ほとんどよそ者だ。オークのコミュニティーにも交わらない、はぐれオークってところだろう。

だからこそ空気を読まないで訊いた。

「その死んだ掘り師ってのは強かったのか？」

ギルド長は小さく息を吐く。

「オレが先代のギルド長に訊いた話じゃ、坑夫《マイナー》としては超一流でも鍛治職人《クラフター》としては二流以下。戦闘に関しちゃ、独りじゃ到底この街までたどり着けないヤツだったらしい」

掘ることに特化したというよりも、掘る以外に道は無かった男だとゼムは付け加える。

ガーネットが瞳をキラリと輝かせた。

「んじゃあ許可くれよギルド長！　アタイらの強さはその神鉱石が証明してるだろ？」

どうやら新月の夜の海底鉱床探索に、ガーネットは乗り気なようだ。

どんな危険が待っているかも知れない。

それでも彼女は執務机の天板に両手をバンッ！　と、ついて身を乗り出した。

「お、オレとしちゃあよぉ……そいつはオススメできねぇ。つーかガーネット……お前さんにゃやらなきゃならない使命があるんじゃねぇか？　家名を継いで子孫を残すってよぉ。せっかく虹の種火も手に入れたのに、どうして危険に飛び込む必要がある？」

「んなの決まってんじゃん。ゼロが行くところがアタイの行く場所だからさ」

前掛かりだった身体を引き戻し、俺の隣に立ってガーネットはそっと手を握ってきた。

ゼムの眼差しは厳しく真剣なものだ。ギルド長が改めて問いかける。

「いいんだなガーネット？」

「このデカブツの男前なオークに一生付いていくって決めたのさ。ドワーフが一度決めたら頑固だってことは、おやっさんの方がドワーフ歴長いんだしわかってるでしょ？」

ゼムはそっぽを向いて「好きにしろ。どうなってもしらんぞ」と匙《さじ》を投げるように言った。

この地下迷宮世界は謎だらけだ。

大聖堂の事も気になるが、まずは新月の夜の海底鉱床からだな。

そもそもこの二十階層に、真理に通じる門があるとも限らない。

海底鉱床のように、なんらかの条件が揃えば別の姿を見せる階層もある……というのは、ただの予測に過ぎないのだが……。

第十五階層――なにもないあの空間の事も、心のどこかに引っかかり続けていた。


最果ての街に次の新月の夜が訪れた。

立ち入り禁止の立て看板が置かれた、鍛冶職人街の中心にある祭壇の前まで、俺とガーネットはやってくる。

彼女が生み出した最強装備でこの身を包んで、今日まで出来る限りの準備をしてきたつもりだ。

頭のてっぺんからつま先まで、伝説の勇者が使ったという神代鋼製の鎧と盾による完全武装。

聖剣も打てるというガーネットの冗談に、一瞬「剣もカッコイイかも」と、揺らいでしまったが――武器もこれまで通り両手持ちの鈍器《ウォーハンマー》をお願いした。

完成した大鎚――その名は「星虹の巨鎚」

虹と星の意匠を組み合わせた両手持ちの巨大なハンマーは、純度百パーセントの神代鋼製だ。

更に投げナイフホルダーにも、神代鋼製のナイフを十本収めてある。

基本は打撃。遠距離ではナイフで牽制《けんせい》。今まで通りの戦い方しかできないが、その威力も防御力も格段に上がった。

製作者のガーネット自身も、ボディースーツの上に神代鋼の軽鎧を装着していた。

近接用の片手持ちの戦鎚と、炎竜王を倒した時から改良を重ねて、各部品を神代鋼で強化した石火矢で武装する。

発射する弾も神代鋼製だ。薬莢も神代鋼で作ったため、従来よりも強力な調合レシピの錬金火薬を採用したらしい。

強靭な竜の鱗も撃ち抜く貫通力は、同じ素材の投げナイフとは比較にならない。

これだけの装備を揃えても不安だ。

新月の海底鉱床がどんな場所なのか想像もつかない。

火炎鉱山を攻略できたのも、入念な下準備のおかげである。いざとなれば……と、つい思う。

もう三回も復活している。保証はないが俺は死んでもまたあの地点に――unknownとなって洞窟に戻されるんじゃないか？

もう死にたくはないが、進むことで得た知識を持ち帰ると思えば……。

「俺が先に行く。五分経って戻らなかったら……」

言葉を濁しながらナビとともに祭壇に上がった。

「それでアンタだけ帰ってこないなんて寂しいじゃないさ。死にたくはないけど、いなくなったヤツをずっと待つのは死ぬよりも辛いよ」

起動する前にガーネットも祭壇に立つと、俺の手をそっと握った。

指先まで覆う鎧の手甲越しでも、その温《ぬく》もりを感じたように錯覚する。

転送の瞬間を待つと……。

足下でナビが声を上げる。

「どうやらボクらは条件を満たしたようだね」

青い小動物の額の紅玉から、炎竜王アグニールの落とした赤い鍵が浮かび上がった。

同時に足下に描かれた転送の魔方陣の紋様が変化する。隣でガーネットが声を上げた。

「なんだいこりゃあ!? こんなカタチの魔方陣は見たことないよ」

「行こう……ガーネット」

「ホント、アンタと一緒だと一生退屈しないで済みそうだね」

驚きつつも彼女は頷いた。

ガーネットの手を軽く握り返す。視界を白い闇が包み込み、そのまぶしさに目を閉じた。

握った手は離さない。

隣に彼女を感じながら光が途切れるのを待つと――

足下から声が響いた。

「到着したよ。真理に通じる門の……真下だね」

そっと目を開くと、そこは真っ白い継ぎ目の無い場所だった。

十五階層とよく似ている。ただ、違う事と言えば、本来あるべき祭壇が無いことだ。

「片道切符か。まいったな」

白い空間の空を見上げると、天井に巨大な観音開きの扉があった。

いや、天井全てが扉と言った方がいいのかも知れない。

重厚な扉には、当然手を伸ばしても届くことはない。

空でも飛べなければたどり着けないだろう。

「ヘンテコな世界だと思ってたけど、こりゃあ……ヤバイな」

ガーネットもあっけにとられていた。俺は二人に訊く。

「どう思う？」

ガーネットは「どうって言われてもさぁ。あの向こうに行く方法なんてさっぱりだよ」と、俺の気持ちを代弁するように言う。

一方、ナビはと言えば――

「間違い無いね。あの向こうがボクらの目的地さ」

何か上に昇るためのものはないか、ぐるりと周囲を見渡すと……この階層――仮に二十一階層の中心方面に祭壇（？）らしきものが遠目に見えた。

「とりあえずあれのところまで行ってみるか」

「引き返しようがないからねぇ。ま、なるようになるって」

励ますように言うガーネットは、きっと本当は不安だろうに。

何かありますようにと祈りながら、俺たちは白い継ぎ目の無い石床を歩く。

進むにつれ、近づくとだんだん遠目にぼやけていたそれの輪郭がはっきりとしてきた。

巨石の支柱が円を描いて並んでいる。その光景に見覚えがあった。ガーネットが息を呑む。

「まるで巨石平原の遺跡じゃんか」

平原の石碑と違って真っ白い石だ。精巧に切り出した四角柱で、表面には魔法文字が刻まれていた。六つの巨石の柱の一つだけ、その魔法文字がうっすらと光っている。

ナビが光る巨石を見上げて言う。

「選ばれし者を天に誘う道みたいだね」

俺はナビの言葉を復唱する。

「選ばれし者を天に誘う道……か」

ガーネットが俺の顔を下からのぞき込む。

「この文字が読めるのかい？　学があるなんて意外っていうか……チョー似合わないんだけど」

オークが博識で何が悪い。とは言い返せないな。

「いや、その……」

ナビは俺にしか認識できない。こんなことならナビの存在をガーネットに説明しておいてもよかったかも知れないな。

もちろん、彼女が俺を信用してくれた後じゃないと、変なヤツ扱いがますますひどくなるだけだけど。足下でナビは言う。

「どうやら天井の扉は封印されているみたいだね。ここも同じだよ。次の階層に向かう祭壇の前には、門番がいる。この天に誘う道の封印を解けば、恐らく戦いになると思うよ」

ナビの言葉に小さく頷いて返す。青い猫は続けた。

「ごめんね。どうやら起動している支柱一つにつき、一人しか決戦の地に送れないみたいなんだ。ボクはキミの勝利をここで待つよ」

あれだけ俺と離れることを嫌がり続けたナビらしくもない。

ってことは、ガーネットはどうなるんだ？

周囲をぐるりと見れば、同じような純白の石柱は他に五本ある。

光っていない柱の一つに俺は向かった。

「ちょ、ちょっといきなりどこに行くのさ？　なんかこの光ってる柱が怪しいだろ？」

ここに来るのに「条件」があり、鍵となったのはきっと……赤い鍵だ。

光っていない柱の魔法文字をじっと観察した。

さっぱり読めないのだが、文字に埋もれるように鍵穴のような窪みを柱の中心に見つけた。

その鍵穴に赤い鍵を差し込むと、まるで溶けるようにスッと鍵の先端が穴の中に収まった。ひねると何かが解放されて、柱は鍵を呑み込んで魔法文字に赤い光が灯る。

炎のような赤だ。ナビがやってきて声を上げた。

「どうやらもう一人分の天に誘う道が開けたみたいだね」

視線を落とすとナビは小さく首を左右に振った。

「ボクじゃキミの力にはなれないよ。これまでずっとずっと、頼んでばかりで申し訳ないけれど、どうか彼女と行ってくれないかな」

この石柱を使えば戦いだ。ナビはずっとそうだった。俺を導くが戦うことはできない。

一度膝を畳んで腰を落とすと、そっとナビの頭を撫でてから立ち上がった。

振り返ってガーネットに向き直る。

「炎竜王の鍵で柱が起動した。どうやらこいつは祭壇と同じ転送装置みたいだ」

「へぇ〜〜。っていうかここ、海底鉱床じゃないよね？」

「鍵を持っていたから、この場所に導かれたのかも知れないな」

鍵と石柱がセットだということは、こうして起動したわけだし一目瞭然だ。

もし、鍵がなければどうなったんだろうか。

不思議な事に、最初から柱は一つだけ起動していた。俺は天を仰ぐ。

「なあガーネット。この柱を使うと……あの扉を守る門番と戦うことになりそうだ」

彼女は石火矢を小脇に抱え直した。

「言ったじゃないか。なるようになるって。そのために準備してきたんだ。炎竜王の時だって、ちゃんと上手くいった。今度もきっとそうなるよ」

「いいんだな」

「もちろんだよ。何度でも言ってあげる。アンタがいる場所が、アタイの居場所さ」

ガーネットは赤い光をたたえた石柱の前に立つ。

俺も白い光を放つ石柱を前にした。

それぞれの石柱から更に光が溢れて、俺たちの身体を包む。

ふわりとした浮遊感とともに、天に吊られるように俺とガーネットの身体が宙を昇りだした。

足下を見ると青い獣がじっと俺の姿を見上げている。

元から小さかったナビの姿が小さく、小さく、小さくなった。

麦の粒ほどの大きさになり、足下が白い霧のようなものでぼやけて石柱さえも見えなくなる。

天地の境目がなくなり、頭上にあったはずの巨大な扉と、俺は正対していた。

足下には白い雲が固まったような〝地面〟が出来ている。

身体を包む光は消えて、すぐ隣にはガーネットの姿もあった。

正面に鎮座する扉はあまりに大きく、距離感がつかめない。

「なんか気持ち悪い場所だわ。上手く言えないけどさ」

ガーネットの呟きに俺も首を縦に振る。

そして――地面から巨大な影がゆっくりとせり上がった。

そいつは純白の巨大な石像だった。

材質はわからないが、巨石平原に棲息するビスクーラを思い出す。

筋骨隆々の巨人闘士。その腕は死毒沼地で戦ったアシュラボーンと同じ――三対六本。

六本の腕を持つ魔人にして巨人が門を背に守るように、俺とガーネットの前に立ちはだかった。

ナビがいればその名を知ることもできたかも知れない。

体長十メートルほどの巨人と対峙《たいじ》し、身構える。

魔物というには神々しい姿をしていた。均整の取れた肉体美を再現したかのような姿は、動く彫刻であり芸術作品だ。まるで神の兵のような出で立ちだった。

それでも倒さなければ、俺たちは前に進めない。ガーネットが石火矢を構える。

「やっぱ次の場所に行く前に、祭壇でもなんでも門番ってのはいるんだねぇ。一気にいくよ！」

「ああ……こいつを倒して門を開く！」

ガーネットから火力支援を受けると、俺は巨人の足に殴りかかった。

巨人の動きは鈍くて重い。一歩踏み出せばドシンと地面が揺れるほどだ。

六本の腕を振り回すように殴る。その一撃を俺は全身で受けた。

「ゼロッ！　こんのおおおおお！」

ドガガ！　ドガガ！　ドガガ！

ガーネットの石火矢が巨人の頭部で炸裂する。

巨体がぐらりと後ろに下がり、神の兵は一歩下がった。

俺はその巨大な腕に吹き飛ばされこそしたが無傷だ。盾と鎧が衝撃をいなすように拡散させた。

神代鋼の盾と鎧の性能は、世界を救ったという勇者の装備の名に恥じない。

受け身をとって着地すると、巨人が体勢を整え直す前に、ガーネットの前に走り出て星虹の巨鎚を振りかぶる。

ガーネットも防具は強化されているが、巨人の一撃に耐えられるものではない。

巨人の腕がハンマーのように振り下ろされる。

俺はその腕を巨鎚で弾き上げた。

ガゴオオオオオオオオオオオオオオオオオンッ！

力負けしていない。相手の上からの振り下ろしを押し返す威力が、神代鋼の武器にはあった。

オークは巨体だ。だが神の兵に比べればはるかに小さい。

ナビと俺が戦っているようなものだが、充分にこちらの攻撃が通じている。

「ガーネット！　やつの膝を狙え！」

「あいよッ！　アタイが崩してアンタがトドメだね！」

俺の作戦は以心伝心でガーネットに通じた。

撃ち切ったカートリッジを交換して、ガーネットは巨人の左膝に集中砲火を浴びせる。

俺も投げナイフを二発放った。

神代鋼の弾丸とナイフが巨人の白色の身体を砕いた。

大きな相手との戦い方は、地下迷宮世界で嫌ってほどやってきている。

ガクンッ！　と、巨人が膝を突いた。頭の位置が下がる。

ガーネットは次のカートリッジに切り替えた。

石火矢の砲身が氷結晶の冷却でも間に合わない。それでも銃声は止まなかった。過負荷を掛けて使えなくなる危険よりも、次の俺の一撃をより確実にする方を彼女は選択した。

「もう一発くらいなよ！」

ガーネットが右膝に砲火を浴びせ、巨人が前のめりに倒れる。

こうなれば頭は地についたようなものだ。

「行け！　ゼロッ！」

「これで終わらせるッ！」

ガーネットの声に背中をおされて俺は雄叫びを上げた。

限界を超えた〝力〟を振り絞り、集中力を極限まで高める。

チャージタックルで肉薄すると、弓の弦を限界まで引き絞るように力を溜めた。

相手の反撃は無い。起き上がろうともがくが、膝を潰されてはどうにもなるまい。

「食らええええええええええええええええええええええええッ!!」

限界まで溜めた力を解き放ち、俺はラッシュを撃ち込んだ。

一発、二発、三発、四発、五発、六発。

渾身《こんしん》の六連撃が巨人の頭部を削り取るように、穿ち、叩き、潰し、粉砕した。

巨人はその頭部を粉々にされて、ズウウンと地面に伏せたまま動かなくなる。

「やった……のか？」

倒したという手応えは充分だ。

たとえ巨人が自動人形のような、頭部が必ずしも急所とは限らない魔物だったとしても、倒した時の感触は残っている。

だが――巨人は赤い光の粒子には変換されなかった。

「なんだってんだい？　倒したんじゃ……」

焼け付いた砲身から白煙を上げながら、銃口を巨人に向けたままガーネットが呟く。

次の瞬間、純白の陶器のような巨人の頭部が……時間を巻き戻したように元通りになる。その表皮が白から変わっていった。透明な黄色い宝石か、水晶の塊のような色に。

巨体から重厚さが消え、巨人はゆらりと身を起こした。全身が黄色い宝石のような色だ。

質量を感じない。この気配を俺はどこかで知っている。

「ったく。しつこい男は嫌われるよ！」

ガーネットが再び、巨人の膝めがけて石火矢を撃ち込んだ。

だが、その攻撃はあっさりと巨人の身体を貫通する。

いや、すり抜けたのだ。

背筋が凍った。この恐怖は門番が復活したからというだけではない。

その透き通る身体は、まるで巨石平原に棲息するエレメンタルのようなのだ。

もし俺の想像が当たっていれば、最悪の結末しか待っていなかった。

エレメンタルには物理攻撃は通じない。

俺もガーネットも黒魔法は一切使えないのだ。石火矢も魔法ではなく弓矢の類いである。

「嘘……だろ……」

巨人は六本の腕を広げた。

それぞれに魔法力が集約し、空気がピリピリとヒリつく。

ガーネットは撃ち続けたが、砲身が赤熱して石火矢が黒煙を吹いた。

「あははは……なんかヤバそうだね」

今にも彼女は泣き出しそうだ。

俺は彼女の前に立って、神代鋼の盾を構える。

六つの雷球が続けざまに発射された。お返しにしちゃ利子が付き過ぎだ。

もし、神代鋼の防具でなければ最初の一発でおだぶつだったに違いない。

五発まで耐えたのは立派だ。さすがガーネットの作った装備だ。

六発目で俺の身体は雷撃に焼かれた。

膝を突く。巨人は同じ攻撃を繰り返そうとしていた。

顔を上げるとガーネットの背中があった。

彼女は両腕を広げて俺を守る盾になるつもりだ。

「止めろ……ガーネット……逃げて……くれ」

「逃げる場所なんて無いだろ？　アンタの居場所はアタイのすぐそばさ」

雷球が再び俺たちに降り注ぐ。

ガーネットのこぼした涙は雷撃の嵐に蒸発した。

目の前で焼かれた彼女の背中が、俺の最後の記憶となった。
どうあがいても、巻き込んでしまったら彼女は……ガーネットは死ぬのか？
なら彼女の死は俺のせいなんじゃないか？
もし次があるなら……俺は……。

――トライ・リ・トライ――

16・再生

このジメッとした洞窟の空気も四度目だ。

甦った喜びが後悔を上回った。もう一度やり直せる。チャンスをもらったんだ。

この地下迷宮世界の第十階層から……もう一度。

いつものようにじっと自分の手を見ると、崩れた透明なゼリー状だった。

視線を上げる。洞窟の出口から光が射し込んでいた。

そこに小動物がちょこんと座る。

俺が目覚めたのを確認して、小さな四肢をせかせかと動かして、そいつはやってきた。

「やあ、目を覚ましたようだね」

開口一番そう告げて、青い猫——ナビは目を細めた。

ともかくナビに相談しよう。今のままじゃ、あの門番には太刀打ちできない。

黒魔法による攻撃が攻略には必要なのだ。

「おい聞いてくれナビ！　今のままだと、どう進んでも俺たちは真理に通じる門にはたどり着けないんだ」

そういえば、前回もナビには俺が記憶を持って失敗した未来から戻ってきたことを、告げていなかった。

ガーネットの無事を確認したい一心で、そういった相談をしていなかったんだ。

ナビは黙ったままだ。

「装備に関してはガーネットが最強のものを用意してくれる。だけど俺もガーネットも黒魔法はまるでダメだ。たしか黒魔法が得意なのはエルフなんだよな？　連中の協力が必要なんだけど」

赤い瞳はじっと俺を見据えたまま、瞬《まばた》きすらしない。

「ああ、そうだった。門に挑むには俺以外の分の〝鍵〟が必要になるんだよ！　炎竜王以外にも階層の主級を倒さなきゃならん」

ヒゲの一本すらピクリとも反応してくれないなんて……。

「仲間が必要だ！　けど、ドワーフとエルフは対立してるし、オークの俺は英雄になっても、やっぱりエルフを説得して命懸けの戦いに連れ出すのは難しいんだ」

なんでナビは何も言わないんだ？

俺は続けた。

「後はナビの存在についても、ガーネットにきちんと伝えておきたいと思う。まあ、いきなり説明しても、変なヤツって思われるのがオチかも知れないけどさ。彼女の目の前で……そうだ！　テーブルの上の瓶を動かしたりとかして、存在をアピールってできるか？」

ナビの声が暗い洞窟の中に響き渡った。

「どうやらキミは危険な存在のようだ。コード66と認めて……」

ナビの瞳に赤い炎の魔法力が宿った。

「お、おい……ナビどうしたんだよ？　俺だよ！　導く者には俺が必要なんだろッ!?」

「焼却処分する」

ナビが放ったのは上位レベルの炎熱系の魔法だった。

一瞬で火の渦に全身が包まれ焼かれる。蒸発する。

名乗るよりも前に、俺の意識は炎の中に溶けて消えた。

ナビは……俺の味方じゃ……無かったのか？


——トライ・リ・トライ——


呼吸が荒い。肺の無いゼリーのような体でも、心の鼓動は速まり吐き気すら催してきた。

ナビに焼かれたはずの洞穴は、じめっとした湿気を保ったままだ。

ハァ……ハァ……ハァ……ハァ……。

いくら呼吸をしても心が落ち着かない。

俺はナビに殺された。前に置いていったことへの報復か？

だったらそれくらいされてもおかしくないが、ナビに記憶は無いはずだ。

あの未来はすでに無かったことになったはずの、過去なんだ。

赤い視線が洞窟の入り口から俺を見据えた。

「やあ、ようやくお目覚めかい？」

スタスタと青い小動物が俺の前までやってくる。

「あれ？　どうしたのさ。もしかしてボクの言葉がわからないのかな？」

わかっている。けど、返事はできなかった。ついさっき俺はお前に殺されたんだ。

コード66ってのはいったいなんだったんだ。

訊いてみるか？　いや、同じ結果になるのが目に見えている。

ナビは前足で俺のプルプルな身体をツンツン突いた。

「眠っているのかな？　ほら起きて。ボクはキミを導く者だよ」

無言を返す。それから一時間ほど、俺はナビの呼びかけに一切反応しなかった。

「おかしいな。キミにならボクが見えると思ったんだけど……」

ついに諦めて、青い猫は耳と尻尾をぺたんとさせると、トボトボと洞窟の外に出て行った。

まだ動かない。不思議とこの姿だと喉も渇かなければ腹も減らなかった。

一晩、俺は洞窟の中でじっと待った。


翌朝――

崩れかけたゼリーのような身体を這わせて、俺は洞窟の外に出た。

この姿で戦えるのだろうか？

ナビがいない。誰でも無い何者かもわからない今の俺でも倒せそうなのは、襲ってこないタイプの魔物だろう。森の奥に進めば、はぐれ銀狼のような魔物と遭遇する。

このままで勝てるとは思えない。レベル上げが必要だ。

洞穴から第九階層に通じる祭壇方面に向かった。草原で水饅頭のようなスライムを見つけて、こちらから襲いかかった。

気づいたスライムが体当たりをしてくる。食らった衝撃で身体が千切れそうだ。

手を触手のように伸ばし、鞭の要領でスライムに叩きつけた。

手応えはあったが、スライムは倒れない。体当たりと腕の鞭の応酬は三度続いた。

満身創痍《そうい》だ。それでもこの低レベルな……地下迷宮世界で最低ランクの戦いに俺は勝利した。

スライムの身体が赤い光に溶けて消える。そう……消えてしまったのだ。

戦った記憶は残ったが、経験を得た手応えは無い。

「はは……ははは……そうか……俺独りじゃ……ダメなのか……」

全身をブルッブルッと震えさせて笑う。

もう、これまでのような気持ちでナビと接することはできそうにない。

あいつは嘘を吐いている。頼れるのが俺しかいないというのなら、なぜ俺を殺すんだ？

あんな魔法を使えるなら、どうして戦わないんだよ。

もう何も信じることができない。

また死んでやり直しても、ナビと出会う場面からだ。見上げると空は赤くなっていた。

傷は時間で癒えるらしい。攻撃さえしなければ、スライムたちも俺のそばを素通りしていく。

身体を揺らしてなんとか第九階層への祭壇にまで到着した。外の世界に助けを求めよう。

どうやってガーネットの故郷まで行けばいいかはわからないが、魔物のほとんどいない外の世界の方が安全だ。祭壇の上に乗ると……魔方陣は起動しなかった。

俺には階層を行き来する力は無いらしい。閉じ込められた。

「そ、そうだ……冒険者だ！　冒険者に頼ればいい！」

この九階層に続く祭壇で待っていれば、外の世界から新米冒険者がやってくるかも知れない。

事情を説明して協力を仰げばいいんだ。

食べ物も飲み物も必要としないことは、待つだけなら最強のスキルと言えるかも知れない。


二週間が経過した。冒険者は誰も通らない。

三週間が経った。スライムたちの顔を覚えて見分けがつくようになった。が、向こうは俺を気味悪がっているようだ。友達はできそうにないな。


一ヵ月が過ぎ去った。

植物になった気分だ。ただ、一日ずっと天球を眺めている。


更に二週間が経過したある日――

九階層の祭壇ではなく、十階層側の祭壇から蒼穹の森を抜けて、一人の冒険者が姿を現した。

赤髪を風に揺らして、自慢げに胸を張りながら、九階層に続く祭壇へと向かうドワーフの女鍛冶職人――ガーネットだ。

俺はガーネットの前に飛び出すと立ち塞がった。

すがりつきたい気持ちが身体を勝手に動かした。

「マッテクレ……ガーネット！　オレハ……エエト……」

ガーネットは腰に下げた戦鎚を手にする。

「うわっ！　喋《しゃべ》る魔物なんて初めてかも。故郷に帰る前にチョーレアじゃん。これも光の神様の思《おぼ》し召《め》しってやつかねぇ」

「オレハ……マモノジャ……」

「地下迷宮世界卒業記念あたーっく！」

ニコニコと笑みを浮かべたガーネットの戦鎚が、俺の身体をベシャリと潰した。

透明な肉片が四散する。そのどこかにかすかに残った自我が、ガーネットの言葉を聞いていた。

「うわぁ……なんかベッシャベシャだし、経験にもならないし。魔物じゃなかったのか？　つーか……なんでアタイの名前を知ってたんだろ。気味悪いな……帰ろっと」

愛した女性《ひと》に潰されて、俺の意識も潰《つい》えていった。

門番との戦いで彼女を無駄死にさせた報いだ。

俺はやり直せるんだろうか？　このまま諦めてしまっても……いいんじゃ……。

いや、まだだ。ナビは信用できない。それでも利用することはできる。

俺が戻らなかったら、世界は終わるんだ。

この世界で目覚める以前の記憶なんてないのに、義務も使命もないっていうのに……。

ガーネットがこの先も生きる世界を、俺は守りたかった。たとえ他人同士になったとしても。

代償を支払ってでも、別の可能性を追い求めることで状況を変えられるかも知れない。

さあ、もう一度、俺を復活させてくれ。世界を救うために。


――トライ・リ・トライ――


ジメッとした薄暗い洞窟で俺は意識を取り戻した。

「やあ、どうやら目が覚めたみたいだね」

ナビと六度目の遭遇を果たした。そういえば、ステータストーンの目も最大は六だな。

関連があるかはわからないが、これが最後の復活《ラストコンティニュー》かも知れない。

と、毎回思うくらいがちょうど良い。

ナビの自己紹介を聞き終えて、俺はその言葉を鵜呑《うの》みにするように見せかけた。

「今のままじゃキミは何者でもない unknown だからね。このステータストーンを振ってみて」

小動物の額に輝く赤い宝石から、六面体ダイスが取り出された。

それに手を伸ばして、俺は触手のような腕を天にめがけて投げ放つ。

ステータストーンは低い天井にぶつかると、落ちてからコロコロと転がった。

出た目は……3だ。ギリギリセーフだな。１や２だったらどうすることもできなかった。

ナビが俺に促す。

「さあ、どの項目にポイントを割り振るんだい？　全てキミの自由さ」

これまでは〝力〟につぎ込んできた。だからこそ勝ってこられた戦いが無数にあった。

得られた宝や武器や防具がある。出会えた女性がいる。

その全てを俺は投げ捨てた。あのまま何度続けたって、門番は倒せない。

黒魔法が必要なのだ。エルフが仲間にできないというのなら……。

俺はポイントを二つの項目に割り振った。読みが正しければ、このグズグズの溶けかけた肉体は知性と敏捷性を得て、今までとはまったく別の存在になるはずだ。


光が溢れて不定形な身体が四肢を形作った。

すらりと伸びた長い手足に、細く引き締まったあごのライン。顔は小さく耳は尖って長い。肌の色は白かった。

長い金髪は背中を覆い尽くすほどだ。胸板の薄さが寂しいな。

一つ驚いたことがある。エルフは服を着ているのだ。簡素な麻の服だが、褌と腰蓑だけのオークと扱いが違い過ぎるだろうに。

身長は以前より三十センチほど縮んでしまった。足下のナビとの距離が近く感じる。

というか、小さく見えていたが意外に大きいな……こいつ。

俺の顔を見上げてナビは首を傾げた。

「そういえば名前を訊いていなかったね」

「俺の名は……ゼロだ」

繰り返す時の中で、ずっと使い続けてきた名前だ。

こいつから与えられたものだから、いっそ変えてしまってもよかったんだが……。

もう、この名前が魂にまで染みついてしまった。

名前：ゼロ　種族：エルフ　レベル：1
力：G（0）　知性：G（1）　信仰心：G（0）
敏捷性：G＋（2）　魅力：G（0）　運：G（0）
特殊能力：魂の記憶　力を引き継ぎ積み重ねる選ばれし者の能力
種族特典：雄々しきオークの超回復力　休憩中の回復力がアップし、通常の毒と麻痺を無効化。
猛毒など治療が必要な状態異常も自然回復するようになる。ただし、そのたくましさが災いして、一部の種族の異性から激しく嫌悪される。

ナビの額から俺の現状を表す数値が、光で書かれ放出される。

が、その続きに本来ならあるはずのない表記がうっすらと残っていた。

「さあゼロ。まだキミにはなんの力も無いけれど、成長すれば使える魔法も増えていくよ」

もしかして見えていないのか？　俺の特殊能力の項目が？

見えていて見ないフリをしているのかも知れないが……それならそれで構わない。

ナビとは利害が一致し続ける限り、協力関係を築いていこう。

悟られて焼かれるのはもうごめんだ。

ああ、しかしこれがエルフの身体か。

細くて弱々しい。こんな身体じゃ……ガーネットはきっと振り向いてはくれないだろう。

ドワーフとエルフはライバル関係にもあるしな。

守るために捨てた未来を悔やみながら、それでも俺は洞穴を抜けて蒼穹の森の入り口に立った。

17. わくわくエルフ生活はじめました

エルフは黒魔法と弓術が得意だという。弓矢の得意なエルフに知り合いはいないが、その魔法の威力なら身をもって体験済みだ。門番攻略には、あの強力な黒魔法を学ぶ必要がある。

知性より敏捷性に多く割り振ったのは、身体のキレを優先したためだ。

どのみち、レベルが99になる頃には知性も敏捷性も上がりきっているだろう。

魔物ひしめく森を前にして、ナビがじっと俺の顔を見上げた。

「キミは選ばれし者だけど、油断は禁物だよ」

「ああ、そうだな。心配してくれてありがとうナビ」

青い尻尾をゆらゆらさせて、小動物は嬉しそうに目を細める。

「キミはとても優しい人みたいだね。一緒にがんばろうゼロ」

俺を殺した時とはまるで別人ならぬ別猫だ。俺を焼き殺した時のナビは、別の何かと中身が入れ替わったようだった。これまで一緒に旅をしてきた記憶は俺の魂に深く刻まれている。

最果ての街につくまで、俺にとっては唯一話せる相手だ。信じたいという気持ちも残っている。

赤い瞳をキラキラさせて、俺が歩き出すのをナビは待っているようだった。

つい心を許してしまいたくなるが、ぐっとこらえる。

こうして新しい肉体を手に入れて、落ち着いてきた。知性を上げた効果かはわからないが、歩き出す前に少しだけ考える。

ナビとの関係。表面的にはこれまで通りで行こう。こちらからトラブルを起こす必要はない。ともかく、この導く者が暴走(?)するタイミングは、わかっているだけで二つある。

一つは俺と離れること。少なくともこいつの視界内に俺はいなくちゃならない。

ただし、unknownのままこいつと契約しなければ問題は起こらないようだ。代わりに俺もレベル上げができず、詰んでしまうんだが。

もう一つは、俺が未来の〝可能性の記憶〟を知っていることを伝えること。

発言には注意が必要だな。ナビだけでなく他の誰かと話す時にも、迂闊《うかつ》に未来を知っているとは言わない方がいい。あくまで予想だとか、可能性があるとか、濁し気味にしよう。

「なあナビ。森には魔物がいるんだろう? エルフはどうやって戦うんだ?」

前足をペロペロとなめて毛繕いしながら、導く者は言う。

「弓術と黒魔法が得意だよ。ただ、今のキミは弓も矢も持っていないからね。弓は倒した魔物が落とすことがあるよ」

オークの頃に道中でいくつか拾ったが、全て素材に分解してしまった。矢に関しても同様だ。魔法ばかりに頼って、魔法が通じない魔物と出くわすのもまずい。

以前の自分とはだいぶ考え方が変わってきた。バランスを見ながら能力《ステータス》を調整していこう。

俺は森には入らずに、九階層に続く草原に足を向けた。

「そっちじゃないよ?」

ナビがするりと前に回り込む。わかっているんだが、森にすぐに入る気は起こらない。

オークだった頃を思い出す。最初は、はぐれ銀狼にすら苦戦した。一対一なら倒せたが、二体以上はキツイ。しかも今の俺はエルフの細身だ。ナイフのような鋭い牙の一撃が命取りになる。

俺はナビに訊いた。

「弓矢を手に入れるまでは、魔法で戦うことになるんだよな。ただ、黒魔法の使い方がわからないんだ。危険な魔物と戦う前に、まずは魔法を撃つ練習がしたいと思ってな」

「そうだね。キミはエルフになったばかりだから、練習は必要かも知れないね」

草原方面には、こちらが攻撃しない限り襲ってこないスライムくらいしか魔物はいなかった。

一ヵ月以上、観察して過ごしたのだから間違い無い。

彼らには悪いが、動く的として魔法の練習に付き合ってもらおう。


まったく魔法を使ったことが無いわけじゃない。

オークの俺は使う必要が無かっただけで、魅力の次に信仰心を上げて初級ながら回復魔法を覚えていたのだ。

それと同じ感覚で初級回復魔法を使おうとしたのだが、魔法は発動しない。ナビが言う。

「エルフは白魔法を使えないよ。ところでゼロはどうして初級回復魔法を知ってるんだい？」

「傷を癒やす魔法があれば便利だと思ったんだけどな。あ、やっぱあるんだそういうの」

「キミはすごいね。推測でそれがわかるなんて。ただ、残念だったね。白魔法の神秘と黒魔法の知識は対立する概念みたいなんだ」

「なんだその難しい言い回しは」

「ともかく両立しないってことさ。神秘はなんだかわからないけど信じる気持ちが大事で、知識は感情ではなく客観的な事実に基づくんだよ」

恐らく知性が99になっても、理解できそうにないぞ。

というか、オークの時にはナビはこんな小難しいことは言わなかった。俺がエルフになったから、導き方を変えたとでもいうんだろうか。

「よくわからんが、黒魔法の使い方やコツがあれば、ナビのわかる範囲内でいいんで教えてくれ」

ナビはコクリと首を縦に振った。

「おやすい御用さ。基本的な黒魔法はレベルを上げれば覚えていくけど、特殊な魔法や高度な魔法は本で学んだり、弟子入りをして師匠に教わる必要があるみたいだね。一番初めに覚えるのは、炎の矢を飛ばす初級炎撃魔法《ファイアボルト》だよ」

手に魔法力を集約して、それを矢の形状にイメージする。

回復魔法を試した時には上手く魔法力を集めきれなかったが、今度は上手くいった。炎の矢が手のひらの上にふわりと浮かび上がったのだ。これを、草原で跳ねるスライムめがけて放つ。

移動する標的に対して、炎の矢は空気を裂くように飛翔《ひしょう》すると、自ら軌道を修正してスライムに直撃した。投げナイフのように狙って放たなくても良いようだ。

炎に包まれた魔物がバチンッ！　と弾けて赤い光の粒子に変わる。その粒子を額の紅玉で集めながら、ナビは俺に告げた。

「魔法は誘導するのさ。狙って撃たなくても当てることができるんだよ」

一発撃っただけで頭がズンと重くなった。

「身体は元気なんだが、ドッと疲れた感じがするぞ」

「魔法力を消費したんだね。休めばすぐに回復するよ」

しばらくゆっくり呼吸を整えて回復に努め、頭の重みがなくなったところで、次の標的を見つけた。今度は魔法を天に向けて放つ。

空中で緩く大きくカーブして、炎の矢は勢いを失いながらも、最後は標的に突き刺さった。小さな爆発とともに魔物《スライム》が燃えて爆ぜる。

なるほど、道理で避けられないわけだ。今まで散々苦しめられてきた力を、俺は手にしたということになる。

しばらく慣熟訓練だな。レベルの壁にぶち当たろうと、魔法を使う回数を増やして修練しよう。

魔法の扱い方をきっちり身体に叩き込みながら、今回は焦らずじっくりと進むことにした。

もう、オークの時のような力押しはできないのだから。


自分が変われば、世界もそれに合わせたように様変わりした。

はぐれ銀狼がめちゃくちゃ怖い。こちらが魔法を放つよりも早く、連中は襲いかかってくる。下手をすれば手足の一本くらい、無くなっていたかも知れない。

俺を守ったのは、ナビも気づいていないオークの加護だった。

魂の記憶に刻まれた、雄々しきオークの超回復力が何度となく俺の命を救ってくれた。

「不思議だね。エルフなのに傷がこんなに早くふさがるなんて。キミが選ばれし者だからかな」

「そうかも知れないな」

ナビの言う選ばれし者というのは、本当に俺の事なのだろうか。

突っ込んだ事を訊けば、ナビのスイッチが切り替わって俺を殺そうとするかも知れない。言葉を濁したが、ナビは気にする素振りもみせず「きっとそうだよゼロ」と嬉しそうに目を細めた。

オークを止めると決めた時、全てを失う覚悟をした。オークの力が残ったのは嬉しい誤算だが、ナビが俺のスキルを認識していないのは、やはりどこか不気味だ。

だが、どうであれ俺は挑み続けるしかない。許される限り、何度も、何度でも。

名前：ゼロ　種族：エルフ　レベル：5
力：G（0）　知性：G（8）　信仰心：G（0）
敏捷性：G+（9）　魅力：G（0）　運：G（0）
黒魔法：初級炎撃魔法《ファイアボルト》
——隠しステータス——
特殊能力：魂の記憶　力を引き継ぎ積み重ねる選ばれし者の能力
種族特典：雄々しきオークの超回復力　休憩中の回復力がアップし、通常の毒と麻痺を無効化。
猛毒など治療が必要な状態異常も自然回復するようになる。ただし、そのたくましさが災いして、一部の種族の異性から激しく嫌悪される。

原　雷火（はら・らいか）

東京都出身。2015年5月からWEB小説サイト「小説家になろう」へ投稿を始める。2016年8月、『魔法学園〈エステリオ〉の管理人～最強勇者だった俺の美少女コーチングライフ～』（ダッシュエックス文庫）にて商業デビュー。

レジェンドノベルス
LEGEND NOVELS

世界《せかい》を救《すく》うまで
俺《おれ》は種族《しゅぞく》を変《か》えても甦《よみがえ》る
1
トライ・リ・トライ

2019年3月5日　第1刷発行

［著者］　原《はら》 雷《らい》火《か》
［装画］　田《た》中《なか》健《けん》一《いち》
［装幀］　石沢将人（ベイブリッジ・スタジオ）

［発行者］　渡瀬昌彦
［発行所］　株式会社 講談社
〒112-8001 東京都文京区音羽2-12-21
電話　［出版］03-5395-3433
［販売］03-5395-5817
［業務］03-5395-3615

［本文データ制作］　講談社デジタル製作
［印刷所］　凸版印刷 株式会社
［製本所］　株式会社 若林製本工場

N.D.C.913 318p 20cm ISBN 978-4-06-514251-6
©Raika Hara 2019, Printed in Japan

定価はカバーに表示してあります。
落丁本・乱丁本は購入書店名を明記のうえ、小社業務宛にお送り下さい。
送料小社負担にてお取り替えいたします。なお、この本についてのお問い合わせは
レジェンドノベルス編集部宛にお願いいたします。
本書のコピー、スキャン、デジタル化等の無断複製は著作権法上での例外を除き禁じられています。
本書を代行業者等の第三者に依頼してスキャンやデジタル化することは、
たとえ個人や家庭内の利用でも著作権法違反です。

レジェンドノベルス
LEGEND NOVELS